Ilse Jordan

Der Mühlenstein

Eine Autobiographie

Umschlaggestaltung Werner Paulussen, Düsseldorf
Bearbeitung Arwed Vogel

Herstellung: Bod - Books on Demand GmbH
ISBN 3-8311-3200-3

Vorwort

Autobiographien erzählen uns von Erkenntnissen, die ein Mensch über sich selbst gewinnt, wenn er sich erinnert. Das macht Autobiographien spannend und lesenswert und in diesem Sinne ist jedes Menschenleben, wieviel es auch erlebt hat, für uns interessant.

Der Rückblick von Ilse Jordan hält zudem viele Aspekte der Kriegs- und Nachkriegszeit fest, die ohne dieses Buch verloren wären. Er gibt farbig und detailliert Einsichten, wie wir sie selten erleben, die uns sonst verschlossen blieben.

Wir lernen das Leben des Personals Münchner Gaststätten kennen, die Arbeiterinnen in Lager und Küche großer Kaufhäuser, den gescheiterten Versuch im Osten ein Geschäft aufzubauen.

Dabei durchzieht das oft tragische Schicksal von Ilse Jordan diese Welten wie ein roter Faden, zieht uns in diese ereignisreiche Existenz hinein.

Immer wieder überrascht der Mut und Lebenswillen der Autorin, zeigt, dass es immer wieder einen Neuanfang geben muß.

Beeindruckend ist der Humor und die sprachliche Ursprünglichkeit des Textes, so dass bewußt vermieden wurde, alle Eigentümlichkeiten des Stils zu beseitigen, den Text so zu glätten, dass die ursprüngliche Sprechweise, der Tonfall von Ilse Jordan nicht mehr zu erkennen gewesen wäre.

Arwed Vogel

PRÄAMBEL

Man stelle sich vor, eine Millionenstadt wie München mit vielen Menschen, Fremden, Zugezogenen und sogar Einheimischen. Sie alle, ob jung oder alt, hasten und jagen, teils sind sie berufstätig, gehen zum Einkaufen oder sie treffen sich irgendwo.
Teilweise kennen sie sich nicht und gehen achtlos aneinander vorbei.
Anonym bleiben sie allemal.
Vor 36 Jahren war ich als Beschließerin im Park-Cafe am Stachus beschäftigt. Wir hatten eine ausgezeichnete Küche in der Küchenchef Storch mit seiner Brigade ausgezeichnete Menüs kochte. Hier wurden die erlesenen Gäste sehr verwöhnt. Unter anderem fiel mir ein unbekannter Herr auf. Waren es sein stolzer Gang, das volle dunkelblonde Haar oder die fast engelgleichen Gesichtszüge? Immer war er gut gekleidet.
Ich wußte nur, er war Angestellter in höherer Position beim Goethe-Institut im Lenbachhaus und kam täglich, mitunter auch mit Besuch aus dem Ausland, zu uns zum Essen.
Diesen Mann sah ich in den letzten 36 Jahren fast jeden Tag.
Wir gingen aneinander vorbei, sei es in der sehr belebten Kaufingerstraße oder bei irgendwelchen Konzerten. Er war immer alleine, nie in Begleitung anderer Leute. Auch sein langsames Altern entging mir nicht. Immer wollte ich den Herren auf der Straße einmal ansprechen. Nein, wollte seine Stimme hören, sein After Shave riechen.

Am 24. Juli dieses Jahres war es soweit. Er stand alleine vor dem Weinregal in der Lebensmittelabteilung eines Kaufhauses.

Jetzt mußt du endlich Mut zeigen und ihn ansprechen.

„Verzeihen sie mir, wenn ich sie hier anspreche", kam es fast schon schüchtern über meine Lippen,. „waren sie vor sechsunddreißig Jahren Gast im Park-Cafe?"

Er wunderte sich schon sehr, überlegte.

„Ja", war die von mir erwartete Antwort „es ist, ach schon so lange her".

Ich sah in sein schmal gewordenes Gesicht mit Dreitagebart, die Haare ebenfalls ergraut und schütter geworden.

Zum ersten Mal hörte ich seine angenehme sonore Stimme mit einem Hauch „Berliner"- Mundart. Ich mußte es ihm sagen, daß ich ihm schon so viele Jahre immer begegnet bin und nun endlich seine Stimme hören wollte.

Seltsam ist es schon, da laufen Menschen 36 Jahre aneinander vorbei, ohne daß einer von dem anderen irgend etwas weiß.

Diese Begegnung hatte ich mir gewünscht, ich habe es mir erfüllt, dabei ist es geblieben.

Hier ist meine Lebensgeschichte:

DER MÜHLENSTEIN

Meinen beiden Töchtern
Barbara und Sylvia gewidmet

Die Getreidekörner, die ich mit viel Mühe sammelte
und auf die aufgehende Saat wartete – ich wollte mich
erfreuen und ergötzen daran, voller Stolz zeigen –
seht hier meine Ähren, sie sind gut aufgegangen und
legte die Körner auf einen großen runden Stein. Doch
es kam aber immer anders. Der obere Mühlenstein
senkte sich langsam, auch mal schneller auf den mit
Körnern belegten Stein und zermahlte alles unter sich
zu einem feinen Mehl. Hiervon konnte ich nun kleine
Brötchen und Brot backen.

30.07. 2000
in Ungarn
im Haus von Volker Wünsche am Plattensee.

Kapitel 1

Kindliches Erleben in Weferlingen Kreis Magdeburg

Ich wurde in Weferlingen am Marktplatz geboren. Mein Vater war Bergmann im Salzbergwerk in Grasleben, meine Mutter Hausfrau. Ich hatte noch zwei ältere Geschwister, Schwester Hertha und Bruder Otto. Ich war das Nesthäckchen und mußte bei Mama zu Hause bleiben. Die Wäsche montags wurde in einem riesigen Waschkessel stundenlang gekocht. Der Kessel wurde nur mit Holz beheizt. Eine mühevolle Arbeit, die Waschküche war von dem heißen Dampf vollkommen vernebelt, so daß ich Mama in ihrer riesengroßen Schürze fast nicht mehr sehen konnte, es roch dabei intensiv nach Kernseife. Zu Essen gab es an solchen Tagen nur Suppe und ein Stück Brot. An Sommertagen hing die Wäsche zum Trocknen in Sächtings Garten, aber im Winter hing die Wäsche tagelang in der Wohnung. Immer hieß es, Ille geh da runter, Ille geh von der Wäsche weg. Ich verstand damals noch nicht warum. Heute kann man sich kaum noch vorstellen, das schmutzige Wäsche ohne Waschmaschine ein großes Problem war.

Damals zog man noch die getrocknete Großwäsche, Bettücher und Tischdecken zu zweit, meist Hertha, 11 Jahre und ich, mit Mama zusammen durch die Kaltmangel an der Hindenburg-Straße.

Da war ein großer schwerer Kasten, wie Mamas Kleiderschrank unter dem die Rollen mit der großen

Wäsche umwickelt und von dem Kasten immer hin und her gerollt wurden, mir jagte das große Angst ein.

Meine Großeltern, Heinrich und Maria Seeländer wohnten in der Gartenstraße 6, eine kurze Straße die zur Braunschweiger-Straße hinauflief. Großvater war ein sehr strenger Mann. Er priemte gerne und Ottchen, fünf Jahre älter als ich, durfte diesen Priem für Opa einholen. Er bekam zehn Pfennig Trinkgeld, was er sofort in Eis umsetzte. Ich hätte auch zu gerne eine Portion Eis bekommen, Opa jedoch sagte nein, du bist zu wild. Das traf mich damals tief, denn ich liebte diese herrlich schmeckenden Eistüten aus dem Eiswagen mit den zwei großen glänzenden Deckeln.

Wenn unsere Eltern an den Wochenenden im Waldhaus „Riesen" kellnerten, mußte ich immer zu den Großeltern. Die Wohnung befand sich im ersten Stock. Nach einem knarrenden Treppenaufstieg stand man vor der Eingangstüre, durch die man in die Küche gelangte. Links stand der einfache Tisch mit drei Holzstühlen und an der Wand eine Bank. Seitlich davon war das Fenster, von dem aus ich gerne auf den rechteckigen Hof herunterschaute, in welchem sich ein großer Misthaufen befand,. Auf diesem Haufen scharrten des Bauern weiße und bräunliche Hühner – linkes Haxerl, scharr, dann rechtes scharr, scharr, dann mit dem Schnabel hastig einen Käfer oder ein Körnderl schnappen.

Während des Zuschauens pfiff ich immer gerne – aber das konnte Oma auch nicht leiden: „Mäcken lass das olle pfleutchen sein!" befahl sie im altmärkischen Plattdeutsch.

12

Gegenüber dem Tisch war eine Tür zum Vorratsraum, eine sorgsam gehütete Kammer, wo es herrlich nach geräucherter Wurst und dem Duft, der mir immer wohlschmeckenden Prilleke, den runden dicken mit Zwetschgenmus gefüllten, in Schmalz ausgebackenen Hefeteigringen roch. Wehe, es fehlte mal einer, da wurde mein Opa böse. Er mochte mich nicht. Neben der Tür befand sich ein Eisenständer mit einer Wasserschüssel, dort wusch mir meine Oma die schmutzigen Hände. Das tat mir so gut; ihre Hände streichelten mit Kernseife meine kleinen Patscherln.
Heute tut es mir noch gut, wenn mir jemand die Hände streichelt.
Neben der Wasserschüssel ging die Tür ins Schlafzimmer, wo drei Betten standen – die Matratze war ein Strohsack mit einem groben Leintuch darüber – riesengroße Federbetten mit Federkissen gab es, ich konnte nicht übers Bett hinweg schauen. In einem dieser Betten starb mit 92 Jahren mein Großvater. Er schlief einfach so ein und sagte, den Weg müßen wir eben alle mal gehen. Wahre Worte; ich habe inzwischen viele meiner Lieben diesen Weg gehen sehen.
Neben der Schlafzimmertür war ein großer Krudeofen, mit einer 60 Zentimeter großen Vertiefung, auf der mit Anthrazitkohlen gekocht wurde. Über dieser Brennstelle war ein Eisengestell, darauf stellte man einen großen Topf. Die ganze Woche gab es Eintopf, nur Samstags Pellkartoffeln mit Ölstippe, warmes Leinsamenöl. .Mit Salz und Pfeffer schmeckt mir heute noch das einfache Essen aus Omas Küche.

Neben der Krude war der Heizofen bestehend aus grauen Kacheln, die auch den Kochbereich umgaben. Gegenüber dem Herd stand an der Wand entlang eine Bank auf der noch drei Eimer mit Wasser standen. Dieses köstliche Naß mußte Oma täglich im Hof am Pumpbrunnen holen und die Treppe hochschleppen.

Ach, wie schön haben wir es heute, eine kleine Drehung und schon läuft das Wasser pausenlos.

Durchs fensterlose Schlafzimmer gelangte man in das Wohnzimmer, auch „gute Stube" genannt. Zwei große Fenster sorgten für reichliches Licht. Links an der Wand stand das Paradestück, ein purpurroter Biedermeier-Diwan, oben holzverziert, darunter mit schneeweißen kugelförmigen Knöpfen bestückt. Ich erinnere mich noch gut daran: Als ich eine Blutvergiftung am rechten Bein hatte, durfte ich auf diesem heiligen Stück liegen. Die Knopfverzierung gefiel mir besonders gut, so das ich einen davon abpolkte und versteckte – von da an durfte ich kleine Person das Prunkzimmer nicht mehr betreten.

Später zogen wir innerhalb des Ortes um und zwar in die Bahnhofstraße 5. Vom dritten Stock aus konnte man bis auf den Brocken schauen und die Züge waren überdeutlich zu hören.

Mit drei Jahren durfte ich mit meiner Mama und Ottchen zu meiner Tante nach München fahren – eine Riesenstadt war das für mich: Solche hohen Häuser sah ich zum ersten Mal. Auch die Feldherrnhalle mit ihren beiden furchterregenden Löwen: Am gepflasterten Vorplatz waren viele Tauben, die zutraulich waren – meinem Bruder flog sogar eine auf seine dunkelblaue Mütze, ich hingegen hatte Angst davor.

Später als wir wieder in unserem Heimatort waren, zog es mich zu meiner Tante nach München zurück. Deshalb lief ich über eine Wiese, schlüpfte zwischen den Zaunlatten durch und rannte in Richtung Bahnhof. Da stand ich nun am Bahnsteig mit meinen vier Jährchen – plötzlich stand mein Papa vor mir. Vom Küchenfenster aus hatte mich mein Bruder gerade noch weglaufen sehen und gleich meinen Papa gerufen.

„Na Ille wo willst du denn hin?"

„Zur Tante Emmy nach München!" antwortete ich. Der herankommnde Zug fuhr ohne mich weiter. Kaum auszudenken, wo ich gelandet wäre. Bis heute ist München meine Traumstadt geblieben und ich lebe liebend gerne hier.

Neben uns wohnten in einem kleineren Haus zwei Jungen in meinem Alter, mit denen ich täglich spielte. Einmal waren wir drei an einem kleinen See in der Nähe der Zuckerfabrik. Dort stellten sich Horstchen Fischer und Dieter Uhlenhut vor mich hin und zogen ihre Hosen herunter. Nachdem ich auch das Höschen heruntergezogen hatte, lachten sie mich aus, weil ich nicht so was hatte wie sie. Mit vier Jahren dachte ich mir: Na, das kommt schon noch, oder? In diesen Moment kam Tante Metha, die Cousine meiner Mutter, gerade mit dem Rad vorbei und störte uns.

„Ille zieh dich sofort an und geh nach Hause!" rief sie. Als ich ankam, saß die Tante schon im Wohnzimmer und hatte alles erzählt. Da bekam ich aber welche auf den Hintern.

Wochen danach ging ich mit Horst und Dieter in den Laubwald. Meine Spielkameraden sagten, ich sollte mich ausziehen und auf den Baum klettern, es sei ein Spiel. Als ich oben war, liefen sie mit meiner Kleidung einfach davon. Lange saß ich auf dem Baum und traute mich nicht heim. Nach langer Zeit kamen die beiden endlich mit meiner Hose und dem Kleidchen in der Hand zurück, sie warfen die Kleider herauf, ich wollte hinlangen und stürzte dabei fürchterlich vom Baum – um mich war Nacht.

Als ich wach wurde, beugten sich die beiden Böse-wichte über mich und weinten. Da dachte ich: „Oh, bist du schon tot."

Später spielten wir mit einem geschlossenen Leiter-wagen Beerdigung. Im Hof der Uhlenhuts war eine große stinkende Grube, vom Gartenhäuschen ging es abschüssig zu der Grube hin.

„So Ille, du bist jetzt tot und in dem Sarg, das ist der umgestülpte Leiterwagen", sagte einer der beiden und Horst zog vorne und Dieter schob hinten, ich mußte unter dem Wagen mitrobben, bis mir der ekelhafte Gestank der Grube entgegenkam. Da hörte ich Mama rufen: „Ille, Ille komm rauf zum Essen, Horst wo ist denn die Ille?"

Meine Mutter mußte zu Tode erschrocken sein, denn das Gefährt war schon einige Zentimeter über der Grube. Ich weiß es noch gut, in wenigen Sekunden war Mama vom dritten Stock heruntergerannt, um mich aus meinem Gefängnis zu befreien. Die beiden Lausbuben waren allerdings auf und davon gelaufen. Eiskalt lief es mir den Buckel herunter, ich wäre doch glatt in die Grube gefallen. Wie konnte ich bloß so dumm sein!

Kapitel 2

Einschulung – Misdroy – Swinemünde – Umzug nach München

In die erste Klasse kam ich mit einer riesengroßen Schultüte, gefüllt mit Süßigkeiten und einem echten Lederschulranzen. Meine Mutter begleitete mich zu der neuen Schule, die damals eingeweiht worden war. Ich dachte, es muß ja was ganz Besonderes sein, wenn man wegen mir eine neue Schule baut.

Einmal hatte ich kein Pausenbrot dabei und biß vor Hunger bei einem Mädel in deren Butterbrot – ein großes Vergehen! Das Mädel verhaute mich so, daß ich gleich blutete. Obendrein verpetzte sie mich bei der Lehrerin, worauf ich nochmals mit dem Rohrstock Tatzen auf die Finger bekam. So eine Gemeinheit: Zuerst mich schlagen und dann noch verpetzen. Seitdem waren mir Denunzianten und Anschwärzer ein Greuel.

Während der Sommersaison arbeiteten meine Eltern an der Ostsee in Misdroy. Das war ein feiner Badeort, mit schneeweißem Sand, links lag Swinemünde und rechts der Kaffeeberg und der weiße Berg. Auf den Kaffeeberg führten genau 100 Stufen, oben war ein Café, von dem man eine herrliche Sicht über die Ostsee hatte. Während meine Mama als Kaltmamsell und mein Papa als Kellner im Hotel Viktoria mühevoll ihr Geld verdienten, zogen wir Kinder den ganzen langen Strand zwischen den bunten Strandkörben rauf und runter. Nur zum Essen trotteten wir zum Hotel, wo wir hinterm Haus eine kleine Mahlzeit bekamen. Nicht satt geworden ging ich, was ja nicht erlaubt war, an der Vorderfront durch die große Schwingtür und war schon im feinen Restaurant. Links und rechts bei den Fenstern waren weiß gedeckte Tische mit Stoffservietten und silbernen Bestecken. Auf dem Boden lag ein roter langer Teppich, dort bewegten sich die allerfeinsten Herrschaften aus Berlin, Frankfurt und Köln. Schauspieler wie Adalbert Wäscher, Hans Nielsen, Kurt Götz, Gustav Fröhlich, sogar Jud Süß waren im Viktoria zu Gast. Mit der Tochter des Ehepaares Süß spielten mein Bruder Ottchen und ich öfter am Strand und bekamen dafür so manches Eis geschenkt. Manchmal ergatterte ich Pudding von den Schauspielern. Unter ihnen Gustav Freibel, der mich manchmal auf seinen Schoß hob.

Auf der Dachterrasse wurde den Gästen am Nachmittag bei leiser Klavier- und Geigenmusik Kaffee und Kuchen gereicht. Ich schlich mich öfter zwischen den Tischen durch, um vielleicht ein Zehnpfennigstück zu ergattern. Meine Liebe zum Eisessen war immer ungebrochen!

Zu dieser Zeit war auch eine Theatergruppe aus Weißrußland da, die ein Gastspiel im großen Saal des Hotel Viktoria aufführte.

Schneewittchen stand auf dem Spielplan. Hierzu brauchten sie noch die Zwerge und ich wurde zum Kleinsten der Sieben ausgewählt. Der Chef dieser Gruppe sagte mit erhobenem Zeigefinger, daß ich ja nichts sagen durfte, was ich auch nicht tat. Aber durch mein Mienenspiel bin ich trotzdem aufgefallen.

„Das hast du aber fein gemacht, aus dir wird noch mal eine richtige Schauspielerin", sagte mein Vater. Heute weiß ich, er hatte recht, wenn ich auch keine große Schauspielerin geworden bin, auf 16 Jahre Laienbühne kann ich trotzdem zurückblicken.

Die Sommersaisons mit meinen Eltern und mit Ottchen waren die schönsten Zeiten meiner Kindheit.

Wir fuhren mit dem großen Segelboot weit in die Ostsee hinein und zurück. Anschließend badeten wir noch in der See. Von der hohen Landebrücke sprangen die Schwimmer ins Wasser. Ich war der Meinung, das auch zu können und sprang, ohne an die fürchterlichen Folgen zu denken hinter einen größeren Jungen in die Ostsee. Blub, Blub, Blub, machte es und ich arbeitete mit Händen und Füßen, um wieder an die Oberfläche zu gelangen. Plötzlich spürte ich einen festen Griff, unsanft packte mich jemand und zog mich aus der Brühe. Ottchen war inzwischen ins Strandhotel gelaufen und schrie: „Papa, Papa, Ille ist ertrunken."

Mein Vater ließ alles liegen und stehen und kam an den Strand gelaufen. Ich, inzwischen gerettet, trocknete mein Haar. Papa sagte nur: „Was machst du da?"

„Haare trocknen", erwiderte ich meinem vor Schreck erblaßten Vater. Das war noch einmal gut gegangen dachte ich und fing fleißig an, schwimmen zu lernen. Heute weiß ich: Was andere tun, muß ich nicht auch machen.

Wir wohnten im Hotel unter dem Dach, mehr oder weniger im Speicher.

Nachts sah man Scheinwerfer, die auf einen schwarz-weiß-roten Ballon gerichtet waren, der von einem kleinen Flugzeug gezogen wurde, dabei wurde mit Leuchtkugeln geschossen. Papa sagte zu unserer Mutter: „Frieda siehst du das da?" Dann hörte ich noch Papa sagen: „Ich höre die Türe knarren. Wir gehen nach Bayern!"

Das Wort Bayern bzw. München war für mich langsam ein Begriff geworden – mein kindlicher Wunsch zu meiner Tante Emmy und Onkel Emil zu kommen, ging nun in Erfüllung.

„Du kommst nach München", jubelte ich.

Die Saison an der Ostsee war gerade zu Ende gegangen, wir packten hastig die Koffer und fuhren in unsere Wohnung nach Weferlingen. Papa bewarb sich in München um eine Stelle bei den Metzeler-Werken. Dann ging alles sehr schnell: Papa suchte, da er die Stelle im Gummiwerk bekam, eine neue Wohnung, fand sie in Denning in der Hohensalzaerstr.2. Die Wohnung lag im 1.Stock und hatte zwei Zimmer, Bad und Toilette. Papa fuhr mit Mama nach Weferlingen, um dort den Umzug zu organisieren. Als wir zusammen im Zug ein Abteil gefunden hatten, waren die Eltern sehr erleichtert. In Halle stand der Zug länger und man hörte die Zeitungsjungen ausrufen: „Allgemeine Mobilmachung, allgemeine Mobil-machung...!"

Papa sah Mama an und sagte: „Siehste Frieda, was habe ich dir schon lange gesagt...?" Papa war ein weiser Mann. Heute weiß ich, er bewahrte unsere Familie vor Schlimmerem. Wir brauchten während der Nachkriegszeit nicht im Grenzgebiet leben. Aber wegen des Polenfeldzuges oder des Überfalls von uns Deutschen wurden unsere Möbel nicht transportiert.

Aus diesem Grunde mußten Ottchen und ich in die Bernai-Schule im Westen von München, nicht weit weg von Tante Emmy's Adresse in der Elsenheimerstraße. Dort waren wir vorübergehend als Logisgäste untergeschlüpft, bis unsere Möbel kommen sollten.

Während dieser Zeit war es Winter geworden. Mein Schulweg führte bei einem Gefangenenlager vorbei, dahinter beim Schweinsbauern links ab, gegenüber war das Schulhaus, ein riesiger Kasten.

Eine Berlinerin und ich mußten, weil wir nicht aus München waren, ein Schild mit unserer Adresse um den Hals tragen. Die anderen Schüler lachten mich aus, zogen mich an den Haaren, warfen den Schulranzen in den Schnee, brachen die Griffel ab und rupften den Schwamm. Zu guter Letzt hatten die bayerischen Schulkameraden mit der Schiefertafel auch kein Erbarmen und zerbrachen diese auch noch. Wir zwei Erstklassler waren für sie halt Preußen, Saupreußinnen.

Auf dem Weg zur Schule schenkte ich so manches mal den hungrig dreinschauenden Gefangenen mein Pausenbrot mit Marmelade und dachte, Herrgott mach, daß die Schulkameraden mich heute einmal nicht in die Mangel nehmen. Aber das blieb selten aus.

Meine Eltern gaben dann die leerstehende Wohnung in dem Haus auf, um in die möblierte Wohnung im Parterre des gleichen Hauses einzuziehen. Dort hatten wir zwei Zimmer, ein Schlafzimmer und eine Küche zur Verfügung. Die anderen Räumlichkeiten behielt die Hausbesitzerin Frau Doktor Birkenmayer selber. Sie war eine alte, schrullige, verkommene Arztwitwe, die als Krankenschwester in Afrika gearbeitet und dort ihren Mann kennengelernt hatte. Sie hatte zwei Söhne, einen Dagobert und einen Siegbert. Beide kamen sehr spät aus dem verheerenden Krieg zurück und hatten einen unheimlichen Respekt vor ihrer Mutter.

Mit dieser Frau gab es immer Probleme... Und wenn es das Läuten an der Türe war. Neugierig wie sie war, lief sie immer gleich und fragte die vor der Tür Stehenden, ob sie einmal oder zweimal geläutet haben: „Wissen Sie, einmal Läuten das bin ich, die Hausbesitzerin, zweimal Läuten, das ist für Jordan, das sind meine Untermieter."

Dies alles geschah mit einer kreischenden, nicht überhörbaren Stimme.

Wenn wir auf die Toilette mußten, dann war sie immer im Bad, weil sie darin kochte. Auf der Badewanne rechts, welche mit Brettern abgedeckt war standen das Geschirr und sonstige Küchenutensilien. Die Toilettenschüssel war das einzige, was wir mit der Hausbesitzerin teilen mußten. Oft geschah es, daß wir, als fünfköpfige Familie, dem Schweinebraten der Frau Doktor andere Düfte hinzufügten. Zwangsläufig natürlich, versteht sich.

Die Wohnung im oberen Stockwerk hatte Frau Doktor an Familie Baumgartner vermietet. Das war ein Ehepaar mit zwei Töchtern. Traudi war in meinem Alter und Gunhilde noch ein Baby. Traudi und ich gingen auch täglich miteinander in die Schule, von der

22

zweiten Klasse an, bis Traudi dann in die höhere Schule kam. Traudi war sehr gescheit. Ich hatte zwar auch die Prüfung bestanden, für eine höhere Schule war aber bei uns kein Geld da. Bei Baumgartners war dies ganz anders. Herr Baumgartner hatte einen höheren Posten mit Verantwortung in einer Baufirma. Seine Frau war Handarbeitslehrerin und konnte ausgezeichnet kochen und backen.

Wenn ich oben in deren Wohnung war und es wurde aufgedeckt, zählte ich schon das Besteck. Wenn für mich keines eingeplant war, ging ich schweren Herzens wieder zu uns runter.

Meine Mama kochte nicht so gerne. Es gab, weil sie es von zu Hause her nicht anders kannte, immer Eintopf. Diese Eigenheit ist mir erst jetzt klar geworden. Aber der Eintopf schmeckte auch und der Hunger wurde gestillt.

Papa und Herr Baumgartner mußten dann zum Militär. Papa war Unteroffizier bei der Luftwaffe, während Herr Baumgartner im zivilen Dienst in der Verwaltung tätig war.

Wie war ich damals stolz auf meinen Papa, hatte er doch einen echten Schleppdolch an der Kette. Na, das ist doch was, dachte ich. Dabei war er vom Wuchs her eher ein kleiner Mann.

Mein Bruder Otto kam zu dieser Zeit in die Lehre als Konditor. Das war ganz nach meinen Sinn, denn ich brauchte nie mehr einen Kuchen kaufen oder selber backen. Ganz nach meinem Sinn, weil ich eben eine Naschkatze war. Später stieg er leider aus diesem Beruf aus und hat dann nie mehr gebacken. Seit dem rühre und backe ich meine Kuchen selber.

Meine Mutter mußte zum Roten Kreuz, wo sie in Kursen zur Pflegeschwester geschult wurde. Bei der Schwester Heraklia im Schwabinger Krankenhaus lernte sie später noch einiges dazu und wurde im Reservelazarett 5 als Schwester eingesetzt. Täglich fuhr sie mit dem Rad von Denning durch den Englischen Garten bis zum Schwabinger Krankenhaus.

Bamgartners hatten einen netten braunen Langhaardackel der von allen Waggi genannt wurde. Meistens brachte Mama Wurst- und Knochenreste aus dem Krankenhaus für den Hund mit. Baumgartners hatten einen Tisch mit herausziehbarer Spüle. Auf diesen Tisch sprang der Hund und hielt am Fenster nach seiner „Frautje" Ausschau, das war Mamas Namen für Frau Baumgartner. Sie blieben mit Unterbrechungen aus Kriegsgründen, elf Jahre lang unsere Nachbarn.

Da meine Eltern nicht zu Hause waren, meine Schwester Hertha im Hauptbahnhof als Verkäuferin arbeitete und mein Bruder in der Lehre war, hatte ich nachmittags immer viel Zeit für mich, sehr viel Zeit sogar.

Hertha kannte vom Flughafen Riem einen Offizier, der öfter mit der JU 88 nach Paris flog, wo mein Papa als Ordonnanz im Casino tätig und auch für das Küchenpersonal verantwortlich war.

Dieser fesche Leutnant war mit meiner Schwester befreundet und saß öfter bei uns zu Hause. Eines Tages, ich war damals in der dritten Klasse, wollte ich diesen Leutnant nach der Schule, besuchen. Ich bin deshalb barfuß, mit meiner getupften Bluse und Spielhoserl zum Flughafen Riem gelaufen. Dort angekommen, habe ich den Posten nach dem Leutnant gefragt und gesagt, daß ich diesem dringend etwas ausrichten muß. Ich schlich mich in eine JU 88 die gerade mit Kisten beladen wurde und versteckte mich hinter einer der Kisten, um den Leutnant zu erschrekken. Plötzlich lief der Motor an, die Tür wurde geschlossen und ich war gefangen – ich wusste, jetzt geht es nach Paris. Da wird sich aber Papa freuen, wenn ich nach Paris komme und dann bekomme ich doch endlich die versprochenen Rollschuhe aus Frankreich, dachte ich, versuchte mit diesen Gedanken meine Angst zu vertreiben. Plötzlich ein Poltern, Gerumpel und das Flugzeug stand.

Oh, was bist du für ein Teufelsmädel, dachte ich. Kiste für Kiste wurde aus dem Rumpf der JU 88 ausgeladen. Plötzlich sah ich einen Soldaten.

„Ja was sehe ich denn da", fragte ein höchst erstaunter älterer Herr.

„Tja, ich will zu meinem Papa!"

„Wie heißt er denn" fragte er darauf.

„Jordan", kam es stotternd aus mir hervor. Dies mußte Herr Weigand, der Freund meiner Schwester Hertha gehört haben, denn er erschrak ebenso wie mein Entdecker: „Ja, das ist doch die kleine Ille von Otto Jordan."

Dann ging es Schlag auf Schlag. Mit einem Kübelwagen, fuhren wir zu meinem Vater ins Palais de Luxembourg. Dieser fiel aus allen Wolken, stellte immer nur dieselbe Frage: „Ja was machst denn du hier?"

Ich antwortete: „Bekomme ich jetzt die Rollschuhe?" Um mich standen viele Soldaten herum, sie schüttelten nur noch den Kopf, manche lachten. Ich war mir nicht sicher, ob ich etwas Böses getan hatte oder ob es doch eine tolle Sache war.

Heute weiß ich, es war ein gefährliches Abenteuer, das böse Folgen hätte haben können. Am nächsten Tag war ich wieder in München, im Gepäck viel Schokolade und die Rollschuhe. Nun war ich die einzige in Denning die derartige Roller an den Schuhen hatte. Mama war sehr böse und sprach nicht mehr mit mir, Hertha haute mich, und Ottchen, fast neidisch, sperrte mich nachmittags in die Küche ein.

Kurze Zeit darauf kam ich, weil schließlich meine ganze Familie im Krieg war und sich niemand mehr um mich kümmern konnte, ins evangelische Kinderheim Löhehaus in der Blutenburgstraße 92.

Papa brachte mich persönlich dort hin. Ich weinte ganz fürchterlich.

„Papa nimm mich wieder mit", bettelte ich.

„Nein das geht nicht – wir haben Krieg. Du kannst mir schreiben und ich werde auch an dich schreiben. Wenn der Krieg zu Ende ist, hole ich dich wieder heim."

Über den Hof hinter dem Gebäude ging es dreißig Meter rückwärts ins Bodelschwinghhaus. Dort waren wir dann mit 26 Mädeln zusammen, alles Schulkinder der unteren Klassen. Das Haus leiteten evangelische Schwestern, die Leiterin meiner Abteilung war Schwester Klara. Meine Kleidernummer war 23. Im Aufenthaltsraum standen kleine Tische mit Stühlen, alle in hellem Holz, an der Wand standen Schränke für Spielsachen. Es gab einen riesigen Waschraum mit vielen Waschbecken an der rechten Seite und am

Kopfende eine große hohe Badewanne. Auf der linken Seite waren Bretter, auf die man die Gläser mit den Zahnbürsten stellte, während die Handtücher, jedes streng nach Nummern sortiert, unterhalb der Bretter an Haken aufgehängt wurden. Gegenüber dem Waschraum war die Garderobe. Dort waren an den Wänden Schränke aufgestellt, die mit dunkelbrauner Farbe gestrichen waren. Links in einer Ecke befand sich eine aus Sperrholz gefertigte runde Trommel mit einem Deckel, an dem ein kleiner Ring zum Öffnen angebracht war. Welche schrecklichen Ereignisse sich damit verbinden, beschreibe ich gleich.

Am Kopfende des Ganges war ein riesengroßer Schlafraum mit 27 Kinderbetten, alle mit Gitterstäben oder maschendrahtähnlichen Gestellen die man auch hochklappen konnte. Die älteren Mädel waren im 3. Stock des Haupthauses bei Schwester Irma untergebracht. Im 2. Stock waren der Nähsaal, das Büro von Oberschwester Martha und verschiedene andere Räume. Im 1. Stock befand sich die Säuglingsabteilung, im Erdgeschoß die Pforte und die Rutscherlabteilung für Kinder, die gerade das Laufen lernten. Im Keller dieses großen Gebäudes war die Küche mit ihren Vorratskammern und die Rumpelkammer. Schwester Emma leitete die Küche, eine kleine magere Schwester, die aber gut kochen konnte. Außerdem war sie sehr nett. Die größeren Heimmädel arbeiteten in der Küche mit, ich hätte es ihnen gerne gleichgetan.

Die Kinder vom Heim gingen alle in die Hirschbergschule. Meistens gingen wir in kleinen Grüppchen durch die Schlörstraße, überquerten die

Donnersbergerstraße, liefen am Schuhgeschäft vorbei, gegenüber war ein Bäckerladen, dort fuhr ein Lehrling mit dem Rad die Brötchen aus. Er sah wie Dieter Uhlenhut aus, blond, blaue Augen, etwas füllig – dieser Lehrling gefiel mir damals schon. Ich sah ihn jeden Tag am Schulweg.

Die Mädels in der Klasse waren nett, denn ich sprach ja inzwischen schon perfekt bayrisch. Herr Kilian, der auch Rektor der Schule war, hatte ein Glasauge. Er mochte mich und ich durfte, wenn es klopfte, die Tür des Klassenzimmmers aufmachen. Manchmal durfte ich sogar aufpassen, wenn er das Klassenzimmer verlassen mußte. Diese Tätigkeit übertrug mir auch Fräulein Mandel, eine ältere Lehrerin mit einer langen Nase. Wenn sie den Kopf zu einem Nein schüttelte, hatte ich Angst, daß ihre Nase nicht so recht mitkommen könnte. Vor dem Schulhaus warteten wir oft auf die anderen Mädel vom Bodelschwinghhaus, um dann gemeinsam lachend und schwätzend den Heimweg anzutreten.

Mittags gab es oft Süßspeisen – Griesbrei mit Kompott, mein Leibgericht, oder Pfannkuchen. Seltener gab es Fleisch. Weil Krieg sei, wurde uns gesagt und da würde die Butter auch nur auf das Brot gekratzt. Aber was half das, wir Kinder hatten Hunger.

Einmal plagte mich der Zahnschmerz und so ging man mit mir in die Zahn-und Dentistenschule, in der Stuhl an Stuhl stand. Ein Herr Dr. Kemmerer war der Arzt, der mir den Zahn zog. Oh weh. Und das vor so vielen Leuten. Ursprünglich hatte ich gar keine Angst gehabt, erst als man mich fragte, ob ich denn keine

Angst habe, bekam ich sie. So manches Mal mußte ich noch in diese seltsame Zahnschule.

Dr. Kemmerer ist inzwischen auch etliche Jahre älter und heute bei den Münchner Turmschreibern. Das mit den Zähnen ist immer noch ein leidliches Übel bei mir, genauso wie damals.

Die Weihnachtsfeiern im Löhehaus waren immer besonders schön ausgerichtet. Alle Tische waren dicht mit Tannenzweigen dekoriert, in der Mitte standen viele Kerzen, jede bekam etwas geschenkt. Alle waren glücklich über Puppe, Kasperl, Auto, Spiel oder sonstige Spielsachen. Ich bekam eine Schulschürze, dafür tat man sehr geheimnisvoll. Dreimal schickte man mich ins Haupthaus, wo sich die Schneiderei befand. Am Gang band man mir die Augen zu. „Da ist das Christkindl drin", wurde mir gesagt. Sie probierten mir die Schulschürze an, durch einen kleinen Schlitz sah ich bunte Blumen und dachte, es wäre ein schönes Kleid. Nein, eine Schulschürze war es nur: Ich weinte an diesem Weihnachtsabend sehr, vor allem aber, weil meine Eltern und Geschwister nicht bei mir waren. Gott sei Dank kam meine Cousine Lilly und tröstete mich. Sie sagte: „Geh wein a bisserl, lach a bisserl, komm lach." Ich konnte nicht lachen. Wer tat mir nur sowas an, alle hatten Spielsachen bekommen, nur ich diese Schürze. War ich so böse? Wem hatte ich mit meinen elf Jahren Schaden zugefügt? Oh, lieber Gott, betete ich am Abend, laß mich nicht so leiden.

Wir Kinder wurden inzwischen immer weniger, ein paar Mädels wurden abgeholt. Oh, habens die aber schön, dachte ich. Die Judith Roth, die Schuster

Schwestern und noch zwei Mädchen durften gehen, deren Namen ich vergessen habe.

Eines Abends saßen wir betend in unseren Betten. Schwester Klara wünschte uns eine gute Nacht, worauf wir zusammen: „Gute Nacht, Schwester Klara" antworteten. Sie löschte im Schlafsaal und im Gang das Licht aus und Stille breitete sich aus...

Plötzlich sah ich durch die Glastüre des Schlafsaals, das im Gang die Lichter wieder angingen. Drei Schwestern, die Schwester Oberin Martha, Schwester Mathilde und unsere Stationsschwester Klara kamen herein. Die Schwester Oberin erzählte von einer Frau, die hier in Neuhausen wohne und öfter einkaufen ginge. Diese Frau sei bresthaft, heute sagt man behindert, und könne schlecht laufen.

„So", fragte sie, „was macht ihr wenn ihr die Frau seht?"

„Die Tasche tragen, sie über die Straße begleiten", kam es aus der hintersten Ecke.

„Ja das ist alles gut und recht, aber eine von euch hat diese Frau ausgelacht!" sagte die Schwester Oberin, „heute morgen war eine Frau von der Gestapo da und hat sich darüber beschwert."

„Ui. ui, ui", murmelten wir alle leise vor uns hin. Ganz langsam kamen die drei Schwestern auf mein Bett zu und zeigten auf mich.

„Das warst du Ilse Jordan."

„Nein, nein ,nein, so was tue ich nicht, ich war es nicht!" stammelte ich.

Zwei von den drei Schwestern zogen mich aus dem Bett, im Waschraum zogen sie mir das Nachthemd aus, hoben mich in die trockene Badewanne und schlugen mit zwei Teppichklopfern auf mich ein. Ich schrie und wehrte mich, so stark ich nur konnte.

„Nein, nein, nein", war immer wieder meine Antwort. Ich solle es zugeben, schrien sie. Die Schläge wurden immer fürchterlicher.

Oh Gott, warum nur, dachte ich. Mit angezogenem Nachthemd kam ich dann in den Schlafsaal zurück.

Mit erhobenen Zeigefinger sagte die Schwester Oberin: „Also Ilse, ab sofort darf niemand mit dir sprechen, du gehst alleine in die Schule und alleine zurück. Ihr Kinder schweigt darüber! Außerdem darf die Ilse nicht mit euch sprechen. Wenn sie von der Schule kommt, muß sie sich an die Waschtrommel in der Garderobe setzen, sie bekommt ihr Frühstück, Mittagessen und Abendessen dort hingestellt und keiner spricht mit ihr.

An Sonntagen darf sie auch nicht in die Kirche mitgehen, dafür muß sie im Haupthaus drüben in der Rumpelkammer stehen."

So geschah es dann. Nur die kleine Küchenschwester kam zu mir und fragte mich durch die Zwischenräume der Latten: „Ilse was möchtest du haben." „Bitte ein Kirschkompott", sagte ich bekam es auch. Ehe die Mädels und Schwestern von der Kirche kamen, war die Schüssel geleert und ich Schwester Emmy dankbar – das bin ich ihr heute noch. Sie ist bestimmt im Himmel. Ich weiß nicht genau wie lange mein so schlimmes Martyrium dauerte, aber sicherlich waren es fünf Wochen.

Heute weiß ich mehr über diese böse Geschichte, die mir sehr viel Minderwertigkeitskomplexe eingebracht hatte. Zwanzig Jahre später habe ich sie erfahren. Die abgeholten Mädel von damals waren jüdische Kinder gewesen und wurden in Lager gebracht. Ich hieß Jordan und deswegen mußte meine Mutter Urlaub nehmen und in Stettin, dem Geburtsort meines Vaters, sowie an ihrem Geburtsort Weferlingen den Ariernachweis erbringen. Diesen Stammbaum habe ich heute dreimal kopiert und an meine Töchter verteilt, damit sie für alle Fälle gerüstet sind.

Ich erfuhr meine Geschichte erst, als ich Schwester Irma 20 Jahre danach wiedertraf. Sie war in der Versöhnungskirche erste Kindergartenkraft und ich vertraute ihr meine Tochter an. Bei Sylvias Taufe, drei Jahre später, lud ich sie ein und sie erzählte meiner Mutter und mir die wirkliche Geschichte. Die Schwestern im Heim mußten mich so behandeln und verstecken, denn ich war auch schon auf der Liste und sollte weggebracht werden. Das dadurch auf lange Zeit mein Selbstvertrauen zerstört worden war, hatten sie nicht beachtet. Das wieder zu gewinnen, dauerte sehr, sehr lange und war ein langer Prozess den ich noch im nachfolgenden Kapitel beschreiben werde.

Kapitel 3

Die Fliegerangriffe wurden immer stärker. In der Donnersbergerstraße ab dem Rotkreuzplatz war kein Haus mehr ganz. Nur in unsere Schule war keine Bombe gefallen, leider, denn ich hoffte auf Ferien. Einmal saßen wir, wie so oft wieder im Luftschutzkeller im Bodelschwinghhaus, der mit schweren Eisentüren geschlossen wurde. Schwester Klara wies uns an, daß wir, wenn es ganz fest kracht, den Mund ganz weit öffnen sollten. Als es dann krachte, riß ich den Mund weit auf, neben mir war das Türchen vom Kamin, und der Ruß schoß heraus und in meinen Mund. Die Mädels neben mir, ebenfalls alle rußig geworden, schrien. Wir sahen aus wie die Negerlein. Nach dem Säubern hatte ich noch Tage den Rußgeschmack im Mund. Noch heute esse ich kein geräuchertes Fleisch. Mir graut es seitdem davor.

Am letzten Weihnachten, das ich im Löhehaus erlebte, war alles wieder schön geschmückt und wir sangen alle die schönsten Weihnachtslieder. Die Schwestern lasen aus der Bibel von Jesus Geburt und der Befreiung der Welt. Ich fragte mich, wo die Befreiung sei, wenn wir Kinder unsere kostbare Kindheit angsterfüllt in den Luftschutzkellern verbringen mußten?

Anläßlich der Feiertage spielten wir Theater, Dornröschen, was natürlich vorher fleißig geprobt werden mußte.

Mir gab man, was zwar nie zum Märchen passte, die Rolle eines Hauptmanns, der vier Soldaten zu befehlen hatte. Als Kostüm gab man mir eine kleine Feuerwehruniform, darüber aus Stahl eine Rüstung mit Helm und Visier. Ich schwitzte vor dem Auftritt schon dermaßen, daß mir bald schlecht wurde, aber ich hatte ja nur einen kurzen Stand, wie man heute sagen würde.

Mein Text war: „Still gestanden - die Kanone beladen - und Feuer!" Also sieben Wörter, ich schrie sie heraus, es mußte sehr wirkungsvoll gewesen sein, denn das Publikum, darunter meine Cousine Lilly, alle klatschten begeistert.

Dornröschen wurde von uns in anderen Kinderheimen, sowie im Waisenhaus Neuhausen wiederholt aufgeführt, zuletzt im Aschauer Heim, das war bei Murnau am Staffelsee.

Dort wurde auf das lange Betteln eines Jungen meine Rüstung an Leute, die anscheinend mehr Geld hatten, verkauft.

Ich hätte sie lieber gerne selber behalten, weil ich mich in ihr groß und beschützt gefühlt hatte. Hätte ich nur so stählerne Nerven gehabt, so wären die schlimmen Dinge, die noch auf mich zukamen wie an einer Stahlrüstung abgeprallt.

Viele Jugendliche wissen heute nicht mehr was das ist, ein K.L.V. Lager. Ich kann ein Lied davon singen, von der Kinderlandverschickung. Alle Schüler und Schülerinnen von der Hirschbergschule wurden klas-

34

senweise mit den Lehrkräften, samt Koffer (wir hatten ja nur einen) aufs Land in Sicherheit vor den Bombenangriffen geschickt. Mama packte die Sachen ein: Hemden, Hosen, Strapshemd, wollene Strümpfe, Röcke, Blusen und Jacken. Wir Mädel trugen ja selbstverständlich keine Hosen; die BDM - Tracht bestand aus einem dunkelblauen Wollrock, weiße Hemdbluse, darüber ein schwarzes Dreieckstuch mit lederbezogenem Knoten, eine Berchtesgadener Wollweste in schwarz, oben rot und grün eingefasst, halbrunde Silberknöpfe. An kühlen Tagen trug man eine Kletterweste. Eigentlich war ich wie meine Kameradinnen stolz auf die Uniform. Auf dem rechten Ärmel war eine Raute aufgenäht, mit der Aufschrift Süddeutschland.

Mein erster Aufenthalt in der KLV war Rottach-Egern, eine wunderschöne Gegend. Umgeben von nicht allzu hohen Bergen, der See ein Juwel. Wir bezogen das Hotel Seerose, ein für damalige Verhältnisse schmuckes Haus. Die Fremdenzimmer hatten alle zwei Betten, alles Schleiflackmöbel, außerdem einen Balkon mit Sicht auf den See. Nach dem Löhehaus, dachte ich, hast du es hier aber viel schöner. Wir waren zwei Klassen, 90 Mädel.

Schon vor dem Frühstück um 6 Uhr mußten wir aus den so herrlichen Betten raus; nach dem Waschen am Becken im Zimmer ging es in den Hotelgarten.
Unter den Kastanienbäumen standen früher Tische und Stühle, jetzt war in der Mitte eine Fahnenstange aufgerichtet, an der täglich morgens Gedichte von

Goethe und Schiller vorgetragen oder das Horst-Wessel-Lied gesungen wurde. Unterdessen wurde langsam von einem Mädel die deutsche Fahne gehisst. Abends nach dem Abendessen das gleiche Spiel, nur abwärts. Die Fahne nahm Herr Direktor Kilian persönlich von der Kameradin in die Hand.

Wir hatten Schule, ganz normal wie in München. Fräulein Mandel teilte sich mit Herrn Direktor den Unterricht auf. Nachmittags, dass heißt bei gutem Wetter wanderten wir auf die Berge. Ich war froh darüber, daß diese nicht allzu hoch waren, denn dies war mir verhaßt.

Freilich lernten wir, was ein Steinpilz oder Pfifferling ist, so auch die Namen von Sträuchern, Bäumen und Pflanzen. Auch über den Ameisenstaat wurde uns alles erklärt. Mir wäre ein kühlendes Bad im Tegernsee lieber gewesen.

Es gab dann noch drei weitere Fräulein, höhere BDM-Mädel. Sie paßten höllisch auf uns auf. Wer nicht parierte, mußte unten im Küchenhof bei Käfers', so hießen die damaligen Besitzer, wo er Metzger und sie Köchin war, Kartoffelschälen für 90 bis 100 Leute, ein mühevolles Unterfangen, es war die schlimmste Strafe. Und es gab viel Kartoffeln zum Essen; Nudeln und Reis kannten wir auf dem Speisezettel überhaupt nicht. Ein paar Mal mußte auch ich den ganzen Nachmittag Erdäpfelschälen. Und das kam so: Da es Winter war, brachte mir Mama einen Schlitten. Neben unserem Hotel in einem Gasthof waren Jungens aus

Essen, die zweite Gymnasiumklasse. Einer davon, blond, blaue Augen, hieß Dieter. Ich verabredete mich mit diesem netten Jungen mit meinem Schlitten nachts bei Mondschein.

Heimlich schlich ich mich ohne irgendetwas zu sagen aus dem Haus. Da stand er schon vor dem Forellenbecken und wir gingen auf den Riederstein, ein gutes Stück den Weg hinauf und fuhren immer wieder rauf und runter. Es müssen Stunden vergangen sein, bis wir heimgingen. Dieter gab mir einen Kuß auf die Backe, den ich sogleich erwiderte. Mein erster Kuss, ich war ganz verliebt.

Inzwischen hatte man mich bei einer nächtlichen Kontrolle schon vermisst. Ich ging durchs Fegefeuer. Frau Mandel, Herr Direktor Kilian, die anderen Fräuleins standen Spalier, und von jedem gab es Ohrfeigen. Als ich ins Bett ging, glühten meine Ohren und meine Backen vor Schmerzen. Diese so schöne Nacht mußte ich mit einer Woche Kartoffelschälen bezahlen. Ein teurer Preis für eine jugendliche Romanze.

Da für den Gauleiter Giese das Hotel Seerose umgebaut wurde, mußten wir ins ‚Juchhe' umziehen, einen Altbau, der auch zum Hotel gehörte. Schade war das, aber es ging halt nicht anders. Die Räume waren größer, man brachte sechs Mädels oder gar acht mit Stockbetten in einem Zimmer unter. Es gab nur Strohsäcke, darüber ein Leintuch sowie Decken; wie bei Oma, dachte ich. Sie starb im gleichen Jahr mit 82 Jahren. Ich hatte sie sehr geliebt.

Mit Liesl Gumbrecht, die zwei Jahre älter war als ich, heckte ich so manches aus. Wir machten ein Loch ins Stroh, schoben eine Waschschüssel mit kaltem Wasser hinein, zogen das Leintuch darüber glatt. Wenn dann das Opfer ins Bett hupste, wusch- lag sie in der Schüssel. Wir alle lachten und hatten unsere Gaudi. Weniger Gaudi war dann das: Es gab in diesem alten Gebäudeteil Mäuse und Spinnen. Die waren größer als normal. Ein Mädel steckte sich eine Spinne nach einer Jagd in den Mund und aß sie: Wir sahen sogar noch die langen, dünnen Beine aus ihren Lippen spitzen, und hörten das Krachen, uns grauste es zum Erbrechen. Anneliese, so hieß sie, hatte ihre helle Freude daran.
Später riss sie nachts aus, mit einer Schüssel bewaffnet, um im Tegernsee Fische zu fangen. Lebend brachte sie diese aufs Zimmer und steckte sie lebend in den Mund. Die Augen von ihr leuchteten, wenn sie unseren Ekel wahrnahm. Ich konnte das Mädel nie leiden, weil sie Tiere so quälte.

Zurück zu den Mäusen: Herr Käfer, der Besitzer des Hauses, hatte auch zwei Katzen, denen es in dem Bierstüberl, welches unter unserem Zimmer lag, und noch für Fremde und Stammgäste offen war, sicher recht gut ging. Aber das Mäuseproblem wollten wir, vor allem ich, selber lösen. Unter dem Waschbecken war rechts vor dem Fenster ein Loch. Aha, das ist das Mauseloch, dachte ich.

„Wißt ihr was", war mein Vorschlag, „wir schütten da Wasser rein, dann gehen alle kaputt."

Gesagt, getan., Lisa holte zwei Eimer heißes Wasser von der Küche und schüttete sie ins Loch, dann marschierte ich die Treppe herunter und holte die nächste Fuhre Wasser.

Frau Käfer fiel es auf, daß wir soviel warmes Wasser holten und fragte:"Was deads ihr mit dem vielen Wasser?"

„Wir waschen uns mal mit warmen Wasser", antwortete ich.

Abermals hatten wir zwei Kübel ins Loch geschüttet, als wir plötzlich Herrn Käfer hörten. Er war immer ein kräftiger, polternder Mann, aber heute abend noch lauter als sonst: „Ja, was deads denn ihr da?"

Wir stellten uns mit unseren langen Nachthemden vor die Pfütze. Er schob uns zur Seite, schimpfte, schrie wie ein Wahnsinniger: "Was fällt euch denn ein?"

Ich gab ihm zur Antwort, wir hätten nur die Mäuse im Zimmer ertränkt.

„Schauds amoi ins Bierstüberl, da rinnt das Wasser meinen Gästen am Stammtisch ins Bier nei. Sagds hoid was, dann sperrn mir die Katzn bei eich ei."

Dies blieb der Lagerleitung freilich nicht verborgen, und wieder befand ich mich für drei Tage beim nachmittäglichen Kartoffelschälen wieder.

Wenn ein Mädel krank wurde, hatte ich sie immer pflegen dürfen, ihr das Essen bringen, das Bett machen, Medizin geben usw.

Aber nach diesem fürchterlichen Streich, durfte ich keine Kranken mehr pflegen, auch nicht mehr auf sie

aufpassen. Daher schrieb ich meiner Mama ins Lazarett einen wehmutsvollen Brief, auf den ich einen
Engel klebte:

Liebe Mama,
Dieser Engel sagt dir: Habe doch Mitleid mit Dein
jüngstes Töchterchen!!! hol dein Kind heim, nun darf
ich keine Kranken mehr pflegen und sowas tut nur der
gescherte Direktor - es grüßt dich dein armes Kind
Ich fügte eine Zeichnung hinzu: Ein weinendes Kind
auf einem Stuhl, und schrieb darunter: so weint dein
Kind.

Kapitel 4

Das Hotel Seerose wurde vom Gauleiter Giese und seinem Stab ganz in Besitz genommen und so kam es, daß wir Schulkinder mit Lehrkräften und BDM-Fräulein in andere KLV-Lager verteilt wurden. Zuerst war ich im Josephstal, im Gasthof Huber; dort schlug einmal der Blitz ein, diesen Knall, und auch die Helligkeit werde ich auch nicht mehr vergessen. Außerdem stürzte einmal vom Berg kommend auf der Straße ein Pferdefuhrwerk zweispannig auf den Gasthof zu. Die Pferde rannten direkt gegen die Mauer; es war ein Mordsauflauf; viele Menschen standen herum, nur uns Kinder ließ man nicht hinschauen. Dabei war es doch unser Lager, in das die Pferde hineingaloppiert waren.

Nicht lange danach kamen wir nach Ascholding bei Wolfratshausen in ein Lager oben am Berg.

Neben uns lag ein Bauernhof, wo wir täglich frische Milch bekamen. Eier und Mehl gab es auch - dafür mußten wir aber Heu nachrechen. Und das bei großer Hitze ohne jegliche Kopfbedeckung. Zudem gab es auch nichts zu trinken, mein Hals war völlig ausgetrocknet. Von den Eiern sahen wir im Lager wenig. Eines Tages kam eine Russin zu uns, ungefähr 17 Jahre alt. Sie mußte putzen, spülen und Wäsche waschen. Als Kriegsgefangene hatte sie keine Kleider und Strümpfe, nur ein paar Holzpantoffeln. Wir freundeten uns mit ihr an und jeder brachte aus seinem Spind etwas zum Anziehen für die Russin. Wir waren nur noch dreißig Mädchen und lagen alle in einem Saal, wo man notdürftig Matratzen ausgelegt hatte.

Fräulein Mandel war nun mit noch einer Köchin unsere alleinige Betreuerin.

Eines Nachts sahen wir aus dem Fenster den roten Himmel. Wir wußten genau, in dieser Richtung mußte München liegen. Unsere Stadt brannte - wir mußten unbedingt zum Löschen hin! Zu sechst, alles Münchnerinnen brachen wir um sieben Uhr aus dem KLV-Lager aus. Den Berg runter durch den Wald liefen wir über die Isarbrücke, die Straße am Friedhof vorbei zum Bahnhof.
Wir teilten uns auf, jeder stellte sich neben irgendeinen Erwachsenen, der vielleicht in die Arbeit fuhr. Voller Tatendrang hörten wir den Zug schon pfeifend und dampfend daherkommen! Plötzlich packte mich ein Mann in Uniform unsanft an und rief Frau Mandel zu, die wie versteinert am Bahndamm stand: „Die is die letzte."
Meine Kameradinnen waren auch schon alle eingesammelt worden.
Ohne ein Wort gingen wir mit Fräulein Mandel zurück, die neben uns schweigend ihr Fahrrad schob. Im Lager bekam ich wieder einmal Prügel mit dem Ausklopfer. Aber wir wollten ja nur unsere Wohnungen vom Feuer retten.

Von Ascholding brachte mich Mama weg in ein Mädchenlager nach Bayrisch Gmain, oberhalb von Reichenhall. Sie wollte mich, als der Krieg zu Ende ging, in ihrer Nähe wissen.
Langsames Ende des fürchterlichen Krieges. Hertha war in Wien bei der Flak das Reich verteidigen, Ott-

chen mit 18 Jahren bei der Waffen-SS „Altmark" bei Graz, anschließend mußte er nach Pommern. Papa war in Holland im Einsatz, Mama im Reservelazarett in Reichenhall im Mirabell, so nannte man die Nobelherberge der damaligen Zeit. Nicht weit weg vom Bahnhof an der Mozartstraße, wo sich mehrere derartige noblige Unterkünfte befanden. Dorthin holte mich meine Mama - natürlich gabs beim Einpacken des Koffers Schelte für mich, denn die Sachliste stimmte nicht mehr. Ich hatte fast alles der Russin geschenkt oder gegen Hauchbilder eingetauscht. Mir machte es ja gar nichts aus, ob ich etwas besitze.

Das Mädchenlager lag an der Hauptstraße. Familie Dörr waren die Pensionsbesitzer. Frau Dörr zauberte ein tolles Essen. Außergewöhnlich waren auch die Mädels; sie gehörten der Rundfunkspielschar München an. Dies hieß, wir sangen sehr viele Lieder, die wir nach dem Schulunterricht einstudierten. Zwei Lehrer, die zugleich unsere Chorleiter waren, nahmen die Sache sehr ernst. Herr Zeitler war unser Musiklehrer. Außerdem spielten wir auch Theater. Daher waren die Nachmittage mit Proben ausgefüllt. Die Aufführungen waren sodann im Feuerwehrheim von Bad Reichenhall zu sehen. Einmal spielte ich in Schneeweißchen und Rosenrot die Böse, mußte schielen, die Zunge rausblecken, schreiend den Text wiedergeben, und dies vor achtzig verwundeten Soldaten, die mir alle reichlich applaudierten. Die Ballettlehrerin Inge Meisel sagte zu meiner Mutter, sie möge mich doch zu ihr ins Ballett schicken. Da dachte ich, soll ich immer so häßliche Sachen spielen? Ich bin doch gar nicht so! Bis heute blieb dieses Image an mir hängen, immer soll ich die strengen Figuren spielen.

Ich war eine Daumenlutscherin bis zu meinem zwölften Lebensjahr. Solange hatte ich meinen Tröster, was den vier Mitbewohnerinnen nicht verborgen blieb. Eines nachts wachte ich auf, es war hell und die Mädels standen um mich herum, lachten mich fürchterlich aus. „Gemeine Bande", rief ich, war wütend und beschämt zugleich. Nach diesem Schock habe ich nie mehr an meinem Daumen gelutscht.

Einige Zeit später waren Herr Zeitler und wir zu einer Feierlichkeit in Berchtesgaden eingeladen, wo wir mit einer weiteren Rundfunkspielschar, Jungen vom Schweizer Hof in Bad Reichenhall das ‚Ännchen von Tarau' sangen. Es war ein Genuß, weitere Lieder zu singen, auf dieser Bühne vor großem Publikum wie Hermann Göring, Adolf Hitler und vielen in Uniform, mit viel Gold und Silber behangenen Herren. Es war ja schließlich damals eine Ehre vor diesen Herren zu singen, ich strengte mich an, meine Altstimme rüberzubringen. Nie mehr hörte ich, das ‚Ännchen von Tarau' so herrlich wie damals. Dies Lied ging nicht mit dem Reich unter.

Die Vorweihnachtszeit kam und es wurden tüchtig Weihnachtslieder geprobt. Diese sangen wir dann in den Lazaretten, wo es fürchterlich stank. Wir Mädels sangen auf den Gängen, zwei wurden immer als Vertretung für alle in die kleinen Krankenzimmer geschickt. Da stand ich mit einer Kameradin - der junge Soldat war alleine im Zimmer. Ein Pfleger putzte an dem Beinstumpen herum, es stank fürchterlich nach Eiter - der Soldat weinte bitterlich. Wir zwei brachten keinen Ton heraus und weinten mit ihm. Warum mußte nur so etwas sein - warum nur? Als wir das Zimmer verließen, war die Gruppe weitergegangen, sang aus vollem Halse - Oh du Fröhliche. Was war da fröhlich daran - oh Gott, was denn? Nach diesem fürchterlichen Erlebnis durften wir in die Haupthalle am Eingang, um uns aus den bereitgestellten Schachteln Plätzchen zu nehmen. Jede stopfte sich die Kletterweste, die mit vier Taschen versehen war und die zwei Rocktaschen mit Weihnachtsgebäck voll. Dann gings durch die eiskalte mondbeschienene Weihnachtsnacht auf der Straße nach Bayerisch Gmain ins Heim zurück. Wir wurden zum Singen aufgefordert, jedoch keine brachte einen Ton heraus. Nicht nur die Nacht war kalt, sondern alles.

Im Frühjahr probten wir Turandot ein. Dieses Stück kam nur ein einziges Mal zur Aufführung. Die Kulisse war die Burgruine von Großgmain. Ich spielte den 2. Ratsherrn, von weitem hörten wir die Flak, das Donnern des heranrollenden Krieges, ich hatte fürchterlich Angst. Werden wir von den Soldaten alle umgebracht? Man sagte, die Schwarzen seien ganz schlimm, und wir spielten das letzte Spiel zu Ende.
Es hieß plötzlich, alle Eltern müßten aus Sicherheitsgründen ihre Kinder im Kinderspielchorlager abholen. Vorher sangen wir aber nochmals im Radio. In dem Kurhaussaal standen viele Aufnahmegeräte und Rol-

len mit Bändern, auf die wir mit den Jungen noch einmal singen würden. Es war einfach toll, als wir die Lieder noch einmal rausschmetterten - Herr Zeitler freute sich, daß alles klappte, das sah man ihm sichtlich an, es war das letzte Mal. Die Mädels fuhren Richtung München ab und ich beneidete sie darum, denn meine Mutter brachte mich nun ins KLV-Lager in die Schönau bei Berchtesgaden. Es war Winter, und wir hatten in diesem alten Speicher dieses Gebäudes viele Fledermäuse, vor denen wir uns so fürchteten. Ein Mädel ging mit dann mit einem Handtuch, das sie sich um den Kopf gebunden hatte und einer brennenden Kerze in den mit Holz umgebenen alten Speicher hinauf. Wir schlugen mit feuchten Tüchern um uns, was das Zeug hielt. Ich glaube aber, keine einzige getroffen zu haben. Dennoch gingen wir befriedigt wieder runter, und behaupteten den anderen gegenüber, wir zwei hätten alles erledigt.

Nur die Leiterin war am anderen Tag nicht erleichtert. Sie schimpfte uns ganz fürchterlich. „Warum nur, es ist doch nichts passiert?" stotterten wir.

Aber mit einer offenen Kerze sollte man wirklich nicht unbedingt auf dem Speicher rumspazieren.

Wochenlang sah ich nichts von der Umgebung, denn ein stinkender Nebel umhüllte das Land. Bald jedoch wurde das KLV-Lager dann auch aufgelöst. Und ich bin, es lag sehr hoch Schnee, mit meinem Koffer auf meinem Schlitten die Landstraße in Richtung Berchtesgadener Bahnhof gegangen. Dann wurde es abschüssig - ich setzte mich auf den Schlitten, und dahingings. Fein wars! Aber nicht lange, denn ein Lastauto stoppte meine wilde Fahrt. Ich fand mich unter dem Lastwagen wieder. Koffer und Schlitten rutschten rechts den Hang hinunter. Der Lastwagenfahrer holte mich von unten vor, und watschte mich ab. Er war erschrocken, genau wie ich; ich hatte nochmals Glück gehabt. Zu Fuß ging ich mit wackeligen Knien weiter. Neben dem Bahnhof an der Post rief ich sofort Mama an: „Mama, ich lebe!" war meine laute von Weinen geschüttelte Hiobsbotschaft. Mama meinte: „Komm man hierher zuerst nach Reichenhall". Dies war der Schluß meines KLV-Lebens.

Kapitel 5

Im Frühjahr 1945 mußte ich freilich wieder die Schule besuchen. Ich war inzwischen in der 6. Klasse. Mama hatte ein Zimmer im Wilhelmsbad, einer schneeweißen Pension im Jugendstil, gleich beim Bahnübergang. Von dort sahen wir aus dem 3.Stock durch die Dachluke auf den Bahnhof, rechts den Kurpark und links auf den Hohenstaufen.

Herrlich war es da, ich war froh, endlich mit meiner Mama zusammen zu sein. Gegenüber der alten Saline war die Schule, in die ich täglich ging. Bad Reichenhall war zur Lazarettstadt erklärt worden, auf den Häusern war überall ein weißer Grund mit einem roten Kreuz versehen. Dies sahen die feindlichen Flieger und wir wurden nicht bombardiert. Leider hielten sich die Alliierten am Kriegsende nicht daran, bombardierten die Lazarettstadt. An diesen Tag hatte ich fürchterliche Halsschmerzen, Mama machte mir einen Halswickel, da ertönte Alarm. Kurz darauf kam Vorentwarnung, so dass wir nicht gleich in den Keller gingen.

Plötzlich ertönte ein fürchterliches Krachen, Blitzen und Donnern, Mama und ich liefen die Treppe runter, die Glasscherben von den Gangfenstern fielen hinter uns drein.

Schnell rannten wir über den Hof ins Rückgebäude. Dort befand sich der Luftschutzkeller.

Es waren überall Bänke aufgestellt und viele Menschen schrien, auch ich, dann betete ich, lieber Gott, laß Mama und mich nicht sterben oder muß ich nun doch sterben, ich als Kind?

Nach einer halben Stunde war der Spuk vorbei. Wir durften wieder aus unserem sicheren Verließ. Man hörte laute Hilfeschreie, überall brannte es, und es stank fürchterlich. Unerklärbare Gerüche zogen durch die Straßen. Mama hatte ihre Tracht an, zog schnell die Handbinde drüber, was hieß: Rote Kreuz-Schwester im Einsatz. Sie lief davon in Richtung Bahnhof, rechts 200 Meter weiter war das Mirabell, gegenüber brannte ein Lazarett. Eine Phosphorbombe war eingeschlagen, die Treppen brannten, die Flüssigkeit der Bombe lief über die Stiegen. Große Bottiche mit Wasser wurden aufgestellt, Mama sprang in einen, lief anschließend die Treppen hoch, um einen Soldaten Huckepack herunterzuschleppen. Ich sah alles, denn ich war meiner Mutter gefolgt, da ich große Angst um sie hatte. Ich schrie fürchterlich, Menschen hielten mich zurück. Anschließend mußte Mama in die Frühlingsstraße, die hinter dem Bahnhof parallel zur Bahnhofstraße verlief. Dort am letzten Gleis stand ein Lazarettzug, voll mit Verwundeten, Mama mußte mit ausladen, soweit es noch etwas auszuladen gab. Es waren viele verwundete Soldaten verbrannt. Gleich dahinter in der Frühlingstraße in einem kleinen Haus, von der oberen Terasse hob es die Besitzerin mitsamt ihrem Bett durch die Fenstertür über die Terrasse in die große Wiese. Dort lag die Frau, sie lebte, hatte nicht einmal etwas gebrochen. Es war wie ein Wunder, da dachte ich: Wie im Zirkus, wos die Menschen auch so raushaut.

Als wir viel später die Straße runtergingen, sah man schon die ersten Leichenkisten. Beim Wegtragen fiel einmal ein Arm oder ein Bein heraus, denn sie waren nur einfach zusammengezimmert. Alle kamen auf grüne Militärlastwägen. Am nächsten Tag wollte ich doch mal nach der Schule sehen. Eine Sprengbombe hatte dieses Gebäude total vernichtet. Ich hörte, daß man zuerst die kleinen Klassen in die Saline geführt hatte, die älteren Mädchen, darunter meine Klassenkameradinnen waren alle tot. - Alle? - Nein, nur ich lebte, weil ich Halsweh hatte. Weshalb mußte ich weiterleben, warum nur? Die Antwort schrieb mir das Leben selbst - es mußte so sein.

Hertha kam mit einer Freundin und einem Major mit dem Flüchtlingstreck auf einem Planwagen nach Bad Reichenhall.
Ottchen wurde in Stettin am großen Zehen verwundet: Ein Heimatschuß. Er lag im Lazarett in Hindelang im Allgäu. Bevor die Amerikaner München erreichten, kam er über München nach Reichenhall; teils zu Fuß, teils auf einem Lastwagen, der mit einem riesigen Dieselmotor beladen war; mit anderen Soldaten fuhren sie auf der Autobahn Richtung Reichenhall. Unterwegs verunglückte dieser Lastwagen, der Motor begrub fünf Soldaten unter sich. Zum Glück stand Ottchen auf der anderen Seite und überlebte. Er erreichte wie Hertha ebenfalls Reichenhall und kam ins Lazarett Mirabell.

Bei einem Spaziergang sagte mein Bruder zu mir: „Wenn dich jemand frägt, was ich bin, dann mußt du sagen, bei den Gebirgsjägern. Denn wenn man mal verwundet war, dann kommt man immer in eine andere Kompanie."

Ach schade, dachte ich, er war doch so schön auf dem Bild mit der SS-Uniform; ich glaubte ihm damals.

Mit einer der Gründe, warum ich ihm heute nichts mehr glaube.

In diesem Mirabell war auch ein Ritter von Epp, den durfte ich sogar mal im Zimmer besuchen, und kurz ,Guten Tag' sagen. Zudem war ein Major von Schrank und so einige andere Generäle zugegen, die sich vor dem Einmarsch der Amerikaner hier hinter Schwesternschürzen versteckten. Der Stabsarzt sagte nach dem Abendessen: „Daß mir niemand das Haus verläßt - dies gilt auch für die Herrn Generäle."

Mama und ich schliefen zusammen auf einer Arztliege im Behandlungszimmer. Plötzlich hörten wir vom Arztzimmer nebenan ein Gepolter - beide hatten wir Angst, dann war es still. Doch ein unterdrückter Ton kam zu uns herüber. Meine Mutter zog sich schnell etwas über, um nachzusehen; ich gleich im Nachthemd hinter ihr drein. Da lag der Oberarzt mit einem in Tinte getränkten Watteballen im Mund auf dem Boden. Mama befreite ihn, wollte Hilfe holen, jedoch der Arzt hinderte sie daran. Er meinte, es wäre besser, dies auf sich beruhen zu lassen. Ich verstand das Ganze nicht.

Am folgenden Tag sah ich staunend aus dem Fenster vom Mirabell am Balkon einen schwarzen Mann vorbeigehen, den ersten den ich in meinem Leben sah. Mama meinte, der sei aus Afrika. Dann kam noch einer und noch einer, alle mit Gewehren in der Hand und Stahlhelmen auf dem Kopf. Kurze Zeit später fuhren Autos heran, khakifarbige mit einem Stern an der Vorderfront und einer Flagge mit Streifen und vielen Sternen. Dann rollten größere Autos mit mehr Soldaten an uns vorbei. Das sind also diese Bösen, die den Fliegerangriff machen, dachte ich und überlegte, was ich ihnen antun könnte?

Später bekamen wir Kinder immer Schokolade und Apfelsinen geschenkt - meine ersten Orangen! Neugierig umlagerten wir die Jeeps, bekamen Donuts, die so herrlich schmeckten.

Einmal ging ich alleine die Straße entlang, als ein Neger weiße Luftballons vom Balkon schmiß. Oh, ich habe einen Luftballon, dachte ich und ging ins Lazarett, freute mich darüber, aber ein Soldat, Herr Lockstett hieß er, sagte: "Schmeiß' sofort das Ding weg!"
„Warum denn?"
"Wo hast du denn den her?"
„Vom Neger" war meine Antwort.
„Weg damit", rief er und schmiß ihn zum Fenster raus. Ich weinte. So eine Gemeinheit, da hat man einmal einen Luftballon geschenkt und aufgeblasen bekommen.
Heute weiß ich, was das für ein Ding war.

Wir wußten mit 13 Jahren ja gar nicht, was zwischen Frau und Mann geschah. Allerdings hatte ich eine Schwester, die einige Jahre älter war, sehr schlank, mit schwarzen Haaren und hübsch. Deren Bild zeigte ich dann immer her, wenn die Soldaten fragten, ob ich eine Schwester hätte. „Natürlich", sagte ich und zeigte das Bild mit der Bitte um ein Stück Schokolade oder eine Orange. Ich bekam die zwei Leckerle, aber die Soldaten meine Hertha nicht. Sie hatte auch von gar nichts eine Ahnung. Mein Bruder, der inzwischen 19 Jahre alt und bei der Waffen- SS war, wurde, wie alle anderen Waffen-SSler gesucht. Man hatte für deren Denunziierung 1000.- Reichsmark Prämie ausgesetzt. Aus diesem Grunde mußten wir ihn verstecken. Es bot sich eine kleine Höhle unterhalb des Oberstaufens an. Dort versteckte er sich. Zum Glück war es Sommer. Ich ging zu den offenen Ami-Küchen, bettelte um Kaffee für meinen Topf und Pfannkuchen, um Speck und Weißbrot; mit diesen Gaben zog ich dann schnell zu Ottchen, damit er was zu essen hatte. Inzwischen lernte ich Gerdi Vollrat kennen, ein gleichaltriges Mädel, die bei den englischen Schwestern in die St. Zeno-Schule ging. Sie konnte etwas Englisch sprechen, wir zwei waren überall, wo es etwas zum Essen zu organisieren gab. Einmal schickte ich Gerti zum Ami-Koch, um ihn abzulenken; ließ derweil hinten eine ganze Palette Eier, es waren 30 Stück, mitgehen. Als ich hinauslief, bemerkte der Ami den Diebstahl, lief mir nach, bei der Flucht verlor ich etliche Eier, aber der Koch holte mich nicht mehr ein.

Ach war das ein Mittagessen, mit je fünf Eiern auf den Tellern, herrlich! Dies protzelte uns Gertis Mutter, die im Bahner-Haus im 3. Stock wohnte. Ihr Mann war noch in Kriegsgefangenschaft. Da sie aber gerne rauchte, organisierten wir neben Kippen ganze Zigarettenpackungen für sie. Frau Vollrat fing dann auch an, die Wäsche für einige Soldaten zu waschen. Das lohnte sich; dann gab es alles, was wir wollten. Die Vermittlungen trafen wir zwei Mädels. Da es Herbst wurde und ziemlich kalt, frug ich Frau Vollrat, ob Ottchen bei ihr wohnen könnte. Sie hatte nichts dagegen. Mit Rechen und Schaufel über dem Rücken als Gärtner verkleidet, zog er bei Gerdis Mutter ein. Bis zum Frühjahr blieb er bei ihr, dann mußte er ins Entlassungslager, damit er Papiere und Lebensmittelmarken bekam. Mama und ich begleiteten ihn ins Lager in der alten Kaserne; nahmen noch tüchtig viel Konserven mit, sowie Jacken und Socken. Er hatte Glück: Bei der Untersuchung schaute er dem alten amerikanischen Arzt ganz offen in die Augen. Er winkte ihn weiter. Nach zwei Monaten wurde er dann bei Freilassing entlassen. Papa kam zu Fuß von Holland aus über Weferlingen nach Reichenhall. Wir waren alle sehr glücklich, uns gesund in die Arme zu nehmen zu können.

Manchmal ging Hertha auf den Hohenstaufen, ich wollte auch dabei sein. Sie aber verlangte von mir, ihr im Kasernenlager, das stark bewacht war, einen Pelzmantel zu holen. Ich stimmte zu. Hertha schaute von dem Weg aus, daß niemand kam, ich hüpfte über einen kleinen Wassergraben, robbte mich bis zur besagten Halle, sprang auf die Fensteröffnung, die teilweise eingeschlagen war; da lag ein Riesenberg Pelzsachen vor mir, so groß wie die Halle. Oh Ilse, dachte ich, da suchst du für dich auch eine Jacke aus. Ich hob ein Teil nach dem anderen hoch. Plötzlich ertönte ein gellender Pfiff, vom anderen Ende schaute ein bewaffneter Soldat zu mir herüber, schrie etwas auf Englisch, was ich nicht verstand. Einzig „Get out of here!" kannte ich.

Er hob die Knarre in Anschlag. Jetzt wird's ernst, dachte ich, der wird mich doch nicht erschießen, wegen einem Pelz? Schnell erreichte ich das Fenster, nahm ein Fell für Hertha mit, schlupfte durch die Öffnung, hoppelte über die Wiese, über den Graben, geschafft!

Hertha war vorausgelaufen und als ich sie erreichte, freute sie sich, ein Stück zu haben, aber dann war sie enttäuscht, dass es ja bloß eine Jacke sei.

„Na und, der hätte mich ja erschießen können." gab ich zurück.

Aber ich durfte mit auf den Hohenstaufen, und sah, dass sie einen Freund hatte. Ich mußte im Sammellager schlafen, während die zwei in der Hütte ein Zimmer hatten. Na ja, heute denke ich, dass ich meine 11 Jahre jüngere Schwester auch nicht gerne mitgenommen hätte.

Kapitel 6

Mama wurde beim Roten Kreuz entlassen, damit verloren wir auch das Zimmer in Wilhelmsbad. Zwischendurch waren wir beim Alten Wirt gegenüber der St. Zenokirche wohnhaft. Bei Schwarzenbach in Non bei Reichenhall am Fuße vom Hochstaufen fanden wir endlich eine kleine Wohnung, die schon fertig eingerichtet war und einem Ehepaar gehörte, die zusammen noch militärdienstlich in Rußland waren. Die Hochstaufener Berghütte gehörte den Schwarzenbachs, so war es naheliegend, daß Mama für die Bergsteiger Erbsensuppe kochte. Ich konnte die grüne Erbsensuppe bald nicht mehr riechen. Ein paar Burschen kamen herauf, fragten mich, ob ich mal Pfannkuchen machen könnte. Ich bejahte, sie gaben mir die Zutaten, rührte den Teig an, gab alles in die Pfanne. Aber beim Umrühren fiel alles auseinander. Ich machte kleine Fleckerl daraus, zuckerte das Ganze, servierte dieses Gericht den Jungens. Die meinten, des sei ja a Kaiserschmarrn. Aha, dachte ich, jetzt kannst du sogar den Kaiserschmarrn.

Immer blieb ich nicht oben, denn ich war doch beim Kinderballett angemeldet, wo ich auch Gerti wieder traf. Wir zwei wollten natürlich die Besten sein. Am 1. September 1945 war es dann soweit, wir führten „Clivia" auf. Zum ersten Mal gab es in Bad Reichenhall im Kurpark nach dem Krieg eine öffentliche Aufführung. Dieser war voller Menschen, es waren auch Amerikaner da, Mama kam auch zum Zuschauen, denn wir mußten ja zusammen nach Non durch den dunklen Wald laufen. Das Ballettstück kam

gut an, die Leute schrien und klatschten, nur den
Amis hat es anscheinend nicht gefallen, weil sie laut
pfiffen. Und dabei waren wir wirklich gut. Gerti und
ich sprangen als Glühwürmchen mit zehn jüngeren
Mädels über den Rasen. Dann kam Diana, die mit
dem Kobold tanzte, der ganz in ein Fell gehüllt war.
War das nicht das Fell von der Kaserne, dachte ich.
Als alles zu Ende war, bekamen wir von den Amis
Donuts, also waren wir doch nicht so schlecht ge-
wesen, das ich jetzt auch gleich gelernt: Daß man in
Amerika pfiff, wenn einem die Vorstellung gefallen
hatte.

Es herbstelte und die Wiesen wurden zum letzten Mal
gemäht. Papa war inzwischen nach München gefahren, um nach unseren kleinen Wohnung in der Hohen-
salzaher Straße zu sehen.
Alles war voller fremder Leute, die während des Luft-
angriffs ihre Wohnungen verloren hatten. Unsere Möbel waren teilweise bei den Baumgartners, mit deren
Möbeln in einem Raum im 1. Stock verbarrikadiert.
Es dauerte etliche Wochen, bis beide Wohnungen von
den Zwangsmietern geräumt waren.
Jetzt konnten wir in Non unsere Koffer packen und
mit Sack und Pack in einen Lastwagen in Richtung
Heimat fahren. In Ramersdorf, dem Autobahnende
lud man uns aus, und wir warteten sehr, sehr lange,
bis wir abgeholt wurden. Warum fuhr uns der Fahrer
nicht noch nach Denning? fragte ich mich. Mag sein,
er hatte zu wenig Benzin oder noch einen weiten Weg
vor sich. Froh waren wir auf alle Fälle, wieder zu
Hause zu sein. Nun wohnten wir in diesen beiden

Räumen zu fünft in Untermiete. Ottchen schlief in der Küche. Im Schlafzimmer war das Ehebett meiner Eltern; Herthas Eisenbett stand in der einen Ecke, daneben unter dem Fenster war meine Schlafgelegenheit, ein großer Weidenkoffer mit ein paar Decken, ein Kopfkissen mit Federbett zum Zudecken. Meine Füße lagen auf einem Stuhl, den Mama, wenn wir gegessen hatten, jeden Abend an mein Bett schob. Ach wie gut hatten es die zwei Mädels von oben, die auch bald wieder zurückkamen. Jede hatte ein schönes Bett, die Familie Baumgartner war ja auch reicher. Diese sogenannte Liege war dreieinhalb Jahre mein Bett.

Heute hat jeder meiner Familienangehörigen, auch die Enkel, die besten Betten von mir gekauft bekommen. Denn alles wirklich Bedeutsame im Leben des Menschen findet im Bett statt: Zeugung, Geburt und Tod.

Bis zum 14. Lebensjahr ging ich wieder in die Ostpreußenschule. Frau Meier, eine gestrenge Lehrerin, bekam von mir des öfteren amerikanische Zeitungen, da Hertha bei den Amis im Kasino des Bürgerbräukellers arbeitete. Sie brachte so manches mit nach Hause: Zeitungen, Donuts, Seifen und Zigaretten. Wir waren sehr froh darüber. Papa mußte nicht den selbst angebauten Tabak rauchen, sondern bekam gute Zigaretten. Mama konnte wieder Wäsche waschen, und ich bekam in der Schule bessere Noten. Da ich in der Klasse die einzige evangelische Schülerin war, rief Pfarrer Jakob, er hatte an der rechten Hand nur einen halben Mittelfinger, mit sonorer Stimme hämisch: "Jorrrrdan rrrraus!" Dann stand ich dann eine Stunde draußen auf dem Gang, mit der Frage, was die denn tun, ob die über mich redeten.

Bis auf ein paar Klassenkameradinnen hatten wir wenig zu essen. Morgens gab es Mehlsuppe mit braunen Zucker, am Schulweg im Sommer rupfte ich mir Sauerampfer zum Essen. Es gab zwar eine Schulspeisung für unterernährte Schüler und Schülerinnen. Ich bekam aber nichts, weil es hieß, dass ich zu dick sei! Täglich mußte ich die Speisung austeilen. Frau Meier kam, den Schöpflöffel hochhaltend, die Kinder standen ordentlich aufgereiht. „So Jordan, jetzt teile aus!" sagte sie. Ha, wenn die gewußt hätte, daß ich schon längst satt war, weil ich vorher den Deckel weggenommen hatte. Mit meine Händen hatte ich reingelangt.
Es waren schlimme Zeiten. Überall mußten wir anstehen: Ums Brot, um Fleisch, beim Milchholen, sogar in der Gärtnerei Ziegenböck. Am Daglfinger Bahnhof stand ein unbeaufsichtigter Waggon Kohlen! Das sprach sich schnell herum, in wenigen Stunden war die Ladung gelöscht. Alle Haushalte hatten so we-nigstens ein paar Tage Wärme und die Bahn brauchte sich wegen des Entleerens auch keine Ge´-danken zu machen. Mein Schulabschlußzeugnis hatte mehr oder weniger mittelmäßigen Charakter, trotz der amerikanischen Zeitungen, die fielen da gar nicht ins Gewicht. Dagegen trug ich einen Teil von Schillers Glocke so gut vor, daß es sich auf die Deutschnote auswirkte. Manchmal denkt mal an eine Schmier, doch weiter kommt man auch ohne ihr.

Kapitel 7

In der letzten Schulklasse wurden wir nach unseren Berufswünschen gefragt. Köchin war mein Wunsch, dafür wurde ich ausgelacht. Wartet nur, dachte ich, wenn ich dann mal für euch kochen werde. Was mich dann doch zu einem anderen Beruf umschwenken ließ, war der Fotoapparat meiner Schwester. Mit diesem ganz einfachen Kasten fotografierte ich sehr gerne. Es waren gelungene Bilder. Also begann ich zuerst eine Lehre als Fotolaborantin. Später wurde mir gesagt, könne ich dann Fotografin werden.

Am 10. Oktober 1947, beim Foto Obergassner erfolgte der erste Schritt ins Berufsleben in der Kaufingerstr. 33, gegenüber von Roman Mayer, einem guten Kaufhaus. Der Fotoladen lag hinter dem Haushaltsgeschäft „Ehrlicher" dessen Besitzer zu dieser Zeit auch der Laden gehörte. Herr Hiller hieß er. Ein hagerer Mann, der stets die Ruhe in Person war. Das Labor lag im Keller. Es stank fürchterlich nach Schlacken, Entwickler und Fixierflüssigkeit. Mein erster Auftrag war, den Heizkessel von Schlacken zu säubern und dann anzuheizen. Ich hatte so etwas noch nie gemacht. Wie soll ich denn das machen, dachte ich. Diese Arbeit konnte ich nicht und so wurde ich vom Laboranten gleich als erstes angefahren. Er zeigte mir laut und hektisch wie man damit zu Rande kam. Zuerst Zeitung, dann das Holz zerkleinern, drauflegen, anzünden. Wenn es brennt, nochmals Holz darauf und danach den Koks.
„Vorsicht nicht zuviel auf einmal."

Eigentlich wollte ich doch Fotografin werden, dachte ich. Dann wurden mir große glänzende Platten in die Hand gedrückt, welche ich aufs feinste säubern und aufpolieren mußte. Dann die viereckigen Badewannen für den Entwickler und Fixierer putzen. Alle Pinsel, die zum Retuschieren gehören reinigen. Ein Fotograf, eine Fotografin und zwei Laboranten gehörten mit zu dieser Firma. Für diese mußte ich erst einmal Semmeln und Wurst einkaufen. Wieder zurück, schickte man mich ins Donisl Zigaretten holen. Pro Stück 6 DM. Der Weg verlief links an einer Ruine vorbei über den schon ausgetrampelten Schutthaufen. Dies wiederholte sich nachmittags, denn alle außer dem Chef rauchten. Ich wollte es auch mal versuchen, aber leider hatte ich keine 20 Reichsmark.

Nach drei Wochen durfte ich schon Bilder entwikkeln. So einfach war das gar nicht, denn waren diese zu lange in der Brühe, wurden sie gleich zu dunkel oder gar schwarz. Dann gabs wieder einen Anrüffler. Glanzbilder wurden mit dem Gesicht auf die Glanzplatte gelegt und getrocknet. Dann geschnitten. Wehe, es waren Staubkrümel darauf, das sah man sofort im Bild.

Die Berufsschule war in der Prankstraße. Zu dieser Zeit gab es wenige, die diesen Beruf erlernten. Die verbleibende Freizeit verbrachte ich mit Schwimmen und Sport im Volksbad. Frauen und Männer waren streng getrennt. Durch eine Schulfreundin kam ich in den Turnverein Jahn und spielte Basketball. Es machte mir Spaß. Nur waren wir arm wie Kirchenmäuse. Hatten keine Turnschuhe, mußten barfuß laufen. Es gab keine Turnbekleidung. Zuerst trainierten wir im

Theresiengymnasium. Die Turnhalle war zwar im Krieg stehengeblieben, aber es regnete oben herein. Im Winter war es zu kalt. Somit mußten wir mit unserem Trainer in einen anderen Turnsaal umziehen. In der Maistrasse wurde einer gefunden. Nur jeder von uns zwölf Mädels mußte zwei Briketts mitbringen. Holz lag ja überall genug in den Ruinen herum.

Im darauffolgenden Jahr spielten wir in Krefeld die deutsche Meisterschaft im Jugendbasketball aus und errangen den zweiten Platz. Ui, war ich stolz. Mitgeholfen hatte, daß wir durch meine Schwester im Bürgerbräukellersaal bei den Amerikanern ohne Kohlen (dort gab es Warmluftheizung) trainieren durften. Noch dazu bekamen wir von den Amis nicht nur gute Tips, sondern auch Turnschuhe und Turnbekleidung. Alle waren uns in Krefeld neidisch. Heute wird man „gesponsert"- so einfach ist das! Die Basketballgruppe löste sich nach einem Monat auf. Unser Trainer Gerd Schumann tötete in der Uni (er war Student) eine Putzfrau. Das war für uns alle ein Schock. Ich konnte es einfach nicht glauben.
Dann trennte sich Familie Ehrlicher von dem Fotoladen Obergassner, obwohl ich noch gar nicht ausgelernt hatte. Dabei machte mir das so richtig Spaß, denn ich durfte schon ins Atelier, welches oberhalb des Labors lag. Platten in die Linhofkamera einlegen, Scheinwerfer richtig einstellen. Einmal war Ferdinand Weißferdl bei uns. Er zog ein Schachterl aus seiner Manteltasche mit zwei kleinen Bürsten. Damit behandelte er seine dunklen, borstigen Augenbrauen.

„Na Derndl", sagte er, „kannst denn Du des a?" Und ob, im zweiten Lehrjahr, dachte ich. Im Radio war er immer so lustig. Aber hier so vor mir. Nur kauzig. Wir knipsten 48 Aufnahmen von ihm. Die Bilder hängen heute im Valentinsmuseum und ich konnte erst kürzlich der Leiterin Gudrun Kröll erzählen, wo und wann diese Aufnahmen entstanden sind.

Bei Foto Sauter am Rosenheimerplatz sollte ich die Fotolehre beenden. Jedoch gefiel es mir dort überhaupt nicht. Ausserdem hatte dieser Beruf zu der damaligen Zeit gar keine Zukunft. Papa sagte: „Geh ins „Fressfach", da kannst du niemals untergehen."

So fing ich gleich im Spatenhaus als Biermadl an. Es gab 20 Lehrlinge, Buben und Mädchen, und alle mußten in der Küche anfangen. Dann ans Buffet, danach kam man erst ans Service. In der Küche waren zwölf Köche und zwei Beschließerinnen, oh Gott, waren die böse. Ältere Weiber, die mich jeden Tag Schnittlauch büschelweise schneiden ließen. Wehe, er war nicht fein genug, da zogen sie mich gleich an den Ohren. Heimlich ging ich dann in die Ecke. Da war die Konditorenseite, da gab es dann schnell zwei Finger voll Sahne oder Schokocreme. Ich naschte zu gerne. Nur einen Nachteil hatte es, die Pölsterchen legten sich zu schnell an. Baumgartners gaben mir dann den Namen Kugelchen und die Burschen von Daglfing, Englschalking und Denning riefen mich Zitscherl. Dies ärgerte mich ganz fürchterlich. Ich fragte, was ein Zitscherl sei? A ganz a magere Katze, wurde mir gesagt. Ich ging den Jungs aus dem Weg, dachte aber, was, wenn sie mir begegnen? Viele Jahre später traf ich dann einen von diesen, natürlich schon ergrauten Herren. Er fragte: „Darf ich noch Zitscherl sagen?"

Meine Antwort lautete: „Heute schon."

Im Gegenteil, es tat mir gut, denn es war ein Stück Jugend, das wieder kurz auflebte.

Nach dem Petersilienhacken und Schnittlauch schneiden mußte ich silberne Platten polieren, Glasteller und Schüsseln einsortieren. Zwei Monate lang, mit Ausnahme der Schule, nach der wir um 17 Uhr auch wieder arbeiten mußten. Dabei wäre ich zu gerne mal ins Kino gegangen. Für kurze Zeit war ich im Küchenbuffet, wo durch eine Luke die warmen Gerichte durchgereicht wurden, versehen mit dem Bon der einzelnen Bedienungen und dem Preis, sowie dem Namen der Speisen. Alles auf Silberplatten oder Kasserollen mit Deckeln und darunter nochmals einem Silberteller.

Ganz schön schwer, dachte ich, das sollst du gekonnt servieren? Diese Platten und Kasserollen wurden von der Durchreiche zum beheizten, mit weißem Moltan bedeckten Rechaud gereicht. Unterhalb befanden sich 500 Suppen- und 500 flache Teller, die von uns Biermöpsen, so nannte man uns liebevoll, täglich poliert wurden. Die Bedienungen, alles gelernte Serviererinnen, holten dann die Gerichte ab und auf den gewärmten Tellern servierten sie den Gästen das Essen. Zudem putzten täglich vier Lehrlinge im Keller Tabletts. 480 Stück, 35 cm auf 20 cm groß. Zuerst wurden sie mit Sidol eingerieben, dann poliert. Wehe, die waren nicht einwandfrei und blitzblank. Zum Putzen der Tische befand sich unterhalb des offenen Hofes die Küche. Dort wurde vom Kochlehrling das

Eis gemacht. Da kam so manchmal, wenn ich mit dem Putzen dran war, von dem großen Holzlöffel ein riesiger Batzen Vanilleeis aufs Tablett. Allesamt gingen wir gleich nebenan auf die Toilette und schmausten.

Wenn uns Liesl Noack, die Tochter des Hauses, erwischt hätte, wäre was los gewesen. Punkt 11 Uhr mußten wir alle am Service stehen. Vorher besah sich Direktor Wimmer unsere Hände. Nach dem Tablett putzen war es eine schwierige Aufgabe, die Hände sauber zu bekommen. Ein Hangerl, ein Serviertuch mußte jede tragen. Dazu schwarze ordentliche Kleidung, schwarze Servierschürzen und schwarze Strümpfe. Ich freute mich schon, endlich einmal das weiße Schürzerl zu tragen.

Jede Bedienung hatte ihren Lehrling, der nur für die Getränke und für das Abservieren der Platten und Teller zuständig war. Außerdem war es Pflicht, den Gästen in den Mantel zu helfen. Ich war immer freundlich, lachte viel und daher fiel das Trinkgeld am Bierdeckel öfter höher als 50 Pfennig aus. Da gab es dann nebenan am Standl bei der guten Frau Freund ein Cola und einen Amerikaner. Denn vom abservierten Kartoffel die Salatgarnitur oder den Rest vom Kaiserschmarrn, was wir uns beim Einladen des Geschirrs in den Aufzug schnell in den Mund schoben, wurden wir auch nicht satt.

Zwar gab es Personalessen um 1 DM, das war allerdings nur ein harter Knödel mit Soße, der so alt war, das er schon blau anlief.

Wenn ich Moriskentänzer sehe, denke ich immer ans Spatenhaus, denn da waren vier an der Zahl, 1 Meter 80 hoch zwischen der schmiedeeisernen Abgrenzung am vorderen Service, wo ich mit Luise Mattae Station 2, das Fensterservice hatte. Diese Figuren mußte ich immer abstauben. Von der Bank aus kam ich schwerlich hin. So war es eine anstrengende und sinnlose Tätigkeit.. Sogar die Tischbeine mußten alle Woche gewachst werden. Gewiß waren die Blumenkästen am Fenster schön. Es gehörte zu meiner Pflicht, sie auch zu gießen. Einmal vergessen, kontrollierte Mummy, so nannten wir unsere Chefin Frau Anna Noack, die Gewächse. Sie sagte einen weisen Spruch, den ich damals nie verstand. Wie die Blume, so die Seele der Frau. Dies habe ich später öfters an andere Frauen weitergegeben. Nur die Backpfeifen oder Watschen konnte ich nicht weitergeben, und die bezog ich wegen allem von ihr.

Mittags und abends nach der Essenszeit, die Bedienungen hatten bis 17 Uhr Zimmerstunde, also frei, mußten wir erst einmal die Berge von Silberbesteck abwaschen und trocknen. Die dazugehörigen Holzkästen hatten allein schon ein Gewicht. Jedes Biermadl lief mit besagten Besteckkasten in den Keller, wo in großen Spülbecken abgewaschen wurde. Abends, als ich fertig war, stellte ich den Besteckkasten schnell mal in der Schwemme, in eine für „schnell mal halbe Bier trinken" gedachte Ecke. Ich hatte Lust auf eine Cola und eine Bratwurst vom Standl. Als ich zurückkam, stand wie ein Schutzmann Liesl Noack da und schimpfte mich ganz fürchterlich. Fast hätte ich meinen Zug um 22 Uhr 10 vom Ostbahnhof nach Daglfing nicht mehr erreicht.

Am darauffolgenden Tag morgens um 8 Uhr fingen wir an zu arbeiten. Ich mußte zum Tischdecken tauschen in das Wäschemagazin. Hatte die zusammengelegten Tischdecken auf einem Stapel auf beide Armen hebend und mit dem Kinn festhaltend. So stand ich vor Mummy. Sie schrie mich fürchterlich an wegen des Besteckkastens, welchen ich am Vortag so stehengelassen hatte. Wisch wisch wisch, bekam ich Watschn. Ui, war die Chefin böse. Aber die Tischdecken hielt ich dabei noch fest im Arm. Nur nicht fallenlassen, Ilse, dachte ich. Mein armer Kopf flog dabei hin und her. Abends ließ sie sich von mir ein kleines Bier servieren. Da habe ich sie gefragt: „Mummy heute haben Sie mich gefirmt, wo bleibt die Uhr?"

Sie gab mir seitlich einen Klaps und schon war es wieder gut.

Heute würde ich es nicht ertragen, wenn irgendjemand auch nur eine Hand gegen eines meiner Familienmitglieder heben würde.

Sehr viel Prominenz war bei uns zu Gast. Wir Lehrlinge, Brigitte, Susi, Liesl, Lotte, Hildegard, um nur einige zu nennen, waren immer glücklich, Hans Albers, Valerie Götz, Kurt Götz, Gustav Waldau, Paul Hörbiger, Attila Hörbiger mit Paula Wesseli, den tollen Modedesigner Schulze Varel mit seiner Gattin Kiki. Komponist Schmitzeder, Brigitte Horney, Hans Richter und Regisseur Richter, den Herzog von Windsor mit seiner Gattin und Gefolge zu sehen. Letzterer gab mir nur 2 DM Trinkgeld.

Über jeden der Prominenten könnte ich Geschichten schreiben. So über Hans Richter, der Regisseur war öfter in unserem Hause Gast. Er meinte, ich wäre hübsch und nett. Sollte doch zum Film gehen. Am kommenden Montag kommst Du in mein Hotel Feldhüter, dann machen wir einen Vertrag.

Ilse, du kommst zum Film, dachte ich glücklich...

Pünktlich, wie verabredet war ich um 9 Uhr im Hotel, er war nicht da.

An der Rezeption fragte ich nach Herrn Richter. Der sei noch in seinem Zimmer, flötete die schwarzweiß bekleidete Dame in protzigem Hochdeutsch. Aber Sie können ja in der Kabine rechts vom Eingang mit dem Herrn telefonieren. Ich stelle kurz durch. Mir klopfte das Herz bis zum Hals. Richter war am Apparat, ich sprach: „Bitte ich bin da, sie sagten doch...“

Er schnitt mir das Wort ab: „Komm rauf, frühstück mit mir, und dann machen wir den Vertrag.“

„Ich? Nein, daß mach ich nicht, ich geh doch nicht zu Ihnen auf das Zimmer.“

„Dann eben nicht!“ rief er.

Dann war Stille in der Muschel. Der will mich bloß im Bett haben, dachte ich. Am nächsten Tag saß er wieder im Spatenhaus an einem anderen Service, rief mich zu sich: „Warum bist Du denn nicht raufgekommen?“ Dann drückte er mir einen zusammengelegten 20 Mark-Schein in die Hand. Dieses Geld steckte ich tagsdarauf in einen Umschlag und schrieb dazu, daß ich nicht über alle Betten zum Film kommen möchte. Gab dem Hotelboy vom Hotel Feldhüter den Umschlag mit der Bitte, er möge Herrn Richter diesen geben, 2 DM Trinkgeld steckte ich ihm noch zu.

Ich konnte in den Spiegel sehen und war stolz darüber, nicht wegen vielleicht einer kleinen Filmrolle mit einem Mann, den ich gar nicht mochte, ins Bett zu gehen.

Regisseur Kortner, Kurt Meisel, Mario de Monaco, mit dem und seinem Begleiter war ich in Schwabing unterwegs. Im Studio 15, Leopoldstrasse sind wir dann hängengeblieben. Ach, war das ein schöner Mann. Wenn der dich heiraten würde, dachte ich. Er war inkognito hier in München im „Vier Jahreszeiten" abgestiegen. Nein, nein, es ist nichts gewesen. Ich bekam ein Bild mit Autogramm; ein Taxi, das mir bezahlt wurde, brachte mich heil nach Denning heim.

Heute meine ich, daß es eigentlich nicht schlecht gewesen wäre, mit so einem schönen Menschen in einem Nobelhotelzimmer aufzuwachen.

Mit dem Schauspieler Hans Richter und Maestro Nico Dostal, beide hatten österreichisch gesprochen, war ich auch in München unterwegs. Zwar einen Tag vor meiner Kellnerprüfung, die in der Blumenschule am Sendlinger Torplatz stattfand. Zuletzt saß ich mit beiden im Cafe Stadt Wien am Balkon oben. Ganz stolz war ich, daß ich mit so einem großen Komponisten und Schauspieler ausgehen konnte. Tanz war auch noch, aber die Herren wollten nicht tanzen. Leider, na ja, ich war jung, aber nicht so hübsch angezogen. Darum wollten sie anscheinend nicht tanzen. Auch da fuhr ich mit dem Taxi heim. Die Nacht war kurz. Um 6 Uhr 30 ging der Zug, denn ich mußte zu der Prüfung pünktlich sein. Prompt bin ich wegen einer Frage von Herrn Bos (Besitzer vom Cafe Undosa in Starnberg), die ich schnippisch beantwortete, durchgefallen: „Wieviel Grad hat ein Halbgefrorenes?"

Meine Antwort lautete: „So etwas hat mich in den drei Jahren noch kein Gast gefragt." Da war es aus, mein Gegenüber schäumte vor Wut - ich konnte heimgehen.

Wenn ich dies gewußt hätte, wäre ich trotz der Prominenz nicht ausgegangen? Doch, ich bereue nichts.

Im Frühjahr 1952 holte ich die Prüfung mit Bravour nach.

Diese Prominenz von damals. Sie alle hatten großes Format und Lebensstil. Es galt als Selbstverständlichkeit, daß sie Ihre Zeche bezahlten. Teilweise rauchten wir schon auf dem Klo zu fünft in einer Kabine Margot Hilschers angerauchte ¾ Zigarettenstummel. Mit einer Haarklammer wurde der letzte Zug ausgekostet. Plötzlich stand Mummy im Toilettenraum, rief: „Was macht ihr da drin? Kommt sofort raus, rauchen auch noch."

Die vier Kolleginnen schoben mich als erstes raus, was mich empfing, war eine Ohrfeige und dazu mußten wir in der Zimmerstunde zur Strafe 1000 Papierservietten legen. Diese Strafe brummte uns Herr Direktor Wimmer auf. Wir nannten ihn Grufti, weil er gar so dürr und lang war. Einmal sagte er zu mir: „Du treibst mir die Galle hoch."

Ich fragte mich, was er nur damit meinte? Eine Galle - ich lachte nur dazu. Später, als ich das Geschirr vom

Service den langen Weg bis hinten zum Aufzug trug, sah ich unterm Tisch eine Stoffserviette, dachte, auf dem Rückweg hebst du sie auf. Da stand Grufti. Mit einem flätschenden Ton fragte er: „Hast du die Serviette nicht gesehen?"

Ich bückte mich danach. dabei gab er mir einen fürchterlichen Tritt in den Hintern, daß ich samt Stoffserviette auf der anderen Seite des Tisches herausstürzte.

„Ziege" brüllte er dabei. Ich stand auf und lachte nur, was sollte man auch anderes tun? Schließlich gewöhnt man sich an den schroffen Ton in der Gastronomie.

Grufti wurde dann krank und ein neuer Direktor, Herr Klaus Meier, kam. Er war fachlich gesehen, ein grosser Mann, hatte seine Erfahrungen auf einem Luxusdampfer in Amerika, sowie im Hotel Waldorf Astoria gesammelt. Als die Kaufhalle in der Neuhauser Straße eingeweiht wurde, war das Festbankett bei uns. Hundert Gäste galt es zu bedienen. Ein Ober, eine Bedienung, sowie ein Lehrling bedienten 10 Personen. Es war alles vom Feinsten eingedeckt mit riesigen Blumenarrangements, Kerzen. Vorher boten die Lehrlinge Zigarren an. Die Komis, so nannte man schon ausgelernte Kellner, welche ein Jahr Berufserfahrung hinter sich hatten, reichten Orangen-Tomaten-Saft auf einem Tablett den noch stehenden Gästen. Mich fragte ein Herr: „Was kosten denn die Zigarren?"

„Sechzig Pfennig", antwortete ich.

Er gab mir prompt 60 Pfennig.

„Na da musst du sehen, wer Zigarren um eine Mark hat, da könnte ich dann ja tauschen. Das wären dann

40 Pfennig mehr. Mit dem Auswechseln der Zigarrenkisten klappte es, aber keiner fragte mich mehr nach dem Preis.

Es gab nur erlesene Speisen, mit allem was dazugehörte.

Direktor Meier war ein Stewart Granger Typ. Fast jede von uns verliebte sich damals in ihn. Er stand am Kopfende der Tafel, wir drei Servierkräfte, verteilt auf jeweils 10 Gäste, alle 10 Personen wieder drei Kellner, oder Kellnerinnen mit einem Lehrling. Wenn Klaus Meier kurz nickte, setzten wir die Vorspeisen ein. Auf Kommando ging dies bis zur Nachspeise. Genauso beim jeweiligen Abservieren. Diese präzise Korrektheit faszinierte mich. Diesen Beruf lernte ich, wenn er auch noch so anstrengend war, immer mehr zu lieben.

Übrigens, bei diesem Festessen hatte ich mit 19 Jahren meinen ersten Rausch. Wir ließen überall natürlich wie die Biermöpse, in den Weinflaschen einen Rest zurück, den wir im Servierkasten versteckten. Dann gingen wir zwei und zwei abwechselnd auf die Toilette und tranken. Da blieb es nicht aus, daß wir Lehrlinge blau waren. Herr Direktor mußte uns zwangsweise heimschicken. Wer nun damals das viele Silberbesteck abspülte, ist mir immer ein Geheimnis geblieben.

Am anderen Tag versammelte Herr Direktor uns im kleinen Nebenzimmer, er sprach ganz ruhig, also wir haben unter uns 17 weiße, sowie drei Schwarze. Und dies sind Brigitte, Susi und Ilse, und die legen eine Woche lang täglich 1000 Servietten in der Zimmerstunde, da verging uns das Lachen.

Als man Direktor Maier 1995 zu Grabe trug, war ich – das schwarze Schaf – die einzige, die ihn begleitete.

In der wenigen Freizeit ging ich ins Prinzregententheater in die italienische Oper. Unter unseren Stammgästen war auch ein Blonder mit blauen Augen. Dieser Herr kam öfter mit seinen Eltern zum Essen. Dieser Blondi, wie ich ihn bei meinen Kolleginnen nannte, in den war ich ja so was wie verliebt.
Diese Art, wie er lächelte. Seine Augen glänzten. Sein Gang, alles gefiel mir an ihm. Er beachtete mich nie. Er besaß einen hellblauen Volkswagen. Ich mußte nur noch den Namen herausbekommen. Ich kannte einen Mann, Thaddäus Schwab, der beim Straßenministerium beschäftigt war, der mußte mir behilflich sein. Es klappte, er hieß Felner und wohnte in der Windeckstraße 82.
Sylvester brauchten wir Lehrlinge nie arbeiten. So packte ich allen Mut zusammen und läutete um Punkt 12 Uhr nachts bei seinem Gartentürl, in der Hoffnung, er würde mich bei dieser Kälte hereinlassen. Durch den Garten kam seine Mutter auf mich zu, sagte: „Fräulein Jordan, lassen Sie doch das, was wollen Sie?"
Ich brachte kein Wort über meine Lippen, ging weg, weinte. Lief vom Waldfriedhof, Hadern, dann links in die Fürstenrieder Straße runter. So lief ich im Jahre 1952 bis nach Denning. Es mögen fünf Stunden vergangen sein, bis ich durchgefroren, wütend und beschämt zugleich daheim ankam. Am folgenden Tag, ich durfte schon Kuchenmädel mit weißer Schürze sein, hatte ich gerade 40 Stück frisch gedrehte

Blätterteig-Käsestangen auf einer Platte, das Stück 70 Pfennig wert. Da saß Herr Felner an einem anderen Service alleine. Sagte zu mir: „Fräulein Jordan, was war denn das? Was soll das, dies wird nie zwischen uns was. Also lassen Sie die Sache beruhen."

Da stand ich wie ein begossener Pudel! Eine Käsestange nach der anderen kullerte hinunter, ohne daß ich es bemerkte.

Ich sah ihn nur an, wie kann man auf einen Menschen nur so fixiert sein?

Heute ist es gut so, denn nie mehr bin ich je einem Mann mehr nachgelaufen. Sie sollten kämpfen, um mich werben.

Familie von Fürstenberg gehörten auch zu unseren Stammgästen. Eine große Familie mit sechs Kinder, die allerdings schon etwas älter waren. Eine Tochter war Fotografin mit eigenem Atelier. Sie schrieb für die Gondel, eine Zeitschrift aus Hamburg, einige Artikel. So auch den Artikel: „Schönheit im Alltag." Sie fotografierte mich mit weißer Schürze an meinem Arbeitsplatz, ein Biertablett in der Hand. Sie schrieb, das Veilchen, was im Verborgenen lebt ist auch kein leerer Wahn. Bei meinem Konterfei stand: Ilse Jordan vom Spatenhaus. Da war ich aber stolz. Herr Felner hatte es im Wartezimmer gelesen und fragte mich danach. Der Musikkritiker Herr Karl Schuhmann von der Abendzeitung, auch ein Gast in unserem Service sprach mich wegen des Artikels an. Er lud mich zum Essen ein, ging mit mir in die Oper und wir fuhren zusammen an den Starnberger See. Ich hatte den

Badeanzug dabei und schwamm ein wenig. Er dagegen zog sich gar nicht erst aus.

Anschließend fuhren wir mit dem Schiff nach Dießen zum Essen. Abends wieder mit dem Zug nach München. Er war nett, zahlte alles, aber sonst ist da nichts gelaufen. Selbst als ich mit ihm im Moulin Rouge war, hatten wir nichts. Außer einem Kuß auf die Wange zum Abschied. Jahre später, als wir uns trafen, gestand er mir, daß er in seinem Leben nie so viele Russische Eier gegessen hätte wie im Spatenhaus. Er mochte mich einfach.

Thaddäus Schwab saß auch fast jeden Abend mit seinem Vater Georg, mal an der Schwemme, mal am letzten Service, um den Tag mit einer halben Bier zu beenden. An einem Spätabend sprach mich der ältere von beiden an, ob ich mit ihnen zum Sechstagerennen gehen möchte. Ja schon, aber nur spät, da ich ja bis um 21 Uhr zu arbeiten hatte. Aber es klappte.

Sie hatten genügend Bier dabei und wir jubelten Altig, Kellerer und Konsorten lauthals zu. Mit Taddy freundete ich mich an - etwas einseitig, denn ich mochte keine Männer mit Glatze - auch war er 10 Jahre älter. Irgendetwas war aber an ihm, das mich auf ihn aufmerksam machte. Taddy radelte viel mit mir und gerne. Seine Schwester Bernadette (Berni) war Substitutin beim Sport Münzinger. Beide waren mit den Münzinger Söhnen befreundet. Sie fuhr mit ihnen alle Jahre zum Skilaufen, was ich leider nicht konnte. Ich weiß es nicht, an einem Sylvester und raus war ich bei Schwabs. Sein Vater war Kirchendiener an der Residenzkirche. Ihre Dienstwohnung befand sich hin-ter der noch halbzerbombten Kirche. Bevor die An-griffe losgingen, war es Georg Schwab, der die Wert-sachen der Kirche in Sicherheit gebracht hatte. Welch ein tapferer Mann, dachte ich.

Also blieb ich bei der Familie. Oben im ersten Stock bezog mir Maria Schwab, seine reizende Mutter, im Wohnzimmer das Bett.

Damals hatte ich große Angst. Thaddäus würde zu mir kommen. Neugierig war ich jedoch trotzdem. Er kam - Stunden später. Behutsam nahm er mich in seine Arme, küsste mich auf den Mund, sagte liebe Worte, streichelte meinen zitternden Körper. Ich hatte Angst, man könnte uns im Haus hören, und ich würde dann nachts rausfliegen. Ich ließ es geschehen. Morgens wachte ich alleine auf. Ich wusch mich, zog mich an und ging runter in die Küche, wo schon das Frühstück stand. Taddy saß auf der Bank und sah mich mit strahlenden Augen an. Ich schämte mich und sah ihn gar nicht an. Glaubte, dass jetzt alle wußten, daß ich meinen ersten Mann erst mit 19 Jahren hatte.

Heute weiß ich, es war nicht zu spät, denn alles was zu früh anfängt, wird zu schnell vergehen.

Thaddäus starb mit nur 28 Jahren an einem Malaria-anfall, ganz einsam und allein hinter einem Standl, als er mit dem Radl nach Riem fahren wollte. Es war für mich ein kleiner Weltuntergang. Ich nahm Schlaf-tabletten und wollte auch sterben. Man fand mich auf einer Wiese in Berg am Laim liegend und brachte mich zu einem Arzt. Meine Eltern waren sehr er-schrocken.

Was hätte ich alles versäumt, oder besser nicht gelitten?

Aber nun fing ein neues Leben an.

In Mailand hatte Taddy eine Italienerin kennen und lieben gelernt. Jahre danach, wie es der Zufall wollte, stand ich wieder einmal an seinem Grab, legte rote Nelken auf den Hügel. Wie ich so dastehe, kommt eine kleine schlanke Dame mit schwarzem Haar zum Grab, legt rote Rosen nieder, schaut mich an. Plötzlich sprüht sie Gift und Galle auf italienisch, nimmt meine Nelken vom Grab und schmeißt sie auf die Seite. Ich revanchierte mich, griff nach den Rosen und in hohen Bogen flogen diese meinem Strauß Nelken hinterher.

Nun war sie keine Dame mehr, packte mich an meinem Mantelkragen und motzte mich in ihrer Muttersprache an.

Ich wusste nicht, was sie sagte, aber anscheinend war sie noch auf diesen unter der Erde liegenden Mann eifersüchtig! Einige Friedhofsbesucher wurden schon aufmerksam - so zog ich es vor, einfach das Feld zu räumen.

Anscheinend war mein Thaddäus auch ihr erster Geliebter gewesen, was ich damals nicht erraten konnte.

Sommer, zweites Lehrjahr. Herr Ludwig Noack, für uns war er kurz der Vater, war mit meinen Leistungen anscheinend doch zufrieden, denn ich durfte, man bedenke nur welche Ehre, mit seinem weißen Opel Blitz ihn in aller Früh zum Schlachthof begleiten. In der Kapuzinerstrasse parkte er ein. Ich blieb sitzen, als er ausstieg. Dann klopfte er ans Auto: „Hopp, Aussteigen." Inzwischen hatte er den Kofferraum aufgemacht und ich sah den Inhalt: In großen Schafeln lagen Riesenbatzen Fleisch, die er zuvor im Schlachthof geholt hatte.

„So jetzt hebst am anderen Ende an, und wir tragen es da in den Keller." Über eine ausgetretene Treppe ging es abwärts. Hinter der Tür kam mir ein undefinierbarer Gestank entgegen. Der Raum war ziemlich dunkel und feucht, überall waren kleine Schläuche, die mit langen Spritzen versehen waren. Was soll das, dachte ich.

„Siehst, da wird das Fleisch gepökelt, für was meinst, daß ich dich mitnehm? Da faß an die Reine."

Haha, so geht das, dachte ich. Der Zurückweg ging durch die Thalkirchner Straße übern Sendlinger Torplatz, an dem viele Radlfahrer um das Rondell zum Arbeitsamt fuhren. Vater Noack riss das Fenster auf, schrie raus: „Fahrts wieder zum stempeln, ha?"

Er mochte, wie ich, faule Leute nicht. Trotz Strenge habe ich viel gelernt, was ich später auch gut angelegt hatte. Dies war jedoch ein weiter mühevoller Weg.

Nach Taddys Tod war er doch der erste Mann in meinem Leben, der mich ja gewiss geheiratet hätte, jedoch war ich noch am Erdboden zerstört.

Bei einem Kellnerwettbewerb in der Schwanthalerstraße, mußte man 200 Meter laufen mit einem Tablett, worauf ein 1/4 ltr. Weinglas mit gefärbten Wasser stand, sowie eine Flasche gefüllt mit Wasser. Also ausschütten durfte man nichts. Ich meldete mich gar nicht erst an.

"Keine Lust zu nix mehr."

Ein Stammgast, Herr Wagner, drängte mich, ich solle doch mitmachen. Du schaffst es! Wagner gab mir 10 Mark. In letzter Minute zog ich das weiße Schürzerl an und lief, lief, lief. Vor mir, auf dicken Gummirädern in einem schwarzen offenen Wagen, wo Wochenschau draufstand, stand der Kameramann. So lief ich der Wochenschau hinterher. Neben mir bemerkte ich eine Konkurrentin, die mich überholen wollte, da sprach ich sie mit Hans Mosers Genuschl an (zum allgemeinen Gelächter imitierte ich diesen Schauspieler gerne), und sie mußte lachen. Dabei verschwappte sie die Flüssigkeit des Glases. Ilse, du mußt mit allen Mitteln Erste werden, dachte ich. In der Höhe von Deutschen Theater, da waren die Zielgerade und die Kampfrichter. Alle Gläser und Flaschen wurden nach dem noch gebliebenen Inhalt bemessen. Welch Freude, ich war Siegerin. Die ganze Woche drauf sah ich mir während der Zimmerstunde in den Rathausspielen die Wochenschau an, denn ich war zum ersten Mal im Film! Später hatte ich wegen des unschönen Aktes noch ein schlechtes Gewissen. Die Kollegin war vom Franziskaner und eine Unterklasse in der Berufsschule. Ich schenkte ihr von der Bäckerei gegenüber einen Warschauer, was sie auch annahm, doch das Verhältnis blieb kühl.

Die Siegesfeier wurde im Löwenbräukeller abgehalten, wo ich eine Kaffeemaschine der Firma Palux als Siegesgeschenk überreicht bekam. Etliche Kolleginnen vom Spatenhaus und sogar Mummy Noack waren mit dabei, es war ein wunderschöner Abend.

Vor Übermut stieg ich beim Heimweg am Hauptbahnhof vorm Hertie auf ein Verkehrspodest, um ein paar Autos den Weg zu weisen. Mit einer Hand die Maschine festhaltend. Die Autofahrer hatten Humor und folgten meinem nächtlichen Tun.

Im südlichen Bahnhofsausgang gegenüber waren Holzstandl, da alles noch nicht bebaut war, an denen tagsüber allerlei Waren verkauft wurden. Dort stellten wir uns rein und versteigerten spaßeshalber meine Kaffeemaschine.

So voller Übermut und lustig kann nur die Jugend sein.

Selbstverständlich gingen wir auch auf das Oktoberfest, kurz ‚de Wiesn' genannt. Liesl, Brigittchen und ich, drei Biermadl. Alle Jahr konnten wir an der Fischer Vroni nicht vorbeigehen. Schnell war ein Platz an einem grünen Biertisch mit dazugehörigen Stühlen gefunden. Als die beiden saßen, führte mich mein erster Weg zu der Küchenausgabe. Da stand sie, die Fischervroni. Eine Wirtin wie aus dem Bilderbuch. Mit einem schneeweißen, gestärkten Holländerspitzenhäubchen, und einer blütenweißen, bauschärmeligen Bluse mit passender Weste und Rock, vor welchen sie wie Mummy Noack eine halbe weiße Schürze gebunden hatte. Ich grüßte sie mit einem freundlichen Lächeln. Sie sah ihren Mann, ein richtig gewichtiges Mannsbild kommen, sagte zu ihm: „Schau Karl, da is wieder de Kloane, die allerwei so a Stimmung bringt, gengas nur nauf aufs Musikpodium und dirigierns wieda, grings scho an Steckerlfisch und a Masserl."

Das war doch etwas bei meinem mageren Geldbeutel. Gut, ich brachte das Zelt, das heißt, das Publikum in Stimmung, die Menschen standen auf den Stühlen. Nach drei Musikstücken hörte für eine kurze Pause die Musik auf, und ich sprach ins Mikrophon, wenns ihr mir morgen sehen wollts, kommts zum Weißwurstessen ins Spatenhaus. Glatt, in der Tat, zwei 8er Tische voll Gäste kamen immerhin. Vom ersten Stock kam Mummy gerade vorbei, ich mußte es ihr sagen, daß das Wiesnleut von gestern seien. Sie schenkte mir ein kopfschüttelndes Lächeln.

Meine zwei Kolleginnen amüsierten sich noch mehr. Denn sie lernten junge Burschen kennen, die ihnen je ein großes Schokoladenherz um den Hals hingen, sie mit Bier und Hendl verwöhnten. Da fuhr es aus mir heraus, ich rackere mich da oben ab, und ihr laßt es euch gut gehen. War ich den beiden neidisch. Aber ich hatte ja auch meine helle Freude daran. 50 Jahre später kann ich mit dem neuen Bierzelt der Fischervroni nochmals in Berührung.

Kapitel 8

Im dritten Lehrjahr, nachdem ich ein paar Monate Kuchenmädchen war, nahm mich Frau Noack auf die Seite und sagte: „Ilse, du hast nun in einem guten Haus gelernt. Sieh zu, daß du nur in erstklassigen Häusern arbeiten kannst, nicht im Gasthof oder Bahnhof. Da bist du zu schade, nur mit dem Geld mußt du noch besser umgehn lernen. Schau, da verdienst du ja nix, wenn du den Kuchen selber ißt, bloß daß du ein Geschäft machst."

Aber da hatte sie sich sehr getäuscht, denn ich war ein Schleckermaul. Nach der Lehre - ich hörte nicht auf die Lehrchefin – fand ich in einem kleinen Gasthof, bei Frau Richter in Marktoberdorf eine selbstständige Alleinbedienungsstelle. Endlich nicht mehr zu Hause, nicht mehr unter einem großen Haufen von Kollegen und Kolleginnen zu servieren. Frei wollte ich sein - wollte....! Als Alleinbedienung verkaufte ich das Bier vom Fass sowie andere Getränke auf eigene Rechnung, mußte später mit der Wirtin das Faß abrechnen. Des Abends wurde es immer sehr spät, in der Früh kam ich nicht aus den Federn. Die Unterkunft - ein winziges Zimmer mit Blick auf den hinteren Hof - inklusive Misthaufen war gratis wie auch die Verpflegung. Kam ich allerdings später ins Lokal, standen am Stammtisch vor den Gästen schon einige Biere aus meinem Faß, die die Wirtin kassierte. Damit war mein Essen und Logis schon bezahlt, dachte ich. Die Fenster des Lokals, sowie Theke, Stühle, alles, sogar der Fußboden gehörte zu meinem Arbeitsbereich. Oh, wie recht hatte doch Mummy! Ich überlegte wie ich jetzt auf dem schnellsten Weg hier wegkommen konnte. Die Lösung war allerdings sehr schmerzhaft. Frau Richter hatte zwei Söhne, einer davon war gelernter Koch, wogegen der zweite nur manchmal in der Küche mitarbeitete. Ansonsten fuhr dieser nur mit dem Motorrad spazieren. Unter der Woche hatten wir viele Mittagsgäste, Vertreter, Versicherungsleute und Angestellte von Gablonz. Ein Wiener Schnitzel, das ich reklamierte, war der Auslöser. Anscheinend war es in der Küche vergessen worden, denn die beiden Söhne schlugen den Fliegen tot.

„Ach, da hamma ja a no so a Fliagn", kams auf Allgäuerisch. Der Koch packte mich, hob mich hoch und stellte mich in den grossen Suppentopf auf dem Herd. Ich schrie fürchterlich, kam nicht mehr raus - zu dritt haben sie mich, die nicht zu schreien aufhörte, aus meinem heißen Gefängnis gehoben. Die Gäste über dem Hausgang waren aufmerksam geworden, liefen zur Küche, im selben Augenblick zog mir die Wirtin vor den Gästen meine Hose herunter, an der meine Pohaut hängen blieb, ich hatte Verbrennungen 2. Grades und konnte vier Wochen nicht sitzen. Ein Gast aus München nahm mich, nachdem ich Hals über Kopf gepackt hatte, viel besaß ich ja nicht, in seinem kleinen Bus auf dem Bauch liegend mit nach München. Heute weiß ich, reize nie einen Koch, wenn er in der Küche schwimmt, daß heißt, wenn er mächtig viel zu tun hat, denn diese Sorte von Leuten genießen immer den § 51a.

Es wurde Spätsommer und ich suchte krampfhaft eine Arbeitsstelle. Mummy Noack war meine letzte Hoffnung, um einen Posten bei Gisslers in der Maximilianstraße zu bekommen. Dort sollte ich im Garten bedienen, wenn schönes Wetter war. Es wurde aber nicht schön, und bekam ich vom Herrn Gissler wenigstens 50.-DM, damit ich das Zimmer bei Dr. Walters in der Paradiesstr. 10 bezahlen konnte. Vom Arbeitsamt schickte man mich zu den Hauptbahnhofgaststätten. Im Büro im ersten Stock, klopfte ich zaghaft an: „Kommens nur rein" tönte es hinter der Tür. Frau Meier, eine adrette, kleine, schwarzhaarige Person stand vor mir. Da ich im Spatenhaus gelernt hatte, war dies ein Garant für gute Leistungen am Service. Also war mir die Stelle gewiß.

„Sie haben Spätdienst, täglich zwischen 15 und 1 Uhr nachts, und zwar im Garten."

Wo ist hier ein Garten, fragte ich mich. Der Garten war der Platz zwischen den verschiedenen Säalen und den Bahnsteigen. Drei Reihen mit grünen, runden Gartentischen mit jeweils fünf zusammenklappbaren Stühlen standen dort. Alle aus Eisen, sehr schwer. Zu den Kollegen mußte ich nicht viel sagen, Kellner in der Meute sind rücksichtslos und hinterhältig. So manches Mal war mein für den Gast bestimmtes Essen weg, den Bon fand ich in der abgelegten Bonschüssel wieder. Ich hatte eben keinerlei Erfahrung. Nun wußte ich, warum Mummy mich vor einer Stelle im Hauptbahnhof bewahren wollte. Aber was soll man tun, wenn man Geld verdienen muß? Ein Schankkellner, namens Michel, ein netter Mann von 28 Jahren hatte zur Unterstützung den Metzgerlehrling Hansel, einen etwas dicklichen, großen, blonden, blauäugigen jungen Burschen. Er sah mich – ich spürte seine Ausstrahlung - das wars. Ich, die Ilse war in diesen fleißigen Mann auf Knall und Fall verliebt. Er war noch kein Mann, dies besorgte ich mit meiner großen Liebe, was bei uns auf Gegenseitigkeit geschah. Schon ein Blick oder eine kurze Berührung ließ mich halb ohnmächtig werden. Wobei er mich beim ersten Treff vor dem Telegrafenamt um 1 Uhr 30 nachts versetzte, beim zweiten Treffen ebenfalls. Damals dachte ich zuerst, er würde mich nur auf den Arm nehmen. Aber Hans schrieb glühende Liebesbriefe, bat mich x-mal um Verzeihung. Als Postbote fungierte Alfred sein Kollege aus der Metzgerei; als Umschlag hatten wir eine Zündholzschachtel, damit es keiner merkte; denn Liebschaften waren im Betrieb verboten. Kein Wunder, daß er mich versetzte. Später erzählte er mir, daß er verschlafen hatte, denn sein Dienst ging schon früh um 6 Uhr los. Am Service durften die Tische und Stühle erst wenn alle Gäste weg waren, zusammengeklappt, gestapelt und gekettet werden. Weil ich anfing aufzuräumen, obwohl ein Gast um 12 Uhr 45 noch da war, bekam ich einen Anpfiff und einen Eintrag in die Personalakte. Die Sitten waren streng, oh wie sollte ich das nur durchhalten? Wenn ich daran denke, daß ich im gleichen Unternehmen 31 Jahre später als Vertreterin Arbeitnehmergruppe der IHK Gastronomenlehrlinge die Prüfungen abnahm. Dies erzähle ich aber zum späteren Zeitpunkt.

Dann wurde Frau Dr. Birkenmeiers Sohn Siegbert aus der russischen Gefangenschaft entlassen. Er hatte

Anspruch auf unsere Wohnung in der Hohen-salzacherstraße, die uns sofort gekündigt wurde. Da wir nicht gleich eine ordentliche Wohnung fanden, zog Mama mit mir zur Familie Walters in die Paradiesstraße. Er war Chemiker bei den Bayerwerken, Leverkusen, sie Hausfrau, bekam spät ein Baby; Benno tauften die beiden den Buben. Meine Mutter, da noch als Rotkreuzschwester verfügbar, betreute bei Walters Mutter und Kind, sowie ein wenig den Haushalt. Dr. Walters waren gottseidank bereit, uns in unserer Not aufzunehmen.

Mit Papa hatte Mama damals Streit. Er lebte zu diesem Zeitpunkt in Moosach in einer Baracke in Oberwiesenfeld, mit anderen Arbeitern zusammen. Als ich sah, wie mein Vater lebte, mußte ich weinen. Ihn einfach so weglegen - was war geschehen zwischen den Eltern, die jetzt die silberne Hochzeit vor sich gehabt hätten? Zwischen Hansl und mir war Sonnenschein, wir turtelten, liebten uns. Als es kälter wurde, stahl ich den Kellerschlüssel bei Dr. Walters, und wir saßen nachts dort: Ich auf dem alten Schlitten und Hansl auf einer Kiste. Eine Kerze brachte die romantische Beleuchtung. Es war himmlisch schön. Und was wir uns erzählten, eigenartiger Weise nichts über meine Eltern nicht, nichts über die seinen. Wir hatten nur uns und das war schön. Diese Verhältnis blieb aber nicht mehr lange im Verborgenen und man kündigte mir meinen Arbeitsplatz. Die Frau muß immer gehen!

Zwei Tage später arbeitete ich schon im Apollo an der Dachauer Straße. Der Saal mußte täglich eingedeckt werden. Arbeitsbeginn war 17 Uhr. Schön langsam gegen 18 Uhr 30 kamen die Gäste. So waren auch Künstler dabei, wie Ida Schuhmacher, Wastl Witt, Gustav Fröhlich, Oskar Paulig. Der Musikclown Nuk war da, ein ehemaliger Zahnarzt sowie dessen Gattin oft habe ich mich mit ihnen unterhalten. Er war ein weiser Mann, dieser Clown. So manche Künstler unterhielten sich mit mir, und man merkte, daß sie Menschen waren. Hansl kam mich oft besuchen, zu einer Vorstellung mit den Grassauer Holzhackerbuam bestellte ich auch meine Mama, damit sie, wenn ich ihr schon so vorschwärmte, meinen Hansl kennenlernte. Sie fand ihn nett. Später erzählte ich ihm, neben wem er gesessen hatte. Er wurde etwas blass und verschämt, hoffte keinen Fehler gemacht zu haben. Das war fast ein wenig unfair von mir. Heute weiß ich, daß er sich schämte, denn er wirkte so nüchtern. Seine Eltern besuchten dann auch ihren Sohn in München, und er gestand ihnen, eine Freundin zu haben. Zu dem Zeitpunkt war ich etwas vorgerückt und hatte im Restaurant Münchner Hof ein eigenes Service. Seine Eltern saßen neben meinem Tisch gleich links vom Eingang und gaben sich erst zu erkennen, als sie zahlten. Ich begleitete sie hinaus, im gleißenden Sonnenlicht verabschiedete ich mich. Abends darauf holte mich Hansl ab, zog mich unter eine Straßenlaterne, nahm meinen Kopf um die Haare genauestens anzuschauen.

„Tatsächlich, du hast dir die Haare färben lassen!"

Ich beteuerte: "Nein, nur Spülung, wollte dich mit etwas Rot überraschen." Ich wußte nicht, was ich da angestellt hatte, denn Tante Sophie, seines Vaters

Schwester war rothaarig, und die mochte keiner von der Verwandtschaft. Deswegen hatten seine Eltern gelacht: „Die hat ja roade Haar".

Aber Farbspülungen gehen schnell heraus und tagsdarauf war dies kleine Problem schon gelöst.

Kapitel 9

Dieses junge ehrliche Liebesglück blieb natürlich nicht ohne Folgen. Vom Salvator am Nockherberg fuhren wir mit der Linie 7 bis Karl-Augustenstrasse. Ein paar Meter weiter, Dachauerstr.50/I, bei Maier´s hatte ich ein winziges Zimmer. Über dem Wohnungseingang durch den Flur ging es in die Küche, wo sich nebenan die ursprüngliche Speis befand. Das war nun meine für 80,- DM gemietete, 3 Meter 80 lange auf 1 Meter 80 breite Behausung. Hansl war glücklich und wir schliefen auf engstem Raum gleich ein. Des Morgens hörten wir die Zimmerwirtin mit ihrem angetrauten Ehemann schon laut sprechen, denn er war schwerhörig. Uns wurde es mulmig. Wie sollte ich meinen Liebling ungesehen hinausbekommen? Ich dachte, na, wenn das rauskommt, dann werfen sie mich aus dem Zimmer raus und was dann? Es war schon 10 Uhr und um 10 Uhr 30 ging im Münchner Hof mein Dienst an. Uns blieb nichts anderes übrig, als Hansl im Schrank zu verstecken. Bis ich um 14 Uhr 30 wieder zu Hause war, saß der arme Kerl im geschlossenem Kleiderkasten. Inzwischen war Frau Maier, die ordnungsliebende 70 jährige Hausfrau in meinem Kammerl und räumte meinen Mantel zuerst über einen Kleiderbügel hängend in den spaltbreit noch offenen Kleiderschrank, wo sich die Garderobe über Hansl schob. Sie merkte nichts und schloß die Schranktür zu. Aus der Gasthofküche nahm ich für ihn ein warmes Gulasch mit Reis mit. Im Zimmerchen zurück, sah ich sofort, was passiert war und öffnete die Schranktür. Oh weh, der arme Hansl war fast am

Ersticken. Ich hatte ganz schön zu tun, diesen gewichtigen ein Meter achtzig großen Mann aus dem Gefängnis zu hieven. Mit einem: „I mach das nie mehr", legte er sich fix und fertig aufs gemachte Bett. Aber das mitgebrachte Essen tat ihm gut, und eine Flasche Bier hatte ich auch noch in der Ecke stehen. Die Maiers waren wieder in der Küche, es roch nach Kaffee, den sie hörbar schlürften. Auf einmal war Stille eingetreten - sie waren weg. Hans und ich liebten uns und es war alles wieder gut. Ich dachte nur: Hoffentlich merken meine Wirtsleut nichts von meinem Liebesglück.

Heute bräuchte ich vor niemanden einen Mann, den ich liebe, verstecken, denn wenn man zu jemanden steht, kann und soll es auch jedermann sehen.

Wie schon erwähnt, die Folgen waren: Ich wurde schwanger. Hansl war zuerst erschrocken, dann nahm er mich in seine starken Arme, küsste mich auf Mund und Augen, Backen mit dem Ausruf: „Oh wir bekommen ein Kinderl, wir zwei!"
Oh welches Glück, dachte ich. Sehnlichst wünschte ich mir einen Jungen, ein Abbild seines so hübschen lieben Vaters und wollte ihn Max Otto taufen – auf die Namen seiner Großväter. Ich schwebte im siebten Himmel, doch es kam wie immer anders.

Schlecht wars mir gar nie, aber schlafen konnte ich immer. So verschlief ich öfter meinen Dienstbeginn. Einmal entschuldigte ich mich per Telefon, ich sei beim Arzt und hätte eine Spritze bekommen. Es sei so geschwollen, daß ich nicht zur Arbeit kommen könnte. Später, als alle Kollegen wußten, daß ich schwanger war äfften sie mich nach: „Dei Spritz wird immer dicker." Hansl offenbarte sich seinen Eltern, sie waren Pächter des Gasthofes zur Rose in der Reichstraße in Donauwörth. Was er mir erst jetzt erzählte. Am ersten freien Tag, ich war im dritten Monat, fuhr ich zum allerersten Mal nach Donauwörth, wo mich am Bahnhof Hansls Freund, Albert Keller mit dem Fahrrad abholte. Im breiten Schwäbisch sagte er, er hätte „sei Vaaradl o dabei"

Ich verstand, seinen Vater hätte er dabei.

„Mir machts nichts aus, wenn Sie Ihren Vater dabei haben!" sagte ich. Das erste Mißverständnis, dem noch viele folgten.

Hans, was ich nicht wußte, half seinem Vater beim Schweineschlachten. Die Rose war ein großer dreistöckiger Gasthof. Mit großen Fenstern, die mit weißgerahmten Butzenscheiben versehen waren. Hinter einer großen eichenen Eingangstür führten 14 Stufen zum Hochparterre. Dort befanden sich links das Frühstückszimmer, rechts gegenüber ging es in die Gaststube. Vier Meter weiter rechts war eine Pendeltüre zur Gastschenke. Gegenüber ging es ebenfalls durch eine Pendeltüre in die Küche, in deren Mitte ein sechs Meter langer Wamsler Kochherd stand. Umgeben war dieser mit Anrichte und Hängeschränke für das Geschirr. Am Herdende waren Gasflammen eingebaut.

Vorläufig plazierte mich Hansl ins Frühstückszimmer, da dies zur Mittagszeit leer war. Mir schlug das Herz bis zum Hals: Was werden die sagen? Wie nehmen sie, Hansls Eltern, mich auf? Ob sie sich freuen, Großeltern zu werden? Schließlich waren beide im Alter von 41 und 42 Jahren. Hansl kam rein, stellte mir seinen Vater nochmals vor. Ich gab artig die Hand. Er bot mir eine Brotzeit an. Zum Beispiel selbstgemachten Leberkäs. Was ich mit „Nein Danke" zurückwies, obwohl mich der Hunger quälte.

„Da nebenan, in dem Lebensmittelgeschäft hab ich in der Auslage so schöne Wiener Würstl gesehen, wenn ich da 2 Paar haben könnte."

„Ja natürlich" hörte ich seine sonore Stimme und er verließ den Raum. Es dauerte einige Zeit, kein Mensch kam zu mir - was war bloß los? Plötzlich wurde die Zimmertüre jäh aufgerissen. Da stand völlig im Raum, Hände nach hinten haltend Herr Obermeier senior. Wutentbrannt polterte er heraus: „Wir wissen, was mit Ihnen los ist Fräulein Jordan. Mei Frau hat scho an Nervenzusammenbruch, liegt oben im Bett. Und für Sie ist es das beste Sie ver-- lassen sofort das Haus."

Dies war ein Schlag ins Gesicht. Wo war Hansl, meine große Liebe, wo denn? Dieser Tyrann hatte ihm nicht mehr erlaubt, mit mir zusammenzukommen. Meine Antwort war: „Ja, ich fahr mit dem Zug nach München, aber vor der Ankunft schmeiß ich mich raus."

„Dann tun Sie es", war seine Antwort. Damals wußte ich noch nicht, daß er doch später mein Schwiegervater werden sollte.

Die Sache mit dem Zug hing mir bis zum Donauwörther Bahnhof nach, jedoch einen bitteren Nachgeschmack hinterließ diese so voller Hoffnung begonnene Begegnung doch.

In der heutigen Zeit hätte ich es als ledige Mutter leichter. Damals blieb mir nichts übrig, als meinen Eltern die Schwangerschaft zu beichten. Sie, die ich liebte, waren seit einem Jahr getrennt. Ich heckte einen Plan aus. Ohne daß einer von dem anderen wußte, lud ich sie abends zum Essen in den Löwenbräukeller ein. Papa saß schon an einem Tisch, als ich eintraf. Er hatte sich extra für mich fein angezogen. Seine Augen strahlten, daß ich mal mit ihm ausgehen wollte, hie und da hatte ich ihn ja in seiner armen Behausung im Lager besucht. Da kam Mama. Ich stand auf und ging ihr entgegen. Sie erschrak

„Was will denn der da? entfuhr es ihr.

„Jetzt komm Mama, mach hier kein Aufsehen. Setz dich zu uns."

Nach einigen Minuten Verzögerung gab sie klein bei und plazierte sich neben mir. Wir bestellten was Feines, denn der damalige Wirt, Herr Heilmannseder hatte eine gute Küche. Nach dem Essen zahlte ich die Zeche und lies die beiden allein. Nach meinem zweistündigen Kinobesuch saßen die beiden noch immer zusammen am Tisch. Nun galt es alles zu beichten. Ich gab mein Geheimnis frei, sagte, ihr beide werdet Großeltern und mein Bub, sollte Oma und Opa haben.

„Ja, wer der Vater sei, war die erste Frage.

„Ein Gastwirtssohn aus Donauwörth", und ich log, „der mich heiratet, weil er mich so lieb hat. War schon bei seinen Eltern, nette Leute", log ich weiter. Papa und Mama waren froh und ich sah Tränen in ihren Augen. Ich dagegen weinte innerlich, denn ich wußte nicht, was werden sollte. Nun galt es, als erstes eine Wohnung zu bekommen. Wir hatten am Wohnungs-amt sowieso Stufe 1. Allerdings verwarfen meine El-tern diese Gegebenheit. Die Möbel lagerten immer noch bei Fischers Erben in der Orleansstraße. Pro Monat 27 DM Standkosten.

Inzwischen versuchte Herr Dr. Wallner, Tierarzt von Donauwörth, und Hansls Onkel alles, um meinen Hansl mit einer Bauerntochter in Wörnitzstein zu verkuppeln.

„Die bekommt 400.000 DM mit, und jetzt steigst in den Wagen und schaust die dir mal an."

„Ja und was wird aus der Ilse?" stotterte Hans herum.

„Geh laß die doch laufen mit dem Kind, die kriakt sich doch jederzeit einen anderen", war die Antwort dieses „Gnoms". Hansl mußte von seinem Vater aus, nochmals die Schulbank drücken. Und zwar die Hotelfachschule in Pasing. Dies gab uns beiden wieder Gelegenheit, uns zu treffen. Es war so schön, er legte seine Hand zärtlich auf meinen schon dicken Bauch, spürte den Fuß oder war es die Hand, dann den Kopf oder war es doch der Po, wir waren wieder voll Glück.

Lina, Hansls Halbschwester, deren Mutter bei ihrer Geburt verstorben war, kam zu Besuch nach München. Sie war zwei Jahre älter, als wir zwei. War eine sehr nette Erscheinung. Groß, blond, blaue Augen, in denen doch etwas Schreckhaftes verborgen war. Was nur war es?

Im Kaufhof gab es zu der Zeit im ersten Stock einen Erfrischungsraum mit Bedienung. So nannte man diese Speiselokale. Aus der Speisekarte suchten wir die Gulaschsuppe aus. Wir mußten lachen, weil unter dieser Suppe stand: Einlaufsuppe. Jetzt war das Eis gebrochen und wir plauderten über Hans, seine Eltern, den Beruf. Ich hatte das Gefühl, eine Verbündete in dieser Familie gefunden zu haben.

Mein damaliges Gefühl gab mir Recht, noch nach 47 Jahren stehen wir zueinander.

Im siebten Monat meiner Schwangerschaft bekamen wir nach langem Gezeter des Amtes endlich die Wohnung. Eine Neubauwohnung im 1. Stock. Mama gab mir für mich im Lokal einen Umschlag mit Schlüssel und Adresse ab. Sofort fuhr ich hin. Helle Freude kam auf. Endlich waren die Eltern vereint und wir drei hatten eine Wohnung. Gott war ich glücklich. Mama, Papa waren wieder zusammen.

Am 3. Dezember, nach 33 Stunden Wehen gebar ich einen Jungen. Einen Hansi. Während meiner Wehen kam Hans, gerufen durch ein Telefongespräch in die Haasklinik in der Richard-Wagner-Straße. Da stand er an der Tür zum Kreissaal, sagte: „Ich muß heim, bist denn noch nicht so weit? Wie lang dauert das denn noch? Weißt der Vater hat angerufen, ich muß heim zum Schlachten."

Er drehte sich von mir weg und bei mir flossen die Tränen. In einem kleinen Zimmer aufgewacht, fragte mich eine katholische Schwester, was ich gerne essen möchte. „Griesbrei mit Marmelade", sagte ich, was ich prompt an das Bett serviert bekam. Nur ich weinte und weinte, keine Schwester oder Arzt konnten mich in meinem verletzten Herzschmerz trösten.

Da ging die große Tür auf - mit einem roten Alpenveilchenstöckerl in der Hand stand Mama im Zimmer. Ihre helle Stimme: „Mädel ich gratuliere Dir zu deinem Jungen. Du darfst nicht weinen, Ilse, sei glücklich, daß der Bub gesund ist, und groß werden tut das Kindchen auch. Wirst sehen, wenn Ihr dann heiratet..."

„Wenn sie nur wüßte", dachte ich.

Zwei Tage später war der 5. Dezember. Die Schwestern öffneten die Türe von meinem Krankenzimmer. Weit draußen sangen sie weihnachtliche Lieder. Dann stellten sie mir einen Nikolaus in mein Zimmer. Aus einem roten Apfel, der Kopf eine Walnuss, aus weißer Watte der Rauschebart, die Mütze aus Buntpapier gebastelt. Die Schuhe waren ein schokoladener herzförmiger Lebkuchen. Auf meinem Nachtkasterl daneben stand eine kleine Kerze. Lange besah ich diese reizende Überraschung. Kommt nun auch Licht in mein Herz? Erwärmte der kleine Nikolaus meine Seele?

Später beglückte ich zum Angedenken jeweils am 5. Dezember 47 Jahre lang, Menschen, Freunde, Chefs, Kinder und auch Fremde. Vielleicht war ja einer darunter, der in einer ähnlichen seelischen Not war wie ich, und es erfreute ihn, damit er an ein neues Glück glauben konnte, denn es gibt es immer wieder. Nach meinem Krankenhausaufenthalt gab ich mein Bündel mit dem Baby meinen Eltern in Obhut. Dann nahm ich meine Aussteuerbettwäsche, ging in die Augustenstraße 20 zum Versatzhaus, bekam 240 DM. Nebenan war ein schmales Geschäft voll von Kinderwägen. Ich suchte den schönsten und besten für meinen Hansi aus. Dieser funktionierte später auch als Sportwagen. 220 DM nahmen die zwei alten Damen dafür, ich glaube es waren Schwestern. Vom Rest kaufte ich eine Decke. Da ich als hochschwangere Bedienung arbeitslos geworden war, und stempeln gehen mußte, gab es ja nur ein paar Mark.

Vierzehn Tage nach der Geburt ging ich zum Münchner Hof wieder arbeiten. Im Apollo bekam ich ein Service.

Oskar Paulig trat im Programm mit auf. Wir wussten, daß er ärgerlich würde, wenn während seines Auftrittes serviert wurde, denn er kam aus seinen Text.

Neben der Bühne unterhalb links war die Schänke, wo ich 5 Bier bestellt hatte, wollte noch schnell servieren. Zu spät, der Schankkellner schrie mich an: „Schau, daß Du das Bier weiterbringst!"

Aber ich durfte doch nicht! Trotzdem nahm ich das Tablett mit den vollen Biergläsern, ging hinaus in den dunklen Zuschauerraum. Oskar Paulig sah mich, sagte ins Publikum: „Die, die da läuft, hat letztens geworfen, aber nicht von mir, nicht daß ihr das glaubt."

Hätte ich das Geld nicht so nötig gehabt, wäre ich auf der Stelle gegangen. Aber dieser feine Herr entkam seiner Strafe nicht. Eine Woche später servierte ich ihm, weil es der Zufall so wollte, einen Sauerbraten, Semmelknödel und Salat. Aus Versehen fiel mir die Platte aus der Hand und auf den schönen Anzug von

Oskar Paulig. Oh, war mir das aber peinlich. Die Rache des kleinen Mannes!

Wenn ich heute noch daran denke, überkommt mich eine Genugtuung die ich nicht wiedergeben kann.

Die Arbeitstage waren lang und oft mußte ich im Winter von der Münchner Freiheit aus, dies war die Endstation der Linie 6, zu Fuß in den Harthof laufen. Taxis gab es schon, aber das konnte ich mir nicht leisten. Zuhause hingen an zwei Leinen, die ich durch die Küche gespannt hatte, Windel und Höschen meines Babys. Ich warf einen Blick in den Kinderwagen. Mein Hansi schlief so süß. Dann wärmte ich mich an dem Kohleherd, wo noch ein paar Kohlen glimmten und fiel todmüde ins Bett. Ach, wie gut war es, daß nun die Omi da war. Opa arbeitete ja noch als Möbelmaler bei der Firma Teubner am Giesinger Bahnhof.

Kapitel 10

Das Jahr 1953 neigte sich dem Ende zu. Hansl holte mich nach Donauwörth; denn ich flehte ihn an, daß ich lieber bei seinem Vater arbeiten würde, nur damit ich in seine Nähe wäre. Außerdem wollte ich um des Kindes Vater kämpfen, damit es auch seinen Namen trägt und eine Existenz hat.

Ein schwerer Weg lag vor mir - jedoch es gab für mich nur diesen einen Schritt.

Zunächst mußte ich, so befahl es Hansls Mutter, putzen - den ganzen Tag mußte ich unsinnige Dinge putzen wie die Fließen in der Küche. Hinter dem Haus befand sich ein zweistocktiefer, feuchter, muffig stinkender Keller. Dessen schmale Steintreppe mußte ich mit Wasser und Lumpen zweimal pro Woche putzen. Einmal lag eine tote Ratte auf der Stiege. Ich schrie fürchterlich. Danach drückte ich mich davor. Im ersten Keller lagerten zweihundert Zentner Koks, im zweiten waren die zweihundert Zentner Kartoffeln eingelagert. Daneben standen 8-10 Literfässer mit Bier, sowie Gemüse. Es war ein Naturkeller, der im Winter mit Eis aus der Donau in einem Nebenraum eingelagert wurde.

Die eingelagerten Kartoffeln, die vom Bauern geliefert wurden, mußte ich mit zwei weiteren Mädeln vom Wagen in die Körbe schaufeln. Hansel und unser Hausl trugen die Körbe dann runter, denn der Aufzug war vom TÜV gesperrt worden. Dann mußten die Bierfässer mit einem Seil über die Treppen hochgezogen werden. Des öfteren kam es vor, daß ich die

Fässer mit hochlupfen mußte. Hansl zog und ich schob hinten an. Ich wußte und dachte, diese Mühe ist nur für mein Kind in München.
In Donauwörth durfte übrigens niemand wissen, daß der Obermeier Hans ein lediges Kind hat.

Während meiner Schwangerschaft ließ ich mich noch in der St. Bennokirche in der Karlstraße vom Herrn Pater Leander katholisch taufen. Hansls Vater meinte: "Wenn die ned katholisch is, kommts mir ned ins Haus."
Ich wars dann, und der kleine Hansi wurde noch in der Haasklinik auch katholisch getauft.

Lina, Hansls Schwester hatte sich in einen jungen Mann verliebt, er war angehender Heilpraktiker aus Nürnberg. Erwin Schünemann, sein Vater hatte in Eibach eine Heilpraktikerpraxis.
Lina mußte bei ihrer Stiefmutter viel arbeiten, war also froh das Elternhaus mit dem Hause Schünemanns auszutauschen. Ich beneidete sie. Die nun ging, war meine einzige Verbündete gewesen. Nun, da keine Stammbedienung mehr da war, durfte ich in die Gaststube zum Servieren, endlich meinen erlernten Beruf ausüben, endlich Geld verdienen. Meine Eltern hatten pro Woche nur 48.90 DM zu Verfügung. Da lag es nahe, da sie doch in München mein Baby betreuten, daß ich ihnen wöchentlich Geld schickte. Auch fuhr ich des öfteren nach München, um meinen Hansi zu sehen, er hatte es ja so gut, er blühte auf und gedieh. Sein blondes Lockenköpfchen, seine himmelblauen Augen, die mich anlachten, ließen alles vergessen,

was in der Rose geschah. Nur einen Tag durfte ich immer ausbleiben - zu kurz für eine Mutter-Kind-Beziehung. Jedes Mal weinte ich bittere Tränen im Zug, bitte, laß doch alles ein gutes Ende nehmen. Da Lina ausgezogen war, durfte ich das Zimmer von ihr beziehen. Zwei Monate später heirateten sie und Erwin in Nürnberg. Hierzu bekam Lina das grüne Schleiflackbett in welchem ich lag, und das gleiche Bett aus einem Fremdenzimmer dazu, damit sie ihr erstes Ehebett hatte. Theres, die zukünftige Schwiegermutter sagte zu mir: "Du laßt dir a Bett schicka, wenscht oins haast dahoimt. Da hascht a Matratz und da kascht flacka!"

Welch eine Schmach, wie erniedrigend. Die Mädels, das Personal, alle hatten schöne alte Betten, wenn auch aus dem Altenheim erbettelte, nur mich, die Mutter ihres Enkels ließ man auf dem Boden liegen. Heute weiß ich, daß die Schwiegereltern so ein leichtes Spiel mit mir hatten, da mein Selbstbewußtsein und der Stolz damals im Kinderheim gebrochen worden war.

Später schickte mir meine Mutter per Bahnfracht Herthas Eisenbett, in dem ich bis zu meiner Hochzeit oft weinend lag. Dieses Zimmer gehörte mit zur Wirtswohnung, bestehend aus einem Waschbecken, einen Hocker und der Matratze, einem Einbauschrank in der Mansarde, welchen ich mit einer der anwesenden Katzen teilte. Sie versteckte sich mit ihren jungen Kätzchen gerne hier oben. Unter dem Fenster befand sich das rechteckige, riesige Glasdach der Küche, von wo ich spät als ich ins Bett ging noch hörte, wie die zwei Alten über mich herzogen. Was tat ich nur? War ich wirklich so schlecht? Nur weil ich auf den blanken Tischen Tischdecken wollte, weil ich Salz und Pfeffer sowie Blumenvasen mit Blumen auf den Tisch gab. Und mittags für die Stammgäste schön eindeckte, jeder hatte seine eigene Stoffserviette mit der dazugehörigen Tasche mit Namen. Oder weil ich eine andere Speisekarte einführen wollte? War es, daß ich meinen Eltern für mein Kind Geld schickte? Oder weil ich doch mal heiraten wollte? Meine zukünftige Schwiegermutter kritisierte, die noch immer wie die Dienstmädchen mit bunter Kleidungsschürze und geflochtenem Haarknödel im Nacken in der Küche stand? Alles was ich zum Wohle des Geschäfts wollte, war nichts.

Da kam mir die IGAFA gelegen. Da mußt du hin, Ilse! dachte ich. Der Meute beweisen, daß du etwas kannst. Hansls Mutter kam mit. Sie konnte die Schweinshaxn gut und schön im Rohr backen. Dazu herrliche Knödel, die Kartoffeln dazu schwefelte ich ohne Ende. Wogegen ich mit einer schwedischen Vorspeise mein Glück auf dieser Kochkunstschau versuchte. Früh um 12 Uhr war alles fertig. Schon am nächsten Tag um vier Uhr fuhren wir ganz langsam mit dem alten Bus eines Verwandten nach München.

An der Ausstellung angekommen, lud neben unserem Auto eine ganze Truppe Köche mit riesiggroßen weißgestärkten Kochmützen Platte um Platte mit tollgarnierten Gerichten aus ihrem Lastwagen aus. Oh mei, da schauts schlecht aus mit irgendeinem Preis, ging es mir durch den Kopf. Wir trugen unsere Platten in die Messehalle. Wen sah ich da? Den Noack-Vater. Er war bei den Preisrichtern und fragte mich, wo ich die Sauce zur Schweinshaxe hätte? Vergessen. Ich durfte vom Spatenhaus eine Sauciere mit Inhalt besorgen. Darauf erzählte ich meinem Lehrherrn, wie es mir dort im Gasthaus Rose erging, und er möge doch sehen, daß meine Schwiegermutter einen Preis bekäme. Er würde mir damit einen großen Gefallen tun. Ich würde bei der Familie gut dastehn. Und am Ende dürften wir doch heiraten. Zu diesem Zeitpunkt waren wir 22 Jahre alt.

Frau Resi Obermeier bekam die silberne Medaille in der Kochkunstschau, während ich eine Urkunde erhielt. Die Siegesfeier der besten Gastronomen war im großen Festsaal des Löwenbräukellers anberaumt. Stolz durchschritt meine Peinigerin die große Tanzfläche zum Podium, um die Medaille entgegenzunehmen. Er, der Alte holte sie dann von dort ab, denn er wollte ja auch davon etwas haben. Trotzdem war es zum ersten Mal ein lockerer schöner Abend, an dem ich einmal nicht verstohlen Weise rauchen mußte. Denn das ist ein großes Vergehen, dachte ich damals.

Viel zu spät habe ich dieses Laster aufgegeben, ich hoffe, es war nicht zu spät nach 36 Jahren. An der Preisverleihung wollte ich auch verdienen und gab in den norddeutschen Zeitungen Annoncen auf: Die preisgekrönte gebratene Schweinshaxn bot ich frisch per Nachnahme ins Haus geliefert an.

Die Bestellungen blieben nicht aus. Täglich zum normalen Essensgeschäft schoben wir 20 Haxn zusätzlich ins Bratrohr, die ich nach dem Erkalten verpackte, mit dem Radl zur Post brachte und per Nachnahme verschickte. Pro Stück 6,- bis 8.-DM zuzüglich Versand. Bis eines Tages eine Firma 1000 Stück bestellte. Zuerst kam große Freude bei uns auf, doch mein Schwiegervater traute der Sache nicht, fragte bei einem Detektivbüro nach. Es war eine Scheinfirma, die Adresse eine Briefkastenadresse. Danach wurde keine einzige Haxe mehr aus der Rose verschickt. Das Omnibusgeschäft, mittlerweile schon auf dreihundert Busse pro Saison angestiegen, ging gut. Das Gasthaus Rose war das Wirtshaus zum letzten Pfennig, in dem die heimkehrenden Ausflügler von Nürnberg, Bayreuth und Fürth zum letzten Mal Station machten. Da mußte alles schnell gehen, denn es waren nur kurze Aufenthalte vorgesehen. Fahrer und Reiseleiter waren frei, also bekamen sechshundert Personen im Jahr Essen und Trinken umsonst. Nicht von den Vereinen zu reden, die auch ganz schön die Wirte schröpften. Ich dachte nur, ich muß mich so abrackern, und die bekommen alles umsonst.

Donauwörth war eine kleine aufblühende Altstadt mit viel Hinterland eingebettet zwischen bewaldeten Schellenberg, einer kleiner Anhöhe an dem die Donau, die Wörnitz aufnehmend vorbeifloß. Wehe, es gab im Frühjahr Hochwasser. Das ganze Ried, der älteste Stadtteil von Donauwörth stand bis zum Hochparterre unter Wasser. Das Stadtbauamt stellte Stege auf, damit die Menschen wenigstens aus ihren Häusern kamen. Zum Glück stand die Rose an der kopfsteinpflastrigen Reichsstraße bergaufwärts. Donauwörth war ein Ort mit großer Geschichte, mit kleingeduckten und großen Fuggerhäusern, stolze

Geschäftshäuser reihten sich im bunten Anstrich aneinander. Rechts von Gasthof Rose war der Gasthof
zum Mohren der Familie Schmidt. Links von der Rose
war die Bäckerei Böldt. Dort holte ich so manchen
Kuchen, aber auch Semmeln für die Frühstücksgäste,
denn Fremdenzimmer hatten wir auch. Im 1. Stock
über dem großen Saal befanden sich sechs Zimmer
ohne fließend Wasser, es gab eine riesengroße Schüssel und einen Krug mit kaltem Wasser - ein Zimmer
kostete 3.-DM pro Nacht. Unser Zimmermädel, Liesl
tat mir immer leid, sie verdiente nur 80.-DM im Monat, was mögen die wohl heute für eine Rente
beziehen.

Beim Gubi, dem Lebensmittelgeschäft, in dem wir für
die Rose Waren einkauften, sah ein Lehrmädel beim
Zahlen das Babybild in meinem Geldbeutel. Neugierig geworden fragte sie, wer das Baby wohl sei.
Voller Stolz gab ich ihr zur Antwort: "Mein Bub, und
der Hans Obermeier ist sein Vater." „Was!!!" entfuhr
es ihr, den Spießern war ein Fraß vorgesetzt, das hatte
gewaltige Folgen. Wie ein Lauffeuer ging es in der
ganzen Stadt herum. Inzwischen war der Junge ja
schon 2 Jahre alt geworden. Wieder einmal fuhr ich
mit dem Zug zu meinem Hansi und meinen Eltern
nach München. Ich mußte mich wieder einmal bei
ihnen ausweinen. Alles kam in mir hoch. Sie gaben
mir den Rat, hier bei meinem Kind zu bleiben, und in
die Arbeit zu gehen. Ich aber dachte: Immer wollte
ich so eine Frau Kegeler vom Waldhaus Riesen in
Weferlingen oder Mummy Noack vom Spatenhaus
werden. Eine große Wirtin. Ich schrieb an Hansl nach

Donauwörth einen langen Brief mit meinem Entschluß: Wenn in Donauwörth für mein Kind kein Platz wäre, dann auch für mich nicht. Tage vergingen, dann stand Hans mit einem Bekannten, vor der Haustüre meiner Eltern und holte uns, Hansi und mich nach Donauwörth zurück.

Jetzt ging alles sehr schnell. Es wurde das Aufgebot bestellt, die Verwandten eingeladen, in der Stadtpfarrkirche beim Pfarrer Dr. Kessler die Trauung organisiert. Ich hatte den Wunsch, das Zwischenstück von Notre Dame von Schmitz, als Orgelmusik zu hören, wozu der Organist meinte: „Des isch koi Kirchamusik".

Trotzdem besorgte ich mir beim Musik Hieber in München die Noten.

Und ... er spielte dieses Musikstück, während des Einmarsches der Hochzeitsgäste. Hans und ich führten ihn an. Hansl im dunklen Zweireiher, weißem Hemd, grauer Krawatte. Ich hatte mir mein Hochzeitskleid selbst entworfen und von einer Modeschneiderin in der Stadt nähen lassen. Eisgrauer Brokat mit hellblauen Blumenandeutungen, ein ärmelloses Prinzesskleid aus gleichem Stoff, die Jacke mit breitem Schalkragen. Dazu trug ich schwarze Wildlederschuhe mit hohen Pfennigabsätzen. Ich hatte eine schwarze Federkappe im Haar, schwarze Netzhandschuhe. Vom Rosenbrautstrauß in altrosa hingen die Blüten weit herunter. - Ich war die Schönste! - Selbstverständlich war für Hansi extra eine dunkelblaue Weste und Hose angefertigt worden. Dazu trug er ein weißes Hemd mit Fliege. Unser Junge sah aus wie ein kleiner Kavalier. Alle drei waren wir glücklich. Selbstverständlich waren meine Eltern auch dabei. Zu diesem Anlass ließ sich mein Vater extra einen dunkelblauen Zweireiher mit Nadelstreifen in München anfertigen, den er mit fünf Monatsraten abbezahlte. Mama hat noch ein schwarz glänzendes Kleid aus dem Schrank herausgeholt. Beide waren sie so schick. Meine einzige Freundin Trude Habbes, die ich aus der Zeit vom Hauptbahnhof kannte, und Freunde blieben, war auch zur Hochzeit gekommen. Die meisten Gäste waren Hansls Verwandte, die rothaarige Tante mit Onkel, die ganze Verwandtschaft von Nürnberg, Senior sowie Junior mit Schwägerin Edith, Anna und Ludwig Gampl mit Sohn Ludwig und der junge Mann, der Erwin und Lina zusammenbrachte, als er das Gymnasium in Heiligkreuz besuchte. Der knollige Tierarzt Dr. Nicklas mit Tante Fanny, der Schwester vom Schwiegervater, mit ihrer verzogenen Tochter. Alle hielten sie ihre Nasen etliche Zentimeter höhergereckt, nur wegen meinen Eltern, meiner Freundin und mir. Heilpraktiker Herr Schünemann mit ganzer Glatze, rundem Gesicht, leicht listigen Basedow-Augen, drehte fortwährend genüßlich an seiner Virginia und ließ seine lustigen, mit spitzer Würze gemischten Verse los. Lina und Erwin waren, das spürte ich, die einzigen von der Sippe, die es mit uns an diesem Hochzeitstag ehrlich meinten. Als mein Papa nach dem Kaffee meine vergoldeten Erstlingsschuhe hochhob und ein selbstgebasteltes Gedicht vortrug, wurde er belächelt, sie stupsten sich an, sie, die keinerlei Seele im Leibe haben, dachte ich, was wißt ihr Spießer schon vom Leben?

Wie sagte Napoleon? „Nur kleine Existenzen bleiben unbehelligt."

Trude konnte diesem Tun nicht mehr länger zusehn und fuhr mit dem 17 Uhr Zug nach München.

Wohin wir ihr nach vier Stunden folgten. Vater, so nannte ich den Herrn Schwiegervater, war das gar nicht recht. Er meinte, morgen müßten im Saal wegen einer Versammlung, die zwei Meter langen Tische ausgeräumt werden. Wer sollte denn das machen? Meine Antwort war: "Wir haben in einem Ort schon ein Zimmer bestellt."

Ich wollte nur mit meinem Hansl endlich alleine sein. Meine Eltern blieben noch die Woche über in Donauwörth, wir fuhren ab. Mit der Taxe am Bahnhof angekommen, erfuhren wir, dass gar kein Zug mehr in Richtung München ging. Trotzdem gingen wir zum Bahnsteig. Plötzlich dröhnte ein Zug heran, zu unserem Erstaunen hielt er auch, es war ein Express nur mit erster Klasse und wir kamen mit großem Komfort im Münchner Hauptbahnhof an. Freilich hatten wir kein Zimmer bestellt - Hansl fluchte, weil er von einem Hotel zum anderen den schweren Koffer schleppen mußte, denn es war alles ausgebucht - kein Wunder, es war der zweite Wiesnsamstag. Da kam mir eine Idee.

"Hansl, wie wärs, wenn wir vom Starnberger Bahnhof aus nach Garmisch fahren? Wäre doch schön in den Bergen morgens aufzuwachen?"

Leider sahen wir vom Zug nur noch die Schlußlichter. Am Bahnhofsvorplatz standen einige Omnibusse. Bei einem fragten wir: "Wo fahren Sie hin".

Der Fahrer sagte mit etwas grantelnder Stimme: „I fahr nach Reit im Winkl". Beide sahen wir uns an: „Wann kommen sie denn dort an?"

"Zwischen 3 und 4 in der Früh."

„Was?" Nichtsahnend, wo sich dieser Ort befand, sagten wir uns, das muß weit genug weg sein. Hansl kaufte am Schalter die Fahrkarten, den Koffer verstaute der Fahrer. Ich stieg mit meinem Brautstrauß und einer Flasche Sekt, übers Brautkleid den grauen Lodenmantel gehängt ein. So kuschelten wir uns die ganze Fahrt durch die stockfinstere Nacht in der letzten Bank aneinander, schmusten, schliefen ein. Da der Bus immer wieder hielt, und die torkelnden Wiesnbesucher ausstiegen, wurde es immer leerer. Beide wurden wir vom Busfahrer wachgerüttelt: "Ihr müßts aussteigen, habts scho a Zimmer?"

„Na", haben wir geantwortet.

„Ja, da werds jetzt um die Zeit koa Zimmer mehr kriagn, i sperr eich in Bus ei." Ich wurde plötzlich putzmunter: "Waas?" Ich zog den Mantel auseinander und schrie: "Was meinen Sie denn, was des is? Mei Hochzeitskleidl! Und des is mei Strauß!" Ich fuchtelte ihm vor der Nase herum. „Jetzt is mei Hochzeitsnacht, und jetzt will i was erleben!"

„Ja, wenn des so is," er schob seinen bayerischen Hut nach hinten, „da müaß ma schaugn, daß ihr zwoa no a Zimmer kriegts". Tatsächlich war nicht weit von der Bushaltestelle entfernt, im Gasthof zur Post, neben der Kirche noch Licht. Um 3 Uhr 30 früh rechnete die Tochter des Hauses noch ab. Wir bekamen ein Doppelzimmer, allerdings war es nicht überzogen, was ich dann erledigte. Wir tranken noch einen Cognac, gingen völlig übermüdet ins Bett, bis wir um 11 Uhr von einer Blaskapelle aus dem Schlaf geholt wurden. Der Hunger plagte uns. Hansl meinte, die spielten für uns, die wissen, daß wir auf der Hochzeitsreise sind. Ich dachte nur noch an ein gutes Frühstück. Aber wer geht schon um 12 Uhr zum Frühstücken? Was werden die Leute sagen, dachte ich. Also nahmen wir gleich ein Mittagessen zu uns.

Heute wär mir das so egal wie nur etwas.

Am Nachmittag fuhren wir mit der Sesselbahn einen Berg hinauf. Hansl hatte große Bedenken, ob ihn das Seil wohl tragen würde. Denn er hatte inzwischen schon 80 Kilo zugenommen. Aber der Kassenmann meinte, das ginge schon in Ordnung. Oben war eine Brotzeitstation mit einem jungen Mann, der die Küche und Schänke mit Gästen zu bewältigen hatte. Mir tat er leid, und ich half ihm in der Küche. Dann ging die Wurst für die Brote aus, ach, da gaben wir allen eine halbe Essiggurke als Fächer geschnitten drauf. Hansl trank inzwischen schon seine zweite Halbe Bier. Mein Kaffee und Kuchen und das Bier waren natürlich dank meines Einsatzes umsonst. Leider hatten wir nur eine Kurzzeitkarte und waren wir gezwungen, nach vier Tagen die Rückreise anzutreten. Unser Hansilein war glücklich uns wieder zu sehen. Meine Eltern fuhren wieder nach Hause.

Im November übernahmen wir die Rose. Seine Eltern zogen sich zurück auf ihr Eigentum, in den Gasthof zur Traube in der Kapellstraße. Dieser Gasthof gehörte Linas Großeltern mütterlicherseits, Vater hatte damals eingeheiratet. Da die Mutter bei Linas Geburt verstarb, mußte der Senior wieder heiraten, denn ohne Wirtin konnte man damals schlecht einen Gasthof führen. So heiratete er die Köchin von den Drei Kronen am Bahnhof, Therese Maierhofer aus Mertingen. Sie stammte von einem großen Bauernhof, hatte viel Geschwister und war eine tüchtige Wirtin, arbeitete wie ein Pferd. Wenn sie mich auch als Schwiegertochter nie mochte, gelernt habe ich viel von ihr. Im 2. Weltkrieg wurde die Traube dem Erdboden gleichgemacht. In dieser Situation wurde dem Schwiegervater der Gasthof Rose, der der Kronenbrauerei gehörte, vom Herrn Abt zur Pacht angeboten. Zu dieser Zeit nach dem Krieg, die Menschen waren ausgehungert, brachte er es mit viel Organisationstalent doch fertig, ein gutes Geschäft zu erwirtschaften. Nun war er in der Lage, die Traube wieder aufzubauen. Am hinteren Teil, zur Promenade hin, baute er Fremdenzimmer, ein zweistockhohes Haus mit 18 Fremdenzimmern und einer Frühstücksküche und Frühstücksstube.

Später baute er dann einen Flachbau als Gaststätte. Diese bewirtschafteten dann ab November meine Schwiegereltern. Nun waren wir endlich Chef und Chefin. Zu Vater und Mutter mußten die Mädels damals noch Herr und Frau sagen. Wir buhlten um die Gunst der Vereine, um weitere Anfahrten der Busse. Wenn Hansl Weißwürscht machte, ging ich in die Geschäfte und bot diese an, wo ich dann gleich im heißen Wasser Weißwürschte mit Brezen und Senf lieferte. So wurde direkt vom Kessel heraus schon morgens alles verkauft. Wir gestalteten die Speisekarten deutlich besser, gerade die Wildgerichte kamen gut an, von der Tanzschule Bühle wurden Tanzkränzchen mit Hugo Strasser veranstaltet. Auch Stefan Lindemann aus Nürnberg spielte in unserem Saal zum Tanz auf. Bei Wahlkämpfen vergab ich den großen Saal an die CSU vorne im Lokal, nur mit einer Holzwand getrennt, hatte die SPD 75 Sitzplätze. Und die Kommunisten verfrachtete ich ins rote Zimmer in den Keller. Hansl war so böse, weil ich alles angenommen hatte. Aber wir brauchten das Geld. Hansl verzog sich ins letzte Eckerl hinter der Kaffeemaschine und schmollte. Ich stellte mich mit meinem Dirndl hin und wies die Gäste dort ein, wo sie hinwollten: So mancher saß halt aus Versehen bei der falschen Partei. Mir wurde später nachgeredet, ich hätte das absichtlich gemacht.

Die Faschingssamstage und Freitage waren an die Vereine verbucht. Sonntags hatten wir dann auch noch einen öffentlichen Tanz, wie es Hansl nannte - reingeschrieben. Faschingsdienstag war in der Rose der Ball der Auskehr, mit Tanz in sämtlichen Räumen, auch im Keller, wo sich in der Kegelbahnschänke die Faschingsbar befand, die ich alle Jahre, je nach Motto, dekorierte. Ein Jahr war dabei, wo ich den ganzen Gasthof in einen wahren Rosengarten verwandelte. Beim Dekorieren rutschte die Leiter ab, und ich brach mir vier Rippen, kam ins Krankenhaus. Ausgerechnet zu Faschingszeit. Hansl tobte – natürlich wußte ich von welcher Ecke dies kam. Sie - unsere Vorgänger hatten ja zu derartigen Sachen wie sie es nannten - keine Zeit. Hansi, mein Junge besuchte mich im Krankenhaus mit Erna unserem

Kindermädel. Er fragte:"Mama wie geht's dir? Ja, und wann kommst wieder heim?"
„Bald", sagte ich, „vielleicht übermorgen"
„Ach schade" meinte er.
„Warum denn?".
„Ach schade, dann darf ich nicht mehr beim Papa schlafen."
Gerade 4 ½ Jahre und so gewitzt, dachte ich.

Bevor er ins Bett mußte, ging er wie ein Profiwirt durchs Lokal, rechts und links kopfnickend, die Hände am Rücken, brav Gute Nacht zu sagen.

Einmal schimpfte er mit erhobenen Finger die Else eine Bedienung, die ein Ei zum Frühstück gegessen hatte: „Elsa, das will ich nicht noch einmal sehen, daß du ein Ei ißt, sonst sags ich der Mama!"
Käthchen und die andere Bedienung mußte mit ihm so lachen. Ja ich war glücklich, endlich das Gewünschte erreicht zu haben.

Kapitel 11

Durch den Schützenverein war es möglich geworden, das 10. Bundesschießen in der Schwabenhalle direkt neben der Donau als Festwirtsleut' zu erhalten. Zehn Prozent vom Umsatz kam der Schützengilde zugute, natürlich wollten sie auf ihren Gewinn nicht verzichten. Die Kronenbrauerei ließ ein Zelt für 1000 Personen Sitzplätze aufstellen, verlangte von uns, die Sturmversicherung zu übernehmen. Die Besitzerin der Brauerei, Frau Eberle, hätte die Versicherungen der Bedienungen bezahlt. Da klingelte es bei mir – nein damit war ich dann auch nicht einverstanden. Ich dachte: Wenn's stürmisch wird hauts das Zelt gleich weg und wir müssen vom Schaden eine Selbstbeteiligung übernehmen.

Ich setzte mich durch, wie recht ich doch hatte, denn mitten in der Woche ging ein fürchterliches Gewitter mit Sturm über Donauwörth nieder – das Zelt zerriß und die Hälfte flog in die Donau. Zwei Tage und Nächte hatte der Sattler mit zwei Gesellen zu tun, das Zelt zusammenzuflicken, denn am Samstag und Sonntag war die Preisverleihung der Schützen, mit großer Kapelle der Bundeswehr unter der Leitung von Otto Übelacker. Zwanzig Bedienungen, alle mit grünen Dirndlschürzen und grünen Dreieckstüchern über ihrer schwarzen Bekleidung versorgten 2000 Gäste. Herrlich, wie das Geschäft lief. Mit einer Tasse Kaffee lockte ich die Kellnerinnen mehr Bier zu verkaufen. Die ersten zwei bekamen je ein Haferl Kaffee. Zum Ausschank kam das helle Bier von der

Kronenbrauerei in 200-Literfässern, Hirschen genannt.

Einmal war gerade niemand da zum Aufgantern – und der alte Weber, der uns an den vier Schenken überall aushalf, meinte: „Frau Wirtin, hemso?"

"Ja natürlich", sagte ich und wir zwei und ein Bursche hoben mit Schwung den Hirschen auf den Ganter. Dies hätte ich lieber nicht getan- mich durchzogs nur. Mein Rücken bekam hier seinen ersten Knacks.

Später mußte ich das schwer büßen. Man soll nicht um alles in der Welt alle Arbeit an sich reissen. Als alle Gäste versorgt waren, ging ich auf die Bühne, der Kapellmeister übergab mir den Taktstock und ich dirigierte den Tölzer Schützenmarsch. Selbstverständlich wie immer im maßgeschneiderten Tegernseer Dirndl. Die Menschen jubelten, klatschten, und meine Hansl zog die Leute an den Jacken oder Hosen, zeigte mit einem Zeigefinger zur Musik.

„Des is fei mei Mama, ja des is fei mei Mama" schrie er stolz.

Unser Gasthof Rose mußte allerdings auch versorgt werden. Die Mädels und die Bedienungen blieben dort. Die Schwiegereltern übernahmen während der 14 Tage die Leitung. Ich dachte, das es ein Entgegenkommen wäre. Jeder hatte gutes Geld verdient – bei 180.000 DM Umsatz. 180 Hektoliter Bier waren durch die durstigen Kehlen der Schützenvereine geflossen, worüber sich Herr Krieger, Vorstand des hiesigen Vereins ganz besonders freute. Mein Schwiegervater wollte auch bald Geld sehen. Hans gab ihm 500.- DM, womit Vater nicht zufrieden war. Aus dem

Frühstückszimmer kommend sagte Hans, Vater wolle mehr.

„Ja dann gib ihm halt einen Hunderter mehr", sagte ich. Schließlich tarockte der Alte für seinen Einsatz 1000.- DM heraus.

„Gibs ihm" meinte ich, „damit a Ruhe wird."

Jeden Abend, wenn wir mit dem Umsatz heimkamen, griff der alte Obermeier nach dem Geld, fing an zu zählen, ich als eingeheiratete Schwiegertochter durfte nicht mal dabei stehen. Hatten die beiden Angst, ich würde mir eine Mark für Zigaretten nehmen? Alle, das Finanzamt, die Brauerei hatten an diesem Fest in der Schwabenhalle verdient, nur wir, die so gerackert hatten, uns blieb nichts – nichts über! Heute überkommt mich nur noch ein müdes leichtes Lächeln darüber. Wie dumm wir doch waren.

Einmal hatten wir im Saal eine Versammlung der Schuhmachermeister, da kam ein Telefongespräch für Herrn Göggelein. Ich rief hinüber in den Saal: "Der Schuster Göggelein soll bitte ans Telefon" Der vom Wuchs kleiner drahtiger Mann schnauzte mich an: „I bin koa Schuster, i bin a Schuhmachermeister, des merkens eahna!" Ich wischte mein Gesicht ab, denn er hatte eine etwas nasse Aussprache: „Bitte entschuldigen Sie."

„Na, da gibt's koa Entschuldigung". Er nahm den Hörer, hörte nichts, rief laut: „Hallo!" Aber der Anrufer hatte aufgelegt.

Da merkte ich, dass ich vorsichtig sein mußte. Als junge Frau war man halt noch impulsiv

Hansi half nachmittags den Bedienungen, den Saal aufzuräumen, die Gläser wegtragen, wobei ich ihn erwischte, dass er die Bierneigen austrank: „Hansi, das lässt du sein. Igittigitt, das ist ein schlechtes Bier."
Ein paar Tage später sagt er zu mir: „Mama, die Neigen schütte ich in den Hof raus, gell." Als er mit dem leeren Bierglas zurückkam, sich mit der Hand den Mund abwischte, fragte ich: „Hats geschmeckt?" Hansi antwortete: „Ja Mama".
Mein Papa war ein halbes Jahr bei uns, um überall mit Hand anzulegen. Er half Hansl im Schlachthaus – schon morgens heizte er die zwei Kessel, riesengroße Öfen, die viel Koks fraßen. In der Theke galt es, die Bedienungen immer zu kontrollieren. Die schlimmste Arbeit war aber aus der zwei Meter tiefen Mistgrube den Mist rauszuschaufeln.
„Der arme Opa", meinte Hansi, denn eine Ratte griff meinen Papa einmal an. Wegen der Küchenabfälle lohnte es sich, zwei Schweine zu füttern, daher der Mist.
Einmal kam ich morgens um 9 Uhr von der Wohnung runter – helle Aufregung – mein Vater ist weg - waaas – ja, er ist Hals über Kopf nach einem Streit mit Hans nach München gefahren, und hat den Schlüssel zum Zigarettenschrank mitgenommen. Gleich kamen die Schwiegereltern von der Traube rauf und keiften.
Hans war voller Wut, die ganze Sippe, sie fielen über mich her, ließen kein gutes Haar an meinem Papa. Dies war zu viel für mich, ich schrie, und wenn mein Vater aus dem Zigeunerwagen käme, ich ließe nichts

auf ihn kommen. „Ha a Jordan kennt ma ja net in Donauwörth, nur die Obermeier, die san waaas."

Spießer – Spießer gings mir durch den Kopf. Damals war ich noch nicht aufgewacht, vielleicht wäre es schon an der Zeit gewesen, die Zelte abzubrechen?

Mein Vater legte sich von da ab zu Hause hin, mußte ins Krankenhaus – Leberkrebs. Die schlafenden, schon kranken Zellen waren durch die Aufregung wachgerüttelt worden, jetzt kamen sie zum Ausbruch. Abwechselnd lag er dann zu Hause und Mama pflegte ihn gut. Sonntags durften ich und Hansi mit dem Zug nach München fahren, denn Mamas Schwestern Tante Emmy aus München und Tante Mariechen aus Idar Oberstein waren an Opas Krankenbett gekommen.

Von Omas Wohnung im 1. Stock aus, sahen Hansi und ich die Tanten kommen.

„Schau, da kommen die Tanten!" rief ich.

„Wo?" meinte er.

„Ja, die eine mit der großen, schwarzen Tasche ist Tante Emmy."

„Waas die alte Frau ist meine Tante?"

Wir lachten, sie war 73 Jahre alt. Oben angekommen war Hansis erste Frage:

"Hast du mir was mitgebracht?" Worauf Tante Emmy meinte: „Ja, i kenn di ned – wer bist du denn?"

„Ja i bin der Hansi Obermeier von der Rose."

„Ach so, dann komm, da hast eine Tafel Schokolade." Er bekam nochmal eine Tafel und freute sich: „Jetzt hab' i glei zwoi, schau Opa!" Der Junge ging runter, denn auf der Wiese vorm Haus des Nachbarns spielte Harald Druck, der ein Jahr älter als Hansi war. Wir Frauen saßen um Papas Bett, unterhielten uns. Tante

Emmy ging später zum Bus, der an Ploners Lebensmittelladen in Richtung Kurfürstenplatz fuhr.

Nach zwei Stunden rief ich Hansi rauf, er war voller Dreck, ich schimpfte, worauf Hansi gelassen meinte: „A Mama, so sind halt mal Kinder."

Man konnte ihm einfach nicht böse sein, diesem lieben Buben.

Wir verabschiedeten uns von Opa.

„Also", sagt mein Vater zum Hansi, „sollten wir uns nicht wiedersehen, dann auf Wiedersehen."

Hansi drehte sich noch einmal um, meinte zur Omi hin: „I komm gar nimmer noi, i komm gaa nimmer."

Omi lachte: „Geh Hansi, du wirst uns doch noch öfter besuchen." Tante Mariechen begleitete uns zum Bahnhof. Im zweiten Waggon waren noch zwei Plätze frei. Hansi blieb sitzen, ich verabschiedete mich noch schnell von der Tante.

„Gut," meinte er. Ich stehe draußen, da kam Hansi zur Türe, meinte: „Mama komm rein, sonst setzen sich andere Leute da hin."

Ich sagte voller Stolz: „Ha Tante, hab ich nicht einen schönen Sohn?"

„Ja Ilse, der ist so richtig lieb."

Ich stieg ein und der Zug setzte sich in Bewegung, ein kurzes Winken noch, bis der Bahnsteig nicht mehr zu sehen war.

In der Rose angelangt, blieben die Vorwürfe nicht aus: „Einen Zug eher hättest du mit dem Kind schon nehmen können."

Es war 20 Uhr 45 als ich Donauwörth erreicht hatte. Wieder wusste ich genau, aus welcher Ecke die Vorwürfe kamen.

Hansi packte die Süßigkeiten aus, unter anderem von der Oma eine Tüte Bonbons: „Schau Papa".

Wutentbrannt riß Hans dem Kind die Verpackung samt Inhalt aus der Hand und warf sie in die Spültischecke. Was war nur mit dem Hans los? Hansi erzählte weiter von München, wobei er seinem Vater voller Stolz einen kleinen Geldbeutel zeigte mit drei 10-Pfennig-Stücken: „Und des hab i vom Opa. Und er kommt bald nach!"

„Geh, des glob i nitta" war Hansels Antwort.

„Jo, der kommt nach", bestand Hansi.

Vier Tage später suchte ich unseren Jungen, es dämmerte schon. Hinter der Rose gings an der Judengasse vorbei in die Promenade, dort suchte ich Hansi, er war nicht da, ich lief in die Moorengasse, ich rief seinen Namen: „Hansi", dachte, er spielt mit der kleinen Steffi neben der Rose, der Enkelin vom Moorenwirt nebenan. Nichts – dabei war er mit seiner Kindergartenfreundin in unserem Hof und beide spielten Ball. Diese Suche nach dem Kind mit einem seltsamen beklemmenden Gefühl war wie eine Vorahnung.

Tagsdarauf, Freitag wurde im Schlachthaus gewurstet: Schweinsbratwürste, Leberkäse, weißer und schwarzer Preßsack gemacht.

Dazu half uns ein Bursche vom Schafstall, der Harsch Josef. Über Nacht war viel Schnee gefallen, eigentlich ungewöhnlich viel für den 14. März 1958. Dieser lud uns direkt noch mal ein, eine kleine Schneeballschlacht zu treiben, Hansi war glücklich.

„Schnee", rief er, „Papa, gell heut baust du mir Nachmittag eine Schneeburg?"

„Freilich" war Hansls Antwort. Es war mittlerweile
11 Uhr 30 geworden. Wir hatten ja das Mittagessen
für die Gäste schon fertig. Ein Mädel in der Küche
und Else und Susi blieben im Lokal, was sich langsam
mit Mittagsgästen füllte. Maria, meine Beiköchin rief
uns rein, es ging los. Hansi und ich waren auf der Al-
tane im ersten Stock, von wo es zwei Abgänge gab.
Hansi rief: „Komm Mama, geh mit mir" Ich nahm die
andere Treppe. Wir bewältigten am Herd die ersten
20 Bestellungen, als plötzlich Josef der Metzger mit
Hansi rein kam, ihn auf den Steinboden in die Küche
legte. Oh Gott – er atmete nur noch aus – aber nicht
mehr ein – das Gesicht blau angelaufen, ich packte
ihn bei den Beinen, hob ihn auf den Po, machte Mund
zu Mundbeatmung, schrie ins Gästezimmer: „Schnell
ein Auto, mei Kind stirbt!" Die zu Tode er-
schrockenen Gäste standen auf. Einer davon hatte
seinen Kleinbus hinter der Rose geparkt. Liesl, das
Kindermädel trug Hansi über den Hof zum Bus, wo
ich ihn Mund zu Mund beatmete, die linke Seite
massierte, in dem das kleine Kinderherz noch leise
pochte.
„Oh, lieber Gott, bitte nicht, laß ihn mir."
Hansl fuhr mit seiner Metzgerschürze auch mit ins
Krankenhaus. Dr. Pommer wollte gerade zu Mittag
nach Hause fahren, er kehrte gleich um, ich schob
Liesl mit dem Jungen in den 1. Stock links, den Gang
hinter bis zum OP – Saal. Dr. Pommer kam, wir
warteten – mörderische Minuten, ich weinte, betete.
Der Hals-Nasen-Ohren Arzt Dr. Mittermeier kam
hinzu.

Wieder das Warten, das Hoffen. Die Angst wich nicht mehr von mir.

Dann ging die große Türe auf, da stand Dr. Pommer mit ernstem Ausdruck, er winkte uns herbei, meine Frage: „Is ihm wieder schlecht, muß er spucken?" Denn vier Wochen vorher, mußte er nach einem Sturz vom Stuhl an der Unterlippe genäht werden, und dann gab ich ihm die Spuckschüssel als er rief: „Mama mir ist so schlecht, i muaß speiba".

Wir kamen näher, im OP lag mein geliebter Junge, unser Hansi tot auf dem OP-Tisch. Mir tat sich ein dunkles nie zu Ende gehendes schwarzes Loch auf. Neben dem Buben eine riesengroße Glasglocke, halbvoll mit weißem Schaum. Hans nahm mich bei der Hand, und wir zwei verließen mit dem Kindermädel das Krankenhaus, wo uns der Gast mit dem Bus erwartete. Alles war umsonst, der Kampf um den Vater des Kindes, der ewige Streit und Kampf mit den Schwiegereltern, die Rose? Nicht alleine, dass ich mein Kind verloren hatte, es kam schlimmer: Die Schwiegereltern – rasch wurden in ihrem Gasthof Traube die wildesten Gerüchte gekocht, was auf eine Begebenheit zurückzuführen war. Hans und ich trafen mit seinen Eltern am Friedhof zufällig zusammen. Die Leiche des Jungen war in einen großen Sarg nur mit einem Leintuch bedeckt. Als ich fragte, warum dem so sei, meinte Herr Schiele, der Totengräber, die Leiche sei noch nicht freigegeben, da käme noch der Staatsanwalt von Augsburg. Plötzlich drehte sich die Schwiegermutter um und zischte: „So, jetzt könnts euch verantworten, wenn's dem Kind a Gift geba habt."

Das war ein Schock – so etwas zu sagen. Sofort verließen Hans und ich die Leichenhalle. Beide suchten wir Trost beim katholischen Pfarrer Herrn Dr. Kessler. Auf unser Läuten öffnete er persönlich die Tür – bat uns herein, im Wohnzimmer roch es noch nach Mittagessen, wobei wir ihn anscheinend störten. Er meinte: „Ja i habs scho gehört" und dann: „Gell, so isch im Leba, uns gehört halt nichts auf dera Welt!" Trost suchten wir beide, die wir unser Kind vor 60 Minuten verloren hatten. Nichts bekamen wir und ich hatte mich umtaufen lassen! War wegen der Sippe katholisch geworden und dieser Pfaff kam uns so?

Hans und ich verließen enttäuscht den Pfarrhof. Jahre später wurde ich wieder evangelisch, denn man sollte im Glauben bleiben, in dem deine Eltern dich zum Taufbecken trugen.

Zu diesem, für mich so unfassbaren Schicksal tat die Sippe das ihrige dazu. „Jetzt bringen wir die Reingeheiratete, die lutherische, de Linke los!"

Als ich zum Modegeschäft Sterr in der Reichsstraße schwarze Strümpfe einkaufen ging, fragte mich die Besitzerin: „Ja Frau Obermeier, was haben Sie mit ihrem Hansi gemacht?"

Schockiert verließ ich den Laden. Oh Gott - ich, die wie eine Löwin um meinen Jungen gekämpft hatte, gekämpft, um dem Vater die Existenz zu sichern. War auf einmal in der „Stadt", die ich anfing zu lieben, als Mörderin hingestellt?! Meine Schwiegereltern orderten einen Kriminalinspektor von Berg an, um diesen undurchsichtigen Tod zu durchleuchten. Dies war die unterste Hölle meines Lebens, dachte ich. Die Gerüchte immer wieder, Nährstoff aus der Traube erhaltend, hörten nicht auf, wie beispielsweise, daß ich Hansi in den zwei Stock tiefen Keller gesperrt hätte. Nie war der Junge je in dieses Kellerloch gekommen.

Meine Mutter log Papa an, dass sie nach Donauwörth müsse, um auf Hansi aufzupassen, denn Papa war schon sehr krank, wurde daher zwischenzeitlich von Nachbarn versorgt. Eine Nachbarin fragte Opa dann: "Ist das wahr, dass der kleine Hansi tot ist?"

Mein Vater glaubte es ihr nicht, da der Junge vier Tage vorher doch noch bei ihm gewesen war. Omi wechselte die Kleidung an der Toilette am Hauptbahnhof, um in schwarzer Garderobe in Donauwörth anzukommen. Montag um 13 Uhr war die Beerdigung anberaumt. Eigentlich unser Ruhetag – allerdings, weil wir den Umsatz sehr nötig hatten, hatten wir schon Wochen voraus eine Bürgermeisterversammlung um 8 Uhr früh angenommen. Landrat Dr. Popp hielt seine Reden - die Bürgermeister diskutierten und ein wenig Umsatz war es eben auch. Als die Uhr auf 12 ging, fragte ich den Landrat, wie lange es noch dauern würde?

„Wieso," fragte er zurück.

„Weil ich meinen Sohn um 13 Uhr beerdigen muß."

Dr. Popp erschrak: „Ja Frau Rosewirtin, selbstverständlich."

Die Bedienungen kassierten ab und wir kamen gerade noch rechtzeitig. Meine Küchenmädel und alle Bedienungen standen Spalier, als ihr Juniorchef im weißen Sarg an ihnen vorbeigetragen wurde. Alle waren sie anwesend, die ganze Sippe, um zu sehen, wie ich weinte.

„Oh Gott," dachte ich, „stehe mir bei."

124

Die Schwiegermutter mit ihrem hellen Mantel mit zwei Nerzschänge am Hals schaute nur herum, wer von Donauwörth alles da sei.

Wie kann man sich bei so einem Anlaß so zeigen.

Anschließend war der sogenannte Leichentrunk, dieser gab mir den letzten Rest. Alle, die ganze Meute saß im Lokal der Rose, unterhielt sich, lachte und rief nach Getränken – ich konnte mich nicht zu diesen Spießern setzen, stand in der Küche – weinte so vor mich hin – die trinken und essen, lachen und mein geliebtes Kind liegt unter viel Erde, weißen Blumengestecken und Kränzen am Friedhof. Mulli, die schwarze Katze lief andauernd um den großen Herd herum, es war Hansis Lieblingskatze. Nachher wurde sie nicht mehr gesehen. Dr. Wallner Frau, also Tante Fani kam in die Küche, meinte: "Geh, stell di net so an und komm ins Lokal."

Wie roh doch die Leute sein können. Tiere empfinden da mehr, dachte ich. In der kommenden Zeit ging ich selten, und wenn, nur gesenkten Hauptes in Schwarz gehüllt durch die Kreisstadt. Sie alle taten mir weh - tief ins Herz war ich getroffen.

Wo war mein lieber Gott geblieben?

Der Kriminalbeamte von Berg brachte nichts raus. Sie, die Alten hätten mich nach fünf Jahren gerne los gehabt. Hansl Tod kam ihnen gerade gelegen. Fünf Wochen später verstarb mein geliebter Vater, folgte seinem Enkel. Tapfer litt er an seinen großen Schmerzen, wahrlich ein großer Mann. Zur Beisetzung fuhren Hans, sein Vater und ich mit dem Zug nach München. Um 14 Uhr war im Nordfriedhof die Beerdigung. Anschließend lud ich meine Verwandten sowie den

Alten und Hans zum Essen ein. Danach, ich fasste es nicht – da der Zug nach Donauwörth später fuhr, gingen sie ins Kino. Welch Rohlinge, kams mir durch den Kopf. Trotzdem blieb ich in der Rose – nach diesem Schicksalsschlag konnte ich Hans nicht verlassen, es war doch unser beider Sohn gewesen.

Käthchen, unsere Bedienung hatte geheiratet, Rudi Schmidt, einen netten Stammgast und Hansels Schulkollege. Sie hatten wegen des Nachwuchs Schwierigkeiten, worauf wir zwei meinten, versuchen wir doch zusammen ein Kindl zu bekommen, natürlich jedes Ehepaar für sich. Ich wurde als erste schwanger und die Freude kehrte nach einem Jahr wieder ins Haus. Nachts, weil untertags im Gasthof tätig war, weißelte ich das Kinderzimmer – nähte den Himmel und die Einrandung zum Stubenkorbwagen, die Vorhänge wurden genäht, alles für meinen Jungen, denn ich war überzeugt, es werde ein Bub? Vielleicht hoffte ich, durch das neue Kind Hansi wieder zurück zu bekommen? Ich arbeitete bis zum letzten Augenblick der Geburt in der Wirtschaft mit. Mama war aus München angereist, um mir zur Seite zu stehen. Im 9. Monat ziemlich dick geworden, bediente ich immer noch die Gäste, so auch am 23. Juli. Es war ein Bus zum Abendessen gekommen. Da Montag unser Ruhetag war, blieb mir nichts über, als selbst zu bedienen. Hans stand in der Schenke, Oma in der Küche. Eine Frau klopfte mich an den Hintern mit dem Spruch: „Hopp dicke Wirtin, lauf' a wenig schneller."

Da mußte ich mich an der hohen Stuhllehne einhalten. Vor Schmerz, es waren die Wehen, und das Wasser lief mir schon weg.

„Hansl, ich kann nimmer", sagte ich vor Schmerzen gekrümmt. Worauf er meinte: „Kannst ned no abkassiern?" Ich kassierte. Mama stutzig geworden, rief die Hebamme an, die mich an der Hand haltend aus der Wirtschaft führte mit den Worten: „Frau Wirtin, jetzt gehen mir erst mal zum Entbinden." Brachte mich zu ihrem Volkswagen, um mit mir ins Krankenhaus zu fahren. Es dauerte aber dennoch 5 Stunden, später war ein Rudolf (nach dem Sänger Rudolf Schock) Obermeier geboren. Da schnaufte ich durch und dankte meinem Herrn Gott, dass er mir wieder einen gesunden Jungen schenkte. Zur Taufe, die gleich ein paar Tage später im Krankenhaus stattfand, waren Erwin, der Taufpate mit Lina gekommen. Wie ich mich freute, die beiden Lieben wieder zu sehen.

Nach der Taufe bekam Rudi plötzlich Durchfall, er wurde so schwach, und ich, obwohl mit großer Brust ausgestattet, konnte meinem Baby keine Muttermilch bieten. Eine Amme war schnell gefunden, jedoch es nützte nichts. So kamen auch andere mit ihm im Babyzimmer liegenden Kinder ins Kinderkrankenhaus Ingolstadt-Neuburg. Mein Rudi nach Augsburg, es war ein Virus, das alle Babys befallen hatte. Da ich nun zu Rudi ins Krankenhaus wollte, aber kein Geld zur Verfügung hatte, fuhr ich mit dem Milchwagen nach Augsburg, um mit dem Kinderarzt Dr. Wunderwald zu sprechen. Rudi, mein Baby war sehr krank, eine Darminfektion gekoppelt mit Mittelohrentzündung, plagten den jungen Körper. Tage später, als ich wieder hinfuhr, hatte er Furunkulose, 23 Stück und die Schwestern bangten um sein Leben. Ich mußte raus, raus aus der Kinderklinik. Eine wildfremde Frau sprach ich unter Tränen an: „Bitte hören Sie mich an, mein Kind ist so krank, und kein Mensch tröstet mich!" Sie redete auf mich ein, aber ich verstand nichts!

Wieder zurück in die Klinik eröffnete mir der Arzt, dass Staphylokokken im Körper des Babys waren, welche sich auf irgendein Organ setzen würden.

Mit dieser schlechten Botschaft fuhr ich Richtung Donauwörth, ohne jegliche Rührung wurde ich von der Sippe entgegengenommen.

Am folgenden Tag rief uns der Arzt der Kinderklinik an. Sofort fuhr ich mit dem Zug los. In der Kinderklinik hatte man inzwischen den Krankentransport in die Augenklinik nach München vorbereitet.

Die Staphylokokken hätten sich aufs rechte Auge geschlagen, eine Lungenentzündung sei in Vorbereitung, so sei laut Ärzten der momentane Krankenstand. Der Krankenfahrer, eine kath. Krankenschwester und ich bestiegen mit dem arg kranken Jungen von drei Monaten, ausgerüstet mit 8 Liter Sauerstoff den Krankentransport, um in die Universitätsklinik zu fahren. Unterwegs hustete mein Baby fürchterlich, die Sauerstoffflasche war, war plötzlich leer. Sie mußte auf der Autobahn kurz vor München noch eiligst gewechselt werden, allerdings waren nur noch 5 Liter da.

In der Mathildenstraße an der Augenklinik angekommen, warteten die Schwester und ich mit Rudi im langen Gang, wobei Rudi jetzt hustete, er hatte keinen

Sauerstoff mehr. Mir wurde Angst und ich fauchte eine vorbeigehende Schwester an, was da los sei, dass sich hier niemand um unseren kleinen Patienten kümmert.

„Schaugns, dass sofort an Arzt herkriang, alte Betschwester" entkam es mir, denn ich bangte um meinen Jungen.

Nicht lange danach ging die Sprechzimmertüre auf, und eine Ärztin stand einem Götzenbildnis gleich im Türrahmen – erleichtert betraten wir, ich den Jungen auf dem Arm, den weißgekachelten, nüchternen, sehr hohen Raum. Die Untersuchung ergab, dass Rudi viel zu krank war, um in der Augenklinik zu bleiben, also verwies man uns an die Uni-Kinderklinik in der Lindwurmstraße. Wieder war es eine Ärztin, die für die Aufnahme zuständig war. Es dauerte nicht lange, bis ein jüngerer Doktor den Behandlungsraum mit der Feststellung betrat, dass sie überbelegt seien, daher auch keine Aufnahme mehr möglich wäre.

Es traf mich wie ein Peitschenhieb. Ich kniete nieder, fasste den Arzt um seine Knie, weinte, schrie: „Bitte nehmen sie mein Kind, bitte! Ich habe voriges Jahr schon einmal ein Kind so verloren."

Doktor Cailliut meinte, er wisse von dem Fall, dieser wäre in Fachkreisen bekannt. Es war ein Lungenödem. „Gut ich nehme das Baby mit nach oben, ich sage ihnen dann Bescheid."

Bange Minuten sammelten sich zu viezig Minuten – da – die Tür ging auf und der Kinderarzt berichtete vom Stand der Krankheit. Rudi hatte einen Lungenriss, die rechte Lunge war zusammengefallen, zudem hatte er eine Lungenentzündung, und die Sache mit dem Auge würden die Kollegen der Augenklinik hier auf der Station behandeln. Bevor ich die Haunersche Kinderklinik verließ, bat ich, nochmals meinen Jungen sehen zu dürfen. Da lag er im Sauerstoffzelt, von der rechten Körperseite ging ein Schlauch raus. Was hat dieser zerschundene kleine Körper verbrochen, dass er so leiden mußte? Er schlief, und ich war froh, das Kind doch in der Klinik in guten Händen zu wissen, das wird schon wieder, ging es mir durch den Kopf. Lieber Gott, hilf mir, dies durchzustehen.

Der Fahrer, sowie die Krankenschwester mußten sehr viel Geduld aufbringen, denn es wurde sehr spät, und wir hatten noch keinen Bissen gegessen, noch nichts getrunken. Auf dem Heimweg in der Menzingerstraße nach der Unterführung, rechts machten wir in einem Lokal Station, ich lud die beiden ein. Ich stellte fest, dass ich nur noch zwanzig Mark hatte, hoffte das esreichte. Die katholische Schwester durfte das Gasthaus nicht betreten, also blieb sie mit einem Wurstbrot und Limonade versorgt, im Bus sitzen. Von dem Rest des Geldes bekam der Fahrer drei Stück Wiener, eine Semmel, eine Tasse Kaffee, ich eine Semmel ohne Wurst und eine Cola. Das Geld reichte gerade aus. Ich hatte nie Geld in der Tasche, bekam keins – heute unausdenkbar, jedoch die Liebe zu diesem Mann und der Idealismus war stärker.

Nur was wurde inzwischen aus meinem geliebten Mann?

Als ich spät nachts von Augsburg nach Hause kam, bis dahin war ich mit dem Krankenwagen heimgefahren, war der Teufel los. Hans war sehr betrunken – beschimpfte mich, wo ich so lange geblieben wäre.

„Hast an Kerl?" fing er an, und ich wusste wieder einmal, aus welcher Ecke der Haß auf mich kam.

Kapitel 12

Seit Hansis Tod trank Hansl immer mehr Bier und
Dornkat und blieb abends viel länger bei den
Stammgästen - morgens konnte er dann auch nicht
aufstehen. Heidi, unsere Köchin und ich mußten das
Viertelte Kalbfleisch oder Schwein, von der im Keller
liegenden Kühlung raufschleppen und zerlegen, damit
wir sie stückweise zusetzen konnten. Einmal - ich war
damals mit Rudi hochschwanger, es wurde 12 Uhr
mittag, lag mein Hans noch im Bett. Wutentbrannt
rief ich bei meiner Schwiegermutter in der Traube an,
daß des ned geht, in meinem Zustand müsste er mir
schon helfen. „Geh, du!" war ihre Antwort. „A rei-
gheirate Schwiegertochter, so wie du, kascht arbeite!"
Niemehr äußerte ich mich über ihren Jungen, den sie
als Mutter noch so stark an sich band. Wenn die
Obermeiersche Sippe zusammenkam, geschah es nur
im Nebenzimmer der Traube. Der knollige Tierarzt
Franz Wallner mit seiner protzigen Anna, Heilpraktiker aus Eibach, Tante Anna und Onkel Ludwig aus
der Saalinger Siedlung aus Donauwörth.

Ich mußte für die Brut kochen, durfte mich aber nicht
ins Nebenzimmer setzen. Bestimmt beraten sie über
mich, die Luthersche Reigheiratete! Dr. Wallner
mochte Tartar, vom Hackstock geschabtes Rinder-
stück. Dies macht ich ihm so gut, daß er, als ich den
Hackstock geputzt hatte, wollte gleich nochmal eine
Portion Tartar wollte. Die Rache des kleinen Mannes
kam in mir wieder hoch. Ich spuckte in Onkel
Franzes, vom Stock geschabtem Tartar, das zweite

Mal hinein. Später als ich Herrn Dr. Wallner laufen sah, kam eine innere Genugtuung in mir auf. Wie sagt Schiller in der Glocke; „Gefährlich ist den Loi zu wecken - verderblich ist des Tigers Zahn, doch der Schrecken aller Schrecken ist der Mensch in seinem Wahn".

Rudis Zustand in der Haunerschen Kinderklinik war gleichbleibend. Ich fand immer wieder ein Opfer, das mich nach München zu meinem kranken Kind mitnahm. Nach einem halben Jahr Krankenhausaufenthalt war der Junge von der AOK ausgesteuert und wir mußten wöchentlich 226. - DM im voraus an die Klinik bezahlen. Viel Geld - dem Finanzamt mußten wir Nachzahlungen leisten, 200 Zentner Kartoffeln mußten eingekellert werden, außerdem noch 200 Zentner Koks. Personal, die Löhne zum Ersten, Krankenkassen und Sozialversicherung mußten bezahlt werden. Meine Mutter half mir mit Papas kleiner Rente paarmal aus. Da sie die Münchner Wohnung an Familie Kühnleitner vermietet hatte und bei uns arbeitete und lebte, ging das schon. Meine Tage waren lang. Ich war 15 Stunden auf den Beinen. Kochte morgens in der Küche Essen. Mußte nachmittags in den Fremdenzimmern die Betten herrichten, abends Zimmer vermieten und Abendessen für die Gäste richten. Zwischendurch kam ein Omnibus mit 40 Personen aus Dänemark; mit dem Busunternehmen Petersen aus Kopenhagen hatten wir eine gute Zusammenarbeit. Die Busreisenden trafen mittags bei uns ein, Suppe und Aufschnittplatte mit Brot wurde verlangt. Im Schlachthaus war es schön kühl, wir konnten die 40 Platten gut vorbereiten, um sie dann über den Hof zu bringen und im Saal zu servieren.

Jedoch die Einnahmen fraß zum Teil auch Hansels Trinken auf. Es weitete sich immer mehr aus - nicht allein, daß er in der eigenen Wirtschaft trank, die Gäste teilweise einlud, sondern in den umliegenden Ortschaften, deren Gasthäuser er besuchte, Sekt spendierte. Spät in der Nacht, als ich abgerechnet hatte, mußte ich ihn auslösen, und mit dem gelben Opel Kadett nach Hause fahren. An einem Donnerstag fuhr er nach dem Mittagsgeschäft nach Harburg. Heidi, die Köchin nahm er mit, um junge Ziegen zu kaufen. Um 18 Uhr waren die zwei noch nicht zurück. Das Abendgeschäft mußte ich, wie so oft, alleine hinter mich bringen. So gegen 23 Uhr 30 kam ein junger Mann die Treppen hoch, und fragte mich: "San Sie die Rosenwirtin? Sie sollen ihren Mann und des Madel in Harburg abholen und die Tageslosung mitbringen."
Die letzten Gäste waren gerade im Gehen, so sperrte ich den Gasthof zu, und fuhr mit dem Mann nach Harburg. Dort saß er - mein angetrauter Ehemann – zwischen lauter huttragenden Bauern, Heidi hatte schon glänzende Augen. Kein Wunder, auf den blankgescheuerten Tischplatten standen 16 Flaschen mit weißen Kopferl, er hatte Sekt spendiert. Das Donnerwetter meinerseits, sowie es von den anderen Gästen erwartet wurde, blieb aus. Ich mochte derartige Auftritte nicht - es reichte mir, wenn die Frauen meiner Stammgäste ihre Wut über oder an ihren Alten ausließen. Durchschnaufen - ich gab mir einen Schups

und sagte: "Wie geht's denn dir? Komm ich fahre euch heim."

Die Zeche - sie betrug 280.-DM. Mit den beiden jungen, lebenden Ziegen im Kofferraum habe ich die beiden nach Donauwörth kutschiert. Mit viel Gepolter torkelten sie die Treppe hoch. Beide Kitze mußte ich gleich selber schlachten, denn sie hörten nicht mehr auf zu schreien. Am nächsten Tag kam der Gerichtsvollzieher, um 320.- DM zu kassieren, die wir nicht hatten. Jedoch Besucher vom Blumen-Dehner vom Rhein am Lech, ein Bus mit 32 Personen war unsere Rettung. Zum Glück waren die Gäste alle versorgt. Käthchen, die Bedienung servierte ab. So ging ich ins Lokal und fragte: "Wer will noch bezahlen".

Ich kassierte solange ab, bis die Summe von 320.- DM zusammen gekommen war. Onkel Schorsch, so nannten wir den Gerichtsvollzieher liebevoll, wartete währenddessen in der Schänke, wo ihn Hans mit einem Viertel Bier wegen des Wartens versöhnte. Derartige Stückl lieferte mein Hansl immer öfter. Und Onkel Schorsch war der nicht gern gesehene Gast. Rudolf Lede, sein bester Schulfreund war sehr gerne bei uns. Wir sassen bis sehr spät zusammen - oft fuhren wir mit seinem grünen Volkswagen nach der Schließung spazieren - nach Nördlingen und zurück. Es machte mir Spaß, da ich zu diesem Zeitpunkt noch keinen Führerschein hatte. Dafür kochte ich für den Rudolf, so hieß der Bonbonfritze, seinem Vater gehörte die Bonbonfabrik in Berg. Meine Mama nannte ihn so. Es war eine nette Freundschaft, ich konnte den jungen Mann irgendwie gut leiden - wollte aber nichts mit ihm zu tun haben. Als es uns finanziell noch schlechter ging, meinte Hansl im Rausch: "Wenn du mit dem Rudolf ins Bett gingst, dann täts uns schon bessergehen." Ab da wußte ich, was Hans an mir noch lag – ich war nur noch das billige Arbeits- und Dienstmädchen. Else und Käthchen, beide sehr gute Bedienungen gingen aus privaten Gründen weg. Wiederum warb ich aus der Büstenhalterfabrik Triumph am Ort Mädels ab, lernte sie zu Bedienungen an. Marianne und Lore hießen die neuen. Bald waren sie perfekt, und die Gäste der vier Omnibusse waren schnell bedient. Es lag an der Organisation. Bestellungen der Getränke nahmen beide Bedienungen entgegen, ich stellte mich auf einen Stuhl, rief die verschiedenen im Angebot stehenden Gerichte auf und fragte in die Menge: Da flogen die Arme hoch, ich notierte die Anzahl der Essen auf dem Block, flitzte zur Küche, um mit meinen zwei Mädels alles herzurichten. Inzwischen servierten die Bedienungen die Getränke, legten Besteck auf und schon waren die ersten Portionen Wurstsalat und Leberkäs mit Sauerkraut fertig. Ich nahm gleich sieben Teller auf einmal und mit Schwung servierte ich persönlich die Essen. Die Bedienungen waren froh darüber. Ich war eben in meinem Element. Die Arbeit, die war es was mich von all meinem Kummer befreite - wars das wirklich? So manche Hochzeit wurde zu meiner Freude, wo ich mich so richtig entfalten konnte in der Rose ausgerichtet. Nicht die Menüzusammenstellung, die bestimmmte immer noch der Schwiegervater: Eine Hochzeitssuppe mußte sieben Einlagen haben, dann kam Kalbsnierenbraten mit Salaten und Spätzl, danach Schweinehalsbraten mit rohen Kartoffelklöß und Blaukraut. Zum Nachtisch gabs Götterspeise, in Rotweinsauce getränkte Löffelbiskuitt mit Kirschen und Sahne. Zwei Rollen Butterbrotpapier reichten bei 72 Personen nicht für das aus, was sich die Gäste alles einpacken ließen. Fleisch, manchmal Knödel und Spätzle einfach alles.

Ich wunderte mich nicht, denn die Gäste waren an der reichhaltigen Suppe schon satt geworden. Im Sommer, war das noch warm eingepackte Fleisch in den Damenhandtaschen bestimmt am Abend schon schlecht geworden. Tante Anna sowie meine Schwiegermutter halfen bei den Hochzeiten in der Küche mit. Während ich den Saal hübsch ausdekorierte, was nötig war, denn die zwei Meter hohen braunen Wandvertäfelungen waren zu dunkel. Mit feinst gestärkten weißen Tischtücher und Stoffservietten, fachlich gelegten Silberbesteck mit unseren Namen, hochpolierten Weingläsern, dazu die Blumenarrangements, die ich auf den Tischen um kleine Springbrunnen drapiert hatte, es war eine Pracht. Vom Fremdenzimmer Nr. 9 im ersten Stock zerrte ich die Biedermeier Sitzgruppe für die große Fensternische im Saal herunter. Bei diesem Tun wurde ich fortwährend bemängelt: Laß, des duad ma ned, warum machst des? Was soll des scho wieder?

So meckerte der Schwiegervater, was vom Hans übernommen wurde, er blies in dasselbe Horn. Mein Rudi wurde nach 9 Monaten Krankenhausaufenthalt als gesund entlassen. Meine Mutter in München nahm mir den Buben in Pflege. Schließlich hatte sie mit Kindern die besten Erfahrungen, und es ging ihm gut.

Mama reiste mit ihm zu Hertha nach Holland, die in Den Haag verheiratet war, danach besuchte sie in Hamburg mit Rudi meinen dort verheirateten Bruder Otto mit seinen drei Töchtern. Zurück in München besuchte ich beide, sie sahen gut erholt aus. Jedoch Rudi, nun zwei Jahre alt, reagierte auf mein Rufen nicht. Gut, er schielte, aber das konnte man später durch eine Operation bestimmt begradigen. Ab meine Beobachtungen täuschten mich nicht: Mein Junge hörte nicht, konnte daher auch nicht sprechen. Sofort rief ich den Kinderarzt der Klinik an und fragte nach den möglichen Ursachen. Er eröffnete mir, daß mein Rudi mit der Lungenentzündung auch eine Gehirnhautreizung hatte. Empfahl mich daher an einen Gutachter in Kaufbeuern weiter. Dort würden die Gehirnströme gemessen. Ich holte Omi und den Jungen nach Donauwörth, um weiter das Gedeihen meines Jungen beobachten zu können. Jetzt waren beide in der Rose und ich war sehr froh darüber. Die klinischen Untersuchungen waren negativ ausgefallen. Der Facharzt meinte, es wären wohl noch Entwicklungspotenzen vorhanden, doch die Gehirnkammern und zwar die wichtigsten, waren mit Gehirnwasser überflutet worden, er war auf Lebzeit ein Pflegefall. Zu Hause übergab ich Omi den Jungen, traute mich zu niemanden der Familie ein Wort über den gräßlichen Befund zu sagen. Absichtlich ging ich einen anderen Weg zur Traube, die Angst schnürte mir fast die Seele zu. Auf der Wörnitzbrücke traf ich einen Stammgast, beim Grüßen sah er, daß ich weinte. Nun kam alles in mir hoch, er war fremd, gehörte nicht zur Sippe, ihm mußte ich alles erzählen, ein paar tröstende Worte

erheischen, nur das wollte ich und das tat mir gut. Mit guten Wünschen und Mut empfahl er mir, meinem Schicksal entgegen zu gehen. Samstag war im Gasthof Traube Ruhetag, aber die Schwiegereltern saßen am großen Küchenherd auf ein Geschirrtuch gestützt, Hans war ebenfalls beim Brotzeit machen dabei.
„Und, wie wars?" kam es aus Hansls noch mampfenden Mund. Da stand ich nun, wie vor einem hohen Gericht. Alles, wie es war und was die Ärtze meinten, berichtete ich. Wobei ich ihren Mienen entnahm - ja - vorwurfsvoll, ja gemein kams mir entgegen: „So ebbas gibt's in unserer Familie nia- garned - des kommt nur von deiner Seit' die Familie bei de Jordan, da muaßt gugga."

Wieder ein Mühlenstein! Abermals versammelte sich die Sippe - es ging wieder um meinen Sohn und mich. Die Hauptpersonen, Rudi und ich waren ausgeschlossen. Jetzt faßte ich den endgültigen Entschluss: Weg von diesen Schwaben! Heim nach München! Ich kaufte eine eine Hotel- und. Gaststättenzeitung und bewarb mich um etliche Stellen als Geschäftsführerin oder Hausdame. Nicht einmal Hansl nahm mich tröstend in den Arm. Zu sehr war er aufgewiegelt. Ich kam mir selbst wie eine Verbrecherin vor. Die Buddenbrocks waren eine feine Gesellschaft dagegen.

Am 13.11. 61 fuhr ich mit dem Auto alleine bei der Dämmerung in den Keisheimer Wald, stieg aus und lief blindlings durch das Gestrüpp. Apathisch ließ ich mich auf den mit Moos bewachsenen Wald fallen, weinte, schrie: „Mein Herr Gott, warum nur?"

Seit Hansis Tod betete ich nicht mehr, ich haßte ihn, diesen sogenannten lieben Gott, welcher mir alles nahm, immer wieder unter Tränen brüllte ich in den Wald hinein: „Lieber Gott, wenn es dich wirklich gibt, und du irgenwo existierst, laß etwas geschehen - zeige dich - hilf mir- bitte, flehte ich."

Es geschah am selben Abend, Ruhetag in der Rose, Oma hatte sich mit Rudi schon in die obere Wohnung zurückgezogen. Wir redeten noch zusammen, daß ich mich um eine Stelle beworben hatte, worauf mein Mann so erschrocken war, daß er sich sogleich ein paar halbe Bier eingoß. Ich räumte das Feld und folgte meinen beiden ins Bett. Später kam Hansl rauf in die Wohnung, es war gegen 23 Uhr. Da rief Herr Schmid unser alter Nachbar: "Hansl! Hansl!"
Vom Seitenfenster zur Moorengasse rief Hansl: „Was ist los?" Der Moorenwirt schrie: "Du sollst glei in die Traube kommen, dei Vater hat angrufn!"
Hansl zog sich wieder an und ging. Nach einer halben Stunde, Omi war wach geworden, da sie auf der Couch im Wohnzimmer schlief. Von dort konnte man auch auf die Reichsstraße sehen. Auf der gegenüberliegenden Seite ging mit schnellen Schritts Hans die Reichsstraße abwärts. Ich rief durch die Nacht hinüber: "Hansl, was ist los?"
„Ja, d'Mutter is tot, und i kim grad vom Pfarrer:" So schnell hatte ich die Fenster noch nie zugemacht, freute mich hüpfend: "Die Theres' is tot. Die Theres' is tot."
Omi meinte: "Mädchen versündige dich doch nicht."
Aber das war mir einerlei, meine Peinigerin war tot.

Die darauffolgende Beerdigung war typisch spießig. Da ich in der Rose kochen mußte, die Beisetzung aber um 13 Uhr war, kam ich natürlich in der Stadtpfarrkirche zum Amt zu spät, benutzte den Seiteneingang. Ich mußte die Blicke von 500 Augenpaaren ertragen. Bei jedem Schritt machte es laut: Klick, klick, klick. Die schwarzen Hochzeitspumps hatten inzwischen eiserne Absätze bekommen, bei jedem Klick empfand ich den Trotz in mir, um mich die ganze Meute von Donauwörth. Was mochte sie gedacht haben?Jetzt isch sie eh die Alt los, oder am End hatt sies a .....?

Ich mußte an dem Sarg vorbei, vier Treppen rauf, und in einem von links oder rechts stehenden holzgeschnitzten Stühle Platz nehmen. Ich steuerte auf einen freien Platz zu. Da merkte ich wie Tante Anna nach außen rückte, mir diesen Platz verwehrte, ich zischte leise: "Ruck nei, sonst geschieht ein Unglück!" Sie rückte zurück. Ich kniete neben ihr nieder, bis auf ein paar hüstelnde Trauergäste war es totenstill in der Kirche. Nach dem Gottesdienst wollte ich ein paar Tanten und Onkel, die ohne Fahrzeug da waren, zum Friedhof mitnehmen. Keiner fuhr mit mir mit, obwohl sie sich in andere Autos zu sechst zwängen mußten. Am Friedhof angekommen, war ich wieder die letzte. Unter Glockengeläut trug man Theres zu Grabe, hinter dem Sarg Vater und Sohn, ich wollte neben ihm gehen, aber die beiden sagten, ich sollte ihnen hinten folgen. Lina und Erwin und deren Schwiegervater waren auch schon zu dritt, die nächsten Onkel Franzi und Tante Anna. Die sagten: „Geh nur hinter, da is scho Platz gnua."

Ich war dann bei den Menschen, die der Trauben-
wirtin, teils aus Neugier, teils als Stammgäste,
Geschäftsleute oder Kollegen das letzte Geleit gaben.
Nach der Beisetzung fuhr die Sippe zum Leichenschmaus in die Traube. Tante Marl stand neben mir,
ich fragte: „Fahrst mit in die Traube?" Sie stieg ein;
also eine wenigstens, dachte ich, die zu dir steht.

Vorm Gasthof meiner Schwiegereltern angekommen,
meinte Tante Marl, sie war die jüngste Schwester
meiner Schwiegermutter: „Also Ilse, an deiner Stelle
ist es besser, du gehst nicht in die Traube zum
Leichenschmaus!"
Das war genug.
Sie stieg aus, verschwand hinter der Eingangstüre,
während ich umdrehte und zur Rose fuhr. Hatte ich
nicht genügend Arbeit, mußte das Geschäft bewältigen?
Heute stehe ich darüber.
Bevor die Schünemanns in Richtung Nürnberg
abreisten, kam Erwin noch alleine zu mir in die Rose.
Wir sprachen viel, über alles, denn er wußte nun vom
Hans, daß ich weggehen wollte und mußte. Das Blatt
hatte sich gewendet. Hansl hatte sehr viele Schulden
gemacht, es galt diese zu bereinigen, was sein Vater
auch tat. Er bat uns, in die Traube zu kommen. Nach
einem Jahr wollte er uns den Gasthof überschreiben.
Ich gab Erwin die Hand, und es war besiegelt, daß ich
nun nicht mehr wegging. Im Dezember zogen wir aus
der Rose aus. Der Kündigungsgrund war dringend
gegeben, Frau Eberle von der Kronenbrauerei fand
schnell einen neuen Pächter. Allerdings mußten wir

uns mit einer Wohnung ohne Bad am Weidenweg begnügen. Die Toilette befand sich eine Etage tiefer am Gang. 120.- DM kosteten die drei ineinanderlaufenden Zimmer. Das Schönste war der Ausblick vom ersten Stock auf die Wörnitz, umsäumt mit Trauerweiden, die weit ins Wasser hingen. Dahinter der Blick auf die Stadt, links sah man etwas erhöht Heiligkreuz, ein Waisenhaus und ein Gymnasium für Buben.

Meine Mutter kehrte wieder nach München zurück. Dies war die Gelegenheit für mich meinen Rudi selbst aufzuziehen. Er lachte schon so nett. Dem Alten war dies ein Dorn im Auge. Erbost kam er mir und dem Jungen entgegen, wie wir zum Mittagessen in die Traube kamen: „Wenn du nicht zum Arbeiten kommst, brauchst dich hier mit dem da nicht mehr blicken lassen." Was sollte ich tun? Im katholischen Kinderheim in Möhringen konnten die Schwestern wegen seiner Wildheit nichts anfangen. Einmal riß er aus dem Heim, lief in die katholische Kirche, zerriß dort die Kirchenzeitungen, freute sich daran.

Ich mußte ihn aus dem Kinderheim herausnehmen, was sehr schlimm war, ich wusste nicht, wohin mit ihm.

Einem Inserat der Schwabenzeitung entnahm ich die Adresse eines heilpädagogischen Instituts in Überlingen. Da bei Rudi laut Untersuchungen noch Entwicklungspotenzen vorhanden waren, stattete ich diesem Institut am Bodensee einen Besuch ab. Eine ältere Frau, Dr. Walter mit einer weiteren Mitarbeiterin, alle in weißen Kitteln besprachen mit mir das Wesentliche, nämlich den Kostenfaktor. 360.- DM pro Monat. Während der Ferien sollte das Kind nach Hause. Die schmutzige Wäsche von Rudi würde alle 10 Tage in einem verschließbaren Korb, den ich noch besorgen mußte, nach Donauwörth geschickt, die gewaschene, gebügelte Kinderwäsche wieder nach Überlingen gesandt. Zu dem Zustand des Jungen hatten sie weniger Fragen. Sie würden das Kind schon behandeln. Mit Susi Schmidt fuhr ich Rudi mit seinem Korbkoffer an den Bodensee. In Überlingen angekommen übernahmen die zwei Damen sogleich Rudi in Empfang, ich drückte den Jungen noch an mich, küßte ihn, er sah mich verständnislos an, lachte ein wenig, wobei er sodann an der Hand der Schwester durch die weiße Türe verschwand. Ich zahlte 600.- DM an, dies sei so üblich, meinte Frau Dr. Walter. Ich dachte, das ist ja wie bei einem nüchternen Geschäftsabschluß. Prompt nach 10 Tagen war die Wäsche aus Überlingen da. Nicht nur Rudis, auch von anderen dort lebenden Kindern war Wäsche dabei. Selbstverständlich wusch ich die Wäsche und schickte sie mit dem Korbkoffer zurück. Nach sechs Monaten wollte der Schwiegervater das heilpädagogische Institut nicht mehr bezahlen. Mir blieb nicht anderes über, als sofort dorthin zu fahren, nahm Susi und Else mit. Nachmittags gegen 16 Uhr, das Institut lag am Hang eines Berges. Wir kamen laut Heimleitung zu früh, und sie hätten Rudi noch nicht fertig. "Wieso?" Es klingelte bei mir. Notgedrungen mußten wir in Überlingen übernachten. Dies war wieder Wasser auf des alten Obermeiers Mühlen, es donnerte auf Hans runter. Zum Glück waren die zwei Bedienungen Zeugen, daß ich wie bei meinen anderen

Bemühungen, um meine beiden Kinder verdächtigt wurde, einen Kerl zu haben.

Wenn ich nur gehabt hätte, dachte ich so bei mir.

Nach dem Frühstück im Gasthof holten wir meinen Jungen im Heim ab. Zu zweit führten Dr. Walter und ihre Gehilfin Rudi herein. Als sie den Buben ausließen, fiel er wie ein Kartenhaus zusammen. Am Hinterkopf hatte er keine Haare mehr. Was haben die Weiber nur mit meinem Kinde gemacht? dachte ich schockiert. Er konnte keinen Schritt mehr gehen, hatte so dünne Arme und Beine, aber der Bauch war erschreckend groß - aufgebläht. Ich trug Rudi zum Auto, die beiden trugen Korbkoffer und Spielsachen zum Wagen, und wir fuhren ohne Verabschiedung davon. Zwischen blühenden Obstbäumen am Bodensee entlang in Richtung Ulm nach München; denn ich durfte ja das Kind nicht haben. So übergab ich Rudi wieder in Omis fürsorgliche Hände. Ohne großen Aufenthalt preschten wir auf die Autobahn bis Augsburg weiter nach Donauwörth. Dort erwartete mich ein fürchterliches Donnerwetter seitens der beiden Obermeiers. Morgens wurde ich vom Schwabinger Kinderkrankenhaus angerufen sofort hinzukommen. Was war nur geschehen? Oh Gott, bitte nicht! dachte ich.

Am Telefon mochte man mir nichts Genaueres berichten. So nahm ich den nächsten Zug Richtung München; denn das Auto durfte ich nicht benutzen. Im Krankenhaus - wie ich diese langen Gänge hasse, tiefe Furcht kam in mir hoch. In der betreffenden Station, der diensthabende Arzt ging auf mich los, mit erhobener Stimme sowie auch Zeigefinger: „Sie sind die Mutter von dem Kind? Was haben Sie mit dem Jungen gemacht?" Zuerst wußte ich gar nicht, was dieser große Mann in Weiß von mir wollte. Er hätte gute Lust, dies zur Anzeige zu bringen. Nun erklärte ich ihm, daß ich den Jungen in diesem Zustand gestern aus dem heilpädagogischen Heim in Überlingen abgeholt hätte.

Rudi war völlig unterernährt und verschüchtert. Später besuchte ich noch meine Mutter, die mir dann erzählte, daß Rudi in der Ecke hurkelte, beide Hände nach oben hielt und nur noch schrie. Sie hatte dann mit einem Taxi das Kind in das Krankenhaus gebracht. Diese geschäftstüchtigen Weiber des Heims, denen wars nur um das Geld gegangen und nicht um das Heilen. Ich hätte Frau Dr. Walter damals sofort anzeigen sollen. Ich selber war zum damaligen Zeitpunkt völlig zerstört. Nach dem Krankenhausaufenthalt kam Rudi wieder zu meiner Mutter. Inzwischen war er aber schon 4 Jahre alt und ich wollte mein Kind selbst haben. Wollte einfach alles gegen den alten Obermeier durchsetzen. Aber es gelang nicht. Wohin sollte ich mit dem kranken Jungen? Meine Verzweiflung war so groß, daß ich nur noch an unser beider Tod dachte. Spät abends holte ich mir einen Kälberstrick, ging mit meinem Rudi an die Donau durchs Gebüsch. Schnell floß sie dahin, tief war sie. Ich band das Kind mir mit dem Strick um den Bauch, so dass wir zusammengeschnürt waren. Jetzt nur noch ein kleines Stück und wir zwei liegen im eiskalten Wasser. Plötzlich fing der Junge aus irgendeinem Grund an zu lachen. Da stutzte ich – auf einem nassen Grasschüppel rutschte ich aus - es zuckte

durch meinen Kopf - nein - nein - das darfst du nicht
tun Ilse! Ich löste den Strick, wir gingen zusammen in
die Wohnung am Weidenweg zurück. Immer wieder
lachte Rudi. Mir rannen die Tränen nur so herunter.
Du kannst noch so verzweifelt sein, das Recht hast du
nicht, dem Kind das Leben zu nehmen.

Frau Tretter vom Ried, deren Sohn in Schönbrunn bei
München in einem Heim für geistesbehinderte Kinder
lebte, wußte von meiner großen Not. Sie bat mich, ob
ich sie mit dem Auto nach Schönbrunn fahren würde;
außerdem könnte ich mich gleich um die Aufnahme
Rudis ins Heim bemühen. Zwei Tage später waren
wir in Schönbrunn, einem schön angelegten Heim bei
Dachau mit mehreren dreistöckigen Häusern, die in
Stationen aufgeteilt waren. Ältere Heiminsassen,
wenn sie arbeiten konnten, halfen in der Landwirt-
schaft und Garten mit. Außerdem waren Buben und
Mädel getrennt untergebracht. In Schlafräumen mit
vier Betten, Wohnstube, Bad und Toiletten gab es
extra, alles blitzte vor Sauberkeit. Nach der Führung
ging ich am Spätnachmittag ins dortige Büro in den
ersten Stock: "Möchte gerne meinen Jungen bei ihnen
anmelden." Die beiden kathol. Schwestern beide in
schwarz mit einer weißen gestärkten, geschlossene
Haube sahen sich beide fragend an. Schüttelten dann
leicht den Kopf: "Bei uns ist kein Platz mehr frei."
„Waaaas?" entfuhr es mich, "ist das wahr?"
Ich begann zu betteln: "Bitte, nehmen sie mein
Kind." Und erzählte, was ich zu Hause wegen dem
Buben alles mitmachen mußte, aber sie kannten kein
Erbarmen.

„Nein", sagten beide, die eine hatte schon den Schlüssel des Büros in der Hand, um die Türe zu schließen. Ich aber sagte: "Nein, ich bleibe jetzt hier sitzen, bis sie mir ein Bett für meinen armen Jungen geben." Es vergingen gut zwei Stunden, inzwischen suchte mich Frau Tretter vom Ried auch schon. Nur ich blieb stur. Die Tür ging auf und Schwester Luziver kam herein und meinte zur noch gebliebenen Schwester: "Im St. Vinzenz ist doch heute der eine Bub gestorben."

Dadurch war jetzt ein Bett frei geworden. Ich war glücklich, wenn es für mich auch ein großer Einschnitt war – die Erkenntnis, du mußt jetzt dein Kind in so ein Heim geben.

Spät, es fing schon an zu dämmern, fuhren wir zwei nach Hause. Erleichtert, doch noch etwas erreicht zu haben, während Frau Tretter froh war, daß sie bei ihren Sohn länger bleiben konnte. Zu Hause gabs wieder Krach wegen meines langen Wegbleibens. Man ließ mich gar nicht zu Wort kommen. Als sich der Sturm gelegt hatte, berichtete ich von meinem Erlebnis im Heim, daß ich Rudi gleich dort hinbringen darf, für monatlich DM 220.-. Der Alte gleich vorwurfsvoll: "Da kannst du dirs ausrechnen was du zahlst, ´wenn der 30 Jahre da drinna isch!"

Bei diesem Rechenexempl liefs mir kalt den Rücken runter. Was sind doch das für Leute? „Rechnungen kannst du aufstellen, unterm Strich wird erst zusammengezählt. Sechs Monate zahlte mein feiner Schwiegervater für seinen Enkel, danach nichts mehr. Hans und ich bekamen kein Geld wegen der Schulden, die er ja übernommen hatte. Da ich öfter im Schlachthof von Augsburg Fleisch einkaufen war, nutzte ich die Gelegenheit, um mit Frau Jahn vom Wienerwald zu telefonieren: „Würde gerne bei Ihrer Firma als Geschäftsführerin anfangen." Wie versprochen, schickte ich meine Bewerbung, es dauerte nicht lange- und klappte. Am 1. September 1964 fing ich als 2. Geschäftsführerin beim Jahn im Wienerwald an.

14 Tage bevor ich nach München ging, eröffnete ich den beiden Obermeiers, daß ich eine Stelle hätte und ginge, da Vater für das Heim nichts mehr bezahlte. Hansl war damit einverstanden, denn er wusste, es ging nicht anders. Nur der Alte war sauer. Hatte ja nun keine billige Dienstmagd mehr. Meine Freundin Trudi Happes mit ihrem Mann Roland holten mich per Auto mit Sack und Pack in Donauwörth ab. Hans brachte mir noch 100.- DM und drückte mir ein Strauß gelber Rosen in die Hand.
Alles hinter mir lassend auch einen guten Freund, der mir stets zur Seite stand, ja mich um meiner selbst liebte. Diese Liaison hatte zwei Jahre gedauert, als ich seine reizende Frau kennen lernte, es waren auch Kinder da, ich wollte diese Ehe nicht auseinander bringen. Dies gab mit den Ausschlag, von diesem Ort zu gehen. Heute bin froh, so gehandelt zu haben, es war richtig, denn die Ehe hielt noch 30 Jahre.
Wenn ich heute in Donauwörth bin und zu Hansls Grabstätte gehe, erlebe ich wieder einen Schock. Auf dem großen Familienstein des Familiengrabs standen nur die Namen von meinem Schwiegervater und seiner Frau, nicht der Name von meinem Hans, der ebenfalls dort liegt. Lange zuvor schon, hatte man

seinen kleinen Kinderstein mit einem Puttenengelskopf entfernt. Anschließend besuche ich meinen Geliebten von damals ebenfalls an seinem Grab, dankend im Gebet für die schönen Stunden, die ich mit ihm verbringen durfte. Aber Reue verspüre ich bis heute keine.

Nach Hansis Tod erhielt ich anonym einen Anruf, daß ich vom Obermeier nie gesunde Kinder kriegen werde, da die Lungenkrankheit in der Familie erblich sei. Damals dachte ich, sie wollten mich alle aus der Rose verjagen, denn mir war keiner gut gesinnt. Bei einem zweiten Anruf sagte die gleiche Stimme, ich solle mich mit einem anderen Mann zusammentun, er wisse von was er spräche, er sei aus dem Ort, wo der alte Obermeier herkommt und kann es aufgrund seines Berufs sicher sagen. Heute weiß ich, wer der mahnende Anrufer war: Es war Dr. Eichinger von Plenheim, der Vater des Regisseurs Bernd Eichinger.

Kapitel 13

Am 1. September Wienerwald, Odeon; schon in der Ludwigstraße mit Garten zum Hofgarten; dies war mein neuer Arbeitsplatz.

Ich mußte in einer Pension am Maximiliansplatz mit einer Kollegin das Zimmer teilen - es war Jahns Zimmerflucht im 3. Stock für seine Angestellten, großzügigerweise wie die Verpflegung waren sie gratis.

Früh um 8 Uhr war Dienstbeginn – ich hatte mich feingemacht, ein Dirndl angezogen. Der Geschäftsführer, Herr Dollinger, ein sehr netter älterer Herr, wies mich überall ein. Für heute sei ja die Bekleidung angebracht, aber morgen sollte ich doch bitte einfach mit Rock und Bluse kommen. Warum, wunderte ich mich, ich sollte doch Geschäftsführerin sein?

Tag darauf stand ich mit weißem Küchenschürzchen und Häubchen in der Küche, die sich im Keller befand. Eine kurze Vorstellung, dann gings los. Vor mir standen riesengroße Wannen mit rohen Hendln, welche papriziert werden mußten. 480 Stück pro Tag, 14 Tage lang - was hast du dir da angetan, Ilse? dachte ich. Zudem wurden nur die Küchenleistungen angelernt. Aber alle Kolleginnen waren sehr hilfsbereit und nett. Schließlich saß man im selben Boot. Allerdings hatte ich es so mir nicht gerade vorgestellt.

Nach diesen zwei Wochen durfte ich ans Service und die Theke. Ein Kollege Geschäftsführer war Tscherni - seines Dialektes nach Wiener. Er beobachtete, wie ich flink und freundlich die Gäste bediente und er meinte später am Buffet: "Sie tun mir leid Frau

Obermeier, diese Posten sind beim Jahn reine Männersache, da haben Sie keine Chancen aufzusteigen."

Seine Worte beschäftigten mich noch lange - Ilse, du mußt das schaffen!

Nach zwei Monaten bekam ich schon die zweite Geschäftsführungsstelle bei 1.400.- DM netto in der zehnten Wienerwaldfiliale in der Lindwurmstraße. Herr Schrobenhauser war mein nächster Vorgesetzter, ein netter erfahrener Mann, 52 Jahre alt, klein und hager - vorher war er Direktor im Flughafenrestaurant gewesen. Er wies mich ein, die Münzliste zu führen. Alles, jedes Hendl und jedes Menü waren darin gelistet, auch wieviel Personen in der Filiale gerade mitarbeiteten. Jetzt wußte ich Bescheid, warum ich die 14 Tage in der Küche Hendl paprizieren mußte. Als Führungskraft hatte man die Aufgabe seinen Mitarbeitern alles vorarbeiten zu können.

Zur Wiesn hatten wir einen sagenhaften Umsatz, so daß mir sogar der Bezirksinspektor Donnerbauer ein Lob in die Münzliste schrieb, ganz unbeteiligt war ich da nicht, denn ich half den Bedienungen am Service mit. Morgens - ich stand zufällig in der Küche, das Fenster war nach außen gekippt, schaute eine Zigeunerin rein, meinte. sie könne mir die Zukunft lesen. Ich winkte ab - kein Geld meinte ich - worauf sie sagte, dies würde ihr nichts ausmachen, aber ich würde eine große Wende im Leben erfahren und zwar ab diesem November. Ich dachte, das gibt's ja gar nicht. Doch die Zigeunerin hatte recht.

Hans war inzwischen auch beim Jahn vorstellig geworden um als Geschäftsführer bei der Firma anzufangen. Herr Jahn erzählte mir hiervon. Natürlich kam es nicht dazu, denn sein Vater wickelte Hans wieder ein, zuerst mit Drohungen und Erpressungen.

Dann war Kirchweih – ich hatte vormittags Dienst, die drei Frauen in der Küche, die Bedienung und Büfettmädl sowie ein Hendlbrater - wir legten gleich los, damit uns später noch Zeit blieb, einen Kaffee zu trinken. Alles war gerichtet, schnell wurde der Frühstückstisch gedeckt, wir alle saßen schön zusammen, kein Gast war im Raum. Da stand Direktor Donnerbauer im Lokal. Mit schnellen Schritten wuchtete er seinen gewichtigen Körper durch die Küchentüre. Kurze Zeit darauf kam er an den Tisch, die Münzliste verlangend. Dann schrieb er auf, wieviel Hendl papriziert, wieviel Hühnerleber vorbereitet war. Seines Ermessens waren zuwenig von der Leber und den Hühnermägen vorbereitet und dies am Kirchweihsonntag. Die Geschäftsführerin säße aber mit dem Personal am Fenstertisch und frühstücke. Als er gegangen war, schrieb ich in die Münzliste unter seinen Eintrag: „Nur kleine Menschen bleiben unbehelligt: Napoleon". Das brachte mir kein Lob ein. Heute weiß ich, daß diese Münzlisten nach einem Monat vernichtet wurden.

Hans war öfter bei mir und bat mich heim zu kommen, jedoch ohne Erfolg. Da schrieb der alte Obermeier, der ohne mich keine Köchin mehr hatte, an Herrn Jahn einen bösen Brief. Er würde meinen Chef regresspflichtig machen, wenn er mich noch weiter beschäftigt.

Darauf bekam ich von der Fa. Wienerwald die Kündigung.

Allerheiligen hatte ich zwar Dienst, dafür fuhr ich zwei Tage später nach Donauwörth an Hansis Grab und in unsere noch bestehende Wohnung am Weidenweg. Hansl bat mich doch zu ihm, das hieße, auch in die Traube zurück zu kommen. Er weinte, bettelte, er tat mir von Herzen leid. Wir sprachen viel unter anderem darüber, daß mir gekündigt wurde. Da erkannte ich, daß es der Alte wieder geschafft hatte - die Leibeigene des Obermeiers war ich also immer noch. Durch die vielen Probleme, die wir zwei wälzten, versäumte ich den letzten Zug nach München. Also blieb ich diese Nacht beim Hansl und wir liebten uns wie seit Jahren nicht mehr - es war schön. Wir hatten ja keinen Streit, nur sein Vater war es, der zwischen uns den Keil trieb. Wichtig war jetzt, daß ich eine neue Stelle fand. Aber es klappte bald. Ab 1.12. konnte ich im Weinhaus Neuner in der Herzogspitalstraße in München als Bedienung anfangen. Das war zwar ein „Sprung" nach unten, jedoch blieb mir nichts übrig. Im Wienerwald schmeckte mir auf einmal das Essen nicht mehr - Küchengerüche ließen in mir Ekel aufkommen und müde war ich ohne Ende. Sollte ich zu Hause bleiben? Nein - das konnte ich jetzt in der Zeit auch nicht. Herr Schrobenhauser nahm noch seinen Resturlaub.

Meine Regel blieb aus, der Test ergab: Ich war schwanger. Oh Gott - was tun? Was sollte ich tun - wo ich so zu kämpfen hatte mit einem Kind?

Das hatte Hans mit Absicht getan - aber ich ging nicht mehr zurück. Hin und her gerissen, was ich tun sollte, kam der Rat einer Kollegin nach Salzburg zu fahren. Dort ging ich zum Internisten, der schrieb mir ein

Attest aus, daß ich es schwer auf Galle und Leber hätte, mit diesem dann zum Frauenarzt, wo es dann ganz schnell gehen sollte. Den Rat befolgend... Im Wartezimmer des Frauenarztes jedoch kamen mir, als ich die Frauen dort sitzen sah, Bedenken, Angst trieb mich aus der Praxis an der Salzach heraus, so schnell mich die Füße tragen konnten, rannte ich zum Bahnhof – mein Zug war weg. Ich kaufte mir ein kleines Gulasch mit Semmel. Dieses Essen schmeckte mir zum ersten Mal wieder gut. Ach Ilse, du hast schon so viel im Leben durchgemacht, dachte ich, dann geht dies auch noch.
Heute bin ich froh, meine 35-jährige Barbara zu haben.

Während der Kündigungsfrist passierte folgendes: Wie alle Dienstage bestellte ich Weißbier im Lager vom Wienerwald. Dessen Lagerleiter Herr Fuchs nahm die Bestellungen telefonisch entgegen. Dessen Stimme war so weich, so warmherzig - einfach zum Verlieben. Ich fragte ihn, ob er blond sei, blaue Augen hätte und nicht zu schlank sei, auch nach Größe und Alter. Alles wurde mir bestätigt. Übrigens schicke er mir heute Abend um 17 Uhr 20 seinen Fahrer vorbei, der mich abhole, und dann zu ihm ins Lager bringen würde, ich sagte zu - denn den Mann wollte ich auch persönlich kennenlernen. So stark hatte mein Herz vor Aufregung lange nicht mehr geklopft, als ich mit dem Wienerwaldlieferwagen in den Lagerhof an der Schleißheimerstraße fuhr. Dann ging ich die Treppe an der Rampe hinauf. Daneben war die Bürotüre - die von Herrn Fuchs geöffnet wurde - er bat mich an einem Tisch Platz zu nehmen, während er sich an den Schreibtisch setzte, den rechten Ellenbogen auf dem Schreibtisch stützend seinen Kopf haltend, sah er mich von der Seite musternd an und ich tat das Gleiche. Oh, wie enttäuscht war ich. Er - dunkelhaarig, braune Augen, ein grauer Arbeitskittel umhüllte seine schlanke Figur. Nein, das ist nicht mein Typ, dachte ich, Ilse, auf was hast du dich da eingelassen. Der Fahrer ging in seinen Feierabend hinaus. Herr Fuchs zeigte mir den Lagerkeller mit riesigen Geschirrbeständen, auch Weine, Schnäpse und Sekt. Er fragte, was ich gerne hätte, nahm dabei eine Flasche Benediktiner Dom aus dem Regal, mein Nicken sagte ihm, daß ich den mochte. Zusammen gingen wir ins Büro. Er trank sein Bier - ich diesen Dom aus einem Wasserglas – nein, Rausch hatte ich keinen, jedoch war ich auf einmal nackt. In der Dunkelheit des Raumes spürte ich, dass er es auch war. Er küßte mich leidenschaftlich wie noch nie ein Mann es je getan hatte. Dabei hielt er mich so innig und fest. Zum ersten Male ließ ich mich fallen. Später, als er mich mit seinem schwarzen Mercedes am Scheidplatz abgesetzt hatte, umgestiegen in die Straßenbahn, war ich allein so glücklich wie noch nie, mein Herz jauchzte. Bis zum Maximilianplatz lief ich wie auf Wolken. Am folgenden Tag kam das Erwachen: Oh Gott, am ersten Tag - hast du dich gleich einem Mann so leidenschaftlich hingegeben, was sollte daraus werden? Es war doch keine Liebe dabei. Kurze Zeit darauf trafen wir uns an der Endstation der Linie 7 in Milbertshofen. In einer kleinen Wirtschaft lud er mich zum Essen ein. Da entdeckte ich an seiner rechten Hand einen Ehering: „Was, verheiratet bist du auch? Genau wie ich!" Daß ich im 2. Monat schwanger war, verschwieg ich - warum nur? Er war nicht mein Typ, und doch hatte er etwas, was mich an ihm faszinierte. Es war die Ruhe, die Gelassenheit, seine starken Hände verrieten, daß er zupacken, arbeiten konnte. Nach dem Jobwechsel blieben wir telefonisch in Verbindung. Ab und zu trafen wir uns zum Essen. Er gestand mir, daß seine Frau Steffi, die Schwägerin vom Jahn wäre. Elf Jahre älter als er und sehr eifersüchtig - eben wie mein Mann, der Hans, dieselbe Untugend, unter der ich in der Rose sehr zu leiden hatte. Bei dieser Gelegenheit gestand ich ihm meine Schwangerschaft. Er sah mich mit seinen braunen Augen groß an - dann schoß aus ihm heraus: „Ja und?"

Was für ein Mann dachte ich. Dann waren wieder diese Zweifel in mir, ich hatte seit dem Löhehaus stets Minderwertigkeitskomplexe. Das war auch der Grund, warum der Clan in Donauwörth ein leichtes Spiel mit mir gehabt hatte. Friedl, so nannte ich meinen Liebhaber, suchte immer mehr meine Nähe, streichelte mich zärtlich, sprach ganz ruhig auf mich ein, um die Verzweiflung zu vertreiben - beide verheiratet waren wir - und ich auch noch schwanger.

Der schwarze Mercedes 190 D diente uns in Feldmoching an einem Feldweg als Liebeslaube. Es war – wunderbar, ich fing an, Friedl ein wenig zu mögen. Zuerst dachte ich, der nützt dich nur aus. Er will seinem Ehetrott entrinnen, wenn auch nur für zwei Stunden.

Vom Hansl hörte ich gar nichts mehr, obwohl er wußte, daß ich schwanger war. Zwei Monate später fing ich als Beschließerin im Parkcafe an, bei 480.- DM Monatslohn, Zimmer und Essen frei. Da meine Mutter hatte oft Besuch aus Holland bei sich hatte, konnte ich sowieso nicht bei ihr wohnen. Frau Lustig, die Pächterin mit ihrer Tochter Bärbel sowie Herr Lucka, ein Schwager führten hervorragend dieses Tanzcafe mit seinen 1000 Sitzplätzen im Garten. Am Service waren nur Ober und Küchenchef Herr Storch führte ein strenges Regime in der Küche Ich war für Salate in der kalten Küche sowie für das Magazin und die Theke verantwortlich.

August war der Entbindungstermin. An einem schwülwarmen Sommertag ich im war im 8. Monat, schenkte ich ein 30 Liter Faß aus, ohne den Hahn einmal zugemacht zu haben. Der Tag war mit 13 Stunden Arbeit angereichert. Ich war jung und gesund, liebte die Arbeit, die Kollegen waren alle hilfsbereit und nett. Kurz vor der Entbindung bückte ich mich um eine Flasche aus dem untersten Kühlschrank zu holen, da kam ich nicht mehr hoch - auf allen Vieren robbte ich aus der Theke und rief den Kellner, sie mögen mir aufhelfen. Sie lachten - mir wars nicht zum Lachen: „Männer"! Ein Koch kam und 3 Kochlehrlinge sagten, ich solle sie- da ihr Zimmer neben meinem lag - bei der Nacht wecken, wenn etwas wäre?

Von den Kollegen erwähnen muß ich auch Rita mit ihren langen blondgelockten Haaren, die Zigaretten verkaufte. Sie dürfte 18 Jahre alt gewesen sein, als sie mit dem Kellner Walter Günzel eine Freundschaft anfing, woraus auch später ernst wurde; sie heirateten und hatten zwei Buben. Aber auf diese Frau komme ich später noch zu sprechen.

Nachts bekam ich Wehen und ich weckte die Jungen, die sich schon mit ihrer Kleidung ins Bett gelegt hatten, um ja nichts zu verpassen. Zu viert flitzten wir in einer Taxe durch die Nacht in die Haasklinik, Richard-Wagner-Straße. Dort war Hansi 12 Jahre vorher geboren worden. An der Aufnahme fragte die Schwester, wer jetzt der Vater sei? Es war köstlich, denn alle schauten sich verdutzt an: „Ja, i ned." Der nächste: "I a ned."
„I a ned," stimmten die letzten zwei ein.
Ich gab Hansls als Vater an und es ging in Ordnung. Die Lehrlinge verabschiedeten sich brav und verschwanden.
Lange mußte ich im Kreissaal liegen, bis dann am darauffolgenden Tag um 16 Uhr 15 die Vorbereitung zum Kaiserschnitt gemacht wurden. Ich lag auf dem OP-Tisch war schon gespritzt, da fragte der Arzt Dr. Krumpmann:
"Wie spät hamma denn?"
Ich antwortete: "16 Uhr 15."
„Ja, von ihnen will ich des ja garned wissen."
In einem Zimmer mit noch vier Wöchnerinnen erwachte ich aus meiner Narkose - ganz weit entfernt hörte ich die Schwester sagen: "Frau Obermeier, a Mädel hama."
Eine Barbara gings mir durch den Kopf. Vor der Geburt rief Hansl an, aber zur unmöglichsten Zeit um 2 Uhr nachts. Ich mußte vom 2. Stock geholt werden

der Hausel war noch wach, weil er mit Gläserwaschen beschäftigt war.

Ein paar Tage später, kaum, daß ich wieder gehen konnte, rief Hansl nachts um 11 Uhr wieder an. Er wollte wissen, wies mir geht und was ich hätte. Ich sagte, wir zwei hätten eine Barbara. Daraufhin schickte er mir ein Glückwunschtelegramm und 20 dunkelrote langstielige Rosen. Anfangs freute ich mich, aber insgesamt ließ es mich kalt. Wo bleibt nur Friedl? dachte ich. Endlich wurde ganz zaghaft die Türe geöffnet und Friedl Fuchs betrat das Zimmer, steuerte auf mein Bett zu, gratulierte mit einem schönen Blumenstrauß. Und das schönste war, daß er sagte: "Du brauchst keine Angst mehr haben, dies schaffen wir schon."; er sagte wir - da hatte ich das Gefühl bei diesem Mann bist du endlich einmal geborgen. Es sollte zwar noch Jahre dauern, aber ich täuschte mich nicht.

Meine Schwester Hertha mit ihrem Mann kamen extra aus Holland zu Besuch in die Klinik. Nach meiner Krankenhausentlassung, Friedl holte mich mit dem Auto ab, ich blieb mit Bärbel noch 6 Wochen bei meiner Mutter. Ich hatte einen Kinderwagen zu leihen genommen.

Nach 6 Wochen mußte ich leider wieder im Parkcafe arbeiten.

Oma, meine Mutter hatte zu der Zeit einen holländischen Freund, Wilhelm, der keine Kinder mochte. Zwangsweise gab es deshalb nichts anderes als ein Kinderheim. Ich fand eins in Fürstenfeldbruck für DM 240.- pro Monat.

Gebrochenen Herzens war ich gezwungen, das Mädel dort hinzufahren, wohin mich mein Cousin Herbert mit seinen Volkswagen kutschierte. Ach Gott, sie war so klein und mußte schon von ihrer Mutter weg. Aber es gab keinen anderen Ausweg. Hans zahlte keine müde Mark. Von Friedl konnte ich nichts erwarten. Aber ich kämpfte wie eine Löwin - Herbert fuhr mich öfter nach Fürstenfeldbruck und gleich weiter nach Schönbrunn zu meinem Rudi; für die Schwestern hatte ich immer Kaffee oder Pralinen dabei.

Rudi bekam die großen rosaroten Sparschweindl, an denen biß er so gerne herum. Der Bub sah mich kaum und wenn, dann lief er im Gang auf und ab. Es kam schon vor, daß er, wenn ich überraschend kam in seinem sauberen Kinderbett mit einer Zwangsjacke gefesselt lag, mich mit seinen schönen Augen traurig ansah, als wollte er sagen: Mama nimm mich mit! Sechs Jahre war er nun schon – wäre inzwischen in die erste Klasse gegangen.

Weder sein Vater noch sein Opa aus Donauwörth hatten ihn je besucht. Für die Kosten in Schönbrunn sollten nun Hans und der Bezirk Schwaben aufkommen. Jedoch zahlte Hans weder für Rudi noch für Barbara etwas.

Hansl besuchte mich noch einmal in München. Wir trafen uns im Cafe Fensterkucker, nicht weit vom Parkcafe. Die Puppe für Bärbel, die er in Donauwörth gekauft hatte, hatte er vergessen.

Wir unterhielten uns, Hans erzählte mir von seinem Vater, und daß er diesen im Traum umgebracht hätte. „Bitte tue so etwas nicht", sagte ich. In Gedanken hätte ich dies schon vor Jahren auch gerne getan. Wir

blieben bis zur Polizeistunde: Hansl ließ sich vom
Mayer Michl aus München mit seinem Auto heim-
kutschieren.

Am 15. Januar nahm ich im Imbiss der Firma Oberpollinger die Arbeit auf. Ursprünglich war ich als
Bedienung im 1. Stock eingestellt worden. Aber sie
brauchten unten im Basement eine Bufettkraft. Das
Subsitut, Herr Aschenbrenner, ein fescher großer
Mann und der Chef, Herr Mielich würden das weitere
mit mir besprechen, wenn er aus dem Urlaub da sei.
Nachts träumte ich schon von diesem Herrn Mielich,
den die Kolleginnen Vater nannten, so war es im
Gastgewerbe üblich. Genauso wie ich diesem Mann
im Traum sah, so schaute er auch aus. Seltsam, dachte
ich, dies wird schon ein guter Chef sein.

Das Verhältnis zu Friedl wurde immer enger und
fester, denn jetzt hatte ich abends Zeit - so konnte er
mich mit dem Auto auch zu meinen Kindern fahren
oder er holte mich mit dem Lieferwagen im Geschäft
ab, nur um mit mir noch eine Stunde zusammen sein
zu können. Wenn wir dann die Schleißheimerstraße
stadtauswärts fuhren abends in den Wohnungen die
Lichter brannten, dachte ich, was spielt sich hinter
den Fenstern ab. Fernsehen war zu der Zeit noch nicht
so wichtig. Jeder zehnte Bürger hatte auch noch keine
Flimmerkiste. Zuhause zurück schnorrte mich Wilhelm Mamas Freund an.

Von wegen, jetzt wo ich einen Freund hätte, könnte
doch leicht wieder ein Kind möglich sein. Dies war
mir zu viel - jetzt suchte ich mir endlich ein Zimmer.

Bei Frau Stadler in der Waldrebstraße 38 in Feldmoching war ein Zimmer frei. Ich bewarb mich bei ihr. Wie ich im Imbiß an der Theke stand, um auszuschenken kam auf einmal Frau Stadler: „Sie können am kommenden ersten das Zimmer beziehen. Kostet DM 50.-„
Ich war glücklich, hätte am liebsten diese kleine Frau mit ihren stahlblauen Augen umarmt.
Bei Karstadt durfte ich endlich zum Service - dies hieß, ich bekam noch mehr Geld in die Lohntüte. Unten im Imbiß hatte ich netto DM 223,71, nicht viel mit zwei Kindern. Daher ging ich noch nebenbei im Parkcafe arbeiten, bediente oder half, das kalte Büffet im Sommer mit zu zubereiten. Samstag nachmittag und den ganzen Sonntag war ich dann noch in der Gaststätte vom Michaelibad, leistete Schwerstarbeit. Dreißig gefüllte Halbliterkrüge schleppte ich auf einem Schlitten, ich war neu, hatte daher das letzte Service, das heißt den weitesten Weg von Küche und Theke. Der geteerte Boden weichte in der Sonne buchstäblich, bei jedem Schritt patschte es.
Als ich am Stachus an der Straßenbahnhaltestelle stand, schauten die Leute mich alle so an. Ich dachte, gell die sehen, daß ich heute a Geld verdient habe. Erst zu Hause sah ich dann, dass meine armen Füße bis zum Knie der schwarze Bitumen bespritzt waren.
Freilich war es im Erfrischungsraum vom Karstadt ein besseres Geldverdienen, doch die Kolleginnen waren unmöglich. Immer war zu wenig Besteck vorhanden. Obwohl ich Essen servieren sollte, hatte ich fast kein Werkzeug dazu, deshalb nahm ich mir einfach vom anderen Servicekasten Messer und Gabeln. Dies war

ein großer Fehler - die Kellnerinnen fielen wie
Hornissen über mich her. Wie in Donauwörth, dachte
ich. Bis ich darauf kam, daß die feinen Kolleginnen
der Spülerin Geld gaben, damit sie ihnen ein Tablett
mit Besteck sicherstellte. Nein, dies konnte ich mir
nicht leisten - wollte ich auch nicht. Ich verstand
nicht, was die Weiber gegen mich hatten – ich war
doch nett zu ihnen?
Freilich, ich wollte den Pudding auch haben und den
mußten sie mit mir halt teilen.
Dieses Gerangl brachte mir wieder die Galle zum
Überlaufen. Jetzt wußte ich, wo die Galle lag, denn
eine Kolik versetzte mich bald in Ohnmacht. Krank
geschrieben, nur eine Woche danach, bat ich Vater
Mielich, er möge mich in den Imbiß zurückversetzen.
Volle drei Monate mußte ich noch im Restaurant
aushalten, denn er meinte, wenn sie schon raufwollen,
dann bleiben sie erstmal hier auch volle drei Monate.

Friedl tröstete mich. Von ihm bekam ich viel Kraft
und Selbstvertrauen, vor allem baute er meine
Minderwertigkeitskomplexe ab.
Friedl wohnte mit seiner Frau in Olching auf einem
kleinen Bauernhof, den sich Herr Jahn gekauft hatte.
Ans Wohnhaus grenzte der Schweinestall. Wegen der
vielen Küchenabfälle, die er in den Filialen des
Wienerwalds erhielt, fütterte Friedl Schweine. Zuerst
warens nur ein paar Ferkerl. Nach seinem Feierabend
um 16 Uhr 30 fuhr er mit einem Anhänger die Filialen
ab, sammelte die Abfälle zusammen. Diese mußten
zuerst nochmal gekocht werden, dazu kaufte er
Trockenfutter. Ich bewunderte diesen Mann, wie

fleißig er war. An meinem freien Tag durfte ich mit seinem Mercedes selber zu Bärbel und Rudi fahren, da konnte Omi auch gleich mit. Einmal nahm ich Frau Stadler mit, die war ganz am Boden zerstört, als sie im Heim die Kinder sah. Ein Junge, so um die 7 Jahre hatte einen richtigen Affenkopf. Sehr viel Schleim rann aus seiner Nase. Er lehnte er sich an mich, worauf ich voller Rotz war - Junge, wer hat dir dieses Leben nur zugemutet, dachte ich.

Die Schwestern erzählten mir, in der Nazizeit hätten sie die Kinder mit dem Pferdefuhrwerk nach Dachau begleiten müssen. Einer wenn an meinem Rudi Hand anlegen würde, den täte ich aber auch... Hatte ich den Vorfall an der Donau schon vergessen? Nein, ich liebte meinen Buben doch. Er hatte so schöne Zähne und einen schöngewachsenen Körper.

Kapitel 14

Nach zwei Jahren Kinderheim Fürstenfeldbruck mußte ich Bärbel herausnehmen. Mir war dies sehr recht, dann konnte ich das Kind in München öfter sehen.

Am Hasenbergl Reschreiterstr. 21, betreute Frau Reiter, die selbst zwei Jungen von 3 und 5 Jahren hatte, Bärbel unter der Woche Tag und Nacht, samstags oder sonntags konnte ich das Mädel selbst nehen. Dafür zahlte ich DM 180.- monatlich. Ein Taxifahrer besorgte mir noch ein gebrauchtes Kinderbett, brachte es zu Frau Reiter umsonst, ganz umsonst tat er dies - ich war baff. Vier Wochen später bekam Bärbel eine Mittelohrentzündung, sie verdrehte schon die Augen und mußte nachts ins Schwabinger Krankenhaus gefahren werden. Ich war geschockt, bin zu meiner Mutter. Wilhelm saß vor seiner obligatorischen Kopje Koffe und zog genießerisch an seinem selbstgedrehten Zigarettchen. Ich war dem Nervenzusammenbruch nahe, warf mich auf den Diwan in der Küche, unter Tränen schrie ich: "Soll ich oder muß ich jetzt schon wieder ein Kind verlieren. Mama hilf mir!"

Aber ich hätte gar nichts zu sagen brauchen, da brachs aus Omi raus: "So, die Bärbel nimm ich jetzt, da kann jemand gehen ob er will oder nicht."

Da war Mama stark. Wilhelm packte seine Sachen, hatte mit seinen Massen von Büchern, dem Riesensessel und der Bassgeige, Mamas 39 qm große Wohnung schon in Beschlag genommen und nichts bezahlt. Bärbel wurde gottlob wieder gesund, Friedl und ich holten das Kind zu Omi heim. Wie oft Negatives auch Gutes bringen kann. Bärbel blieb nicht lange alleine, es hatte sich bei mir wieder Nachwuchs angemeldet. Es war ein hübsches Versehen, na ja... da konnte der Hersteller auch nichts dafür.

Allerdings war ich verzweifelt, von einem verheirateten Mann ein Kind zu bekommen! Da rief ich Vater Mielich an, der alles wusste, erfragte seinen väterlichen Rat. Seine Frau war am Apparat. Sie tröstete mich, und sprach immer wieder auf mich ein, denn ich weinte unentwegt im Telefonhäusl weiter. Was sage ich zu Friedl, wie bringe ich es meiner Mutter bei, die schon 68 Jahre alt war. Würde sich der Mann scheiden lassen? Ich war ja schon seit zwei Monaten geschieden, ohne jeglichen Unterhalt, denn für Bärbel zahlte Hans auch nichts.

Der Imbiß war, wie schon berichtet, im Keller des Oberpollinger integriert; es gab 3 Tage Kellerurlaub, für alle, die im Keller arbeiteten. Später nannte man es Basement. Dieser rein sprachliche Veränderung führte dazu, daß der Kellerurlaub abgeschafft wurde. So einfach ging man mit seinen Angestellten um. Leider war ich damals noch nicht im Betriebsrat.

Es gab nur noch Stehtische, an denen die Kunden wie Tiere im Stall ihren Hunger stillten. Bevor ich dort anfing und dies sah, mußte ich weinen: Was war aus der Gastronomie geworden? War es nicht der schönste Service, dem Gast zu Diensten sein? Es tat weh, als Fachkraft diese Veränderung miterleben zu müssen.!

Heute hat dies ganz andere Dimensionen erreicht, wenn man die Fast-Food Einrichtungen sieht. Ich habe meinen großen Idealismus begraben. Der Not gehorchend, arbeitete ich selbst mit noch zwölf Kolleginnen am Büfett. Dazu, was ja am wichtigsten war, gab es am Imbißausgang zwei Kassendamen, die in den Preiskarten von uns mit einer Zange gedrückten Löcher addierten und kassierten. Es war ein blühendes Geschäft. Wir hatten alle Hände voll zu tun für einen Hungerlohn.

Wir, waren alle arme Frauen, teils mit ledigen Kindern, teils geschieden. Jede einzelne hatte ihr großes Schicksal hinter sich. Sie kämpften um jeden Meter ihres Lebens. Strengstens war es uns verboten, von den Speisen in der Küche oder Semmeln zu essen. Dies war doch nur Mundraub, kostete allerdings den Job. So manches Mal flog aus Versehen eine Nußspezialtorte auf den Boden, wie ein Wagenrad stand das gute, süße Stück am Boden. Schnell rief ich meinen Kolleginnen zu: "Hallo, es gibt eine Notschlachtung"- was hieß, dass der Kühlschrank am kalten Büfett geputzt werden mußte.

Abwechslungsweise steckte irgendein Mädel bis zur Hüfte im Kühlschrank und schnabulierte ein Stück der Unglückstorte. So manches Schweinswürstl oder Leberkäs war länger auf der Bratplatte als nötig. Etwas zu braun geworden, na ja, da wurde eben der nächste Kühlschrank geputzt. Weil wir so arm, waren hielten wir wie Pech und Schwefel zusammen. Unsre gestrenge aber gutkochende Köchin Frau Gutbrot, ihres Zeichens erste Verkäuferin und sehr fleißig, schaute so manches Mal weg, wenn eine von uns Büfettdamen auf dem Weg zur Toilette, sich schon eine vorher hergerichtete Schüssel Eintopf schnappte.

168

Löffel hatten wir schon in der Tasche, zwei andere hungrige Mäuler kamen nach. So standen wir zu dritt in einer Kabine und würgten das Essen hinunter. Kam schon mal vor, daß sich in der Nebenkabine eine Kollegin ihren Darm entleerte und nicht wußte, was sich in ihrer Nachbarschaft abspielte. Dies machte uns „fast" gar nichts aus, nur erwischt werden durften wir nicht.

Nicht nur wir waren arm, es gab unter den Kunden auch arme Leute. Eine Kundin, die auf Reinlichkeit wenig Wert legte, lag plötzlich ohnmächtig am Boden. Wir waren alle geschockt. Ich stieg eilig aus meinem Küchenbüfett, lief zu der alten Frau und machte sofort Mund zu Mund Beatmung sowie Herzmassagen. Bis die Krankenschwester des Hauses vom 3. Stock herunter kam, war die Kundin schon wieder bei sich. Per Rollstuhl brachte Schwester Ingrid die Dame dann ins Krankenzimmer.

Mit einem Ladendieb, einem älteren Herr mit gepflegter Erscheinung ging es nicht so gut aus. Ertappt, nach seinem Ausweis befragt, langte er in die Brusttasche, meinte: „Bitte sagen sie nichts meiner Frau und Kindern", sackte in diesem Moment tot zusammen. Es war ein Bundesbahnbeamter in höherer Stellung. Ich dachte mir, hatte der es nötig? Wir armen Weiber mußten indirekten Mundraub begehen, um uns mit unseren Kindern über Wasser zu halten.

Nach der Auflösung des Imbiss ging jeder einen anderen Weg, keine von uns ist gestrandet. Alle haben sich ehrlich durchs Leben gekämpft, und ihre Kinder zu brauchbaren Menschen erzogen. Heute, nach 34

Jahren, treffen wir uns, die jetzt schon Rentnerinnen sind zum Bergsteigen, zum Kaffeeklatsch oder zum Essen.

Wir waren arme Frauen, aber heute sind wir reich, denn wir sind zufrieden.

Wieder einmal saß ich in Friedls Lieferwagen. Ich gestand ihm, daß er Vater werden würde.

„Was, ja Schatzi, is das doll!" Er nahm unter der Fahrt meine linke Hand, tätschelte und streichelte diese immer wieder. Mir gings durch und durch bis zum großen Zehen, jahrelang machte er das, wenn ich am Beifahrersitz saß. Auch Omi freute sich und so waren meine anfänglichen Bedenken gegenstandslos geworden. Wie auch immer, Wermutstropfen waren dabei. Friedl beichtete nach fünf Monaten seiner Frau, daß er Vater werde. Da ging seine Steffi auf die Barrikaden, was ich verstand. Nie darf man jedoch die Achtung vor dem Menschen verlieren. Sie kam mit ihrer Schwägerin Traudl ins Karstadthaus zum Imbiß herunter, stellte sich vor das lange Büfett hin und schrie lauthals meine Kolleginnen an: "Wo ist die Obermeier - Hure! De an Schrazn von meim Mo kriagt."

Die Angesprochenen fielen aus allen Wolken. Zum Glück hatte ich meinen freien Tag und war mit Friedl zum Essen gegangen. Inzwischen fütterte Friedl 500 Schweine, um in Österreich ein Haus für seine Frau zu bauen, denn sie hatte gesagt, wenn er für sie ein Haus in Steyr kaufe, ginge sie sofort. Sie war von Garsten bei Steyr.

Nach diesem Auftritt seitens seiner Gattin, meldete ich mich ins Lager in Obersendling, Schertlingstraße. Von der Waldrebenstraße war das ein weiter Weg. Zuerst mit dem Bus bis zur Endstation der Linie 7 und mit ihr zum Stachus, dort nochmal umsteigen in die Linie 8, Das dauerte morgens früh von 6 Uhr 15 bis 7 Uhr 15, dann fing die Arbeit an. Was tut man in so einem Lager, vollgepfropft mit Ware aller Art vom Keller bis zum 1. Stock? Mich teilte man für die Lederwaren ein, die großen und kleinen Taschen, Geldbörsen, Brieftaschen. Alles wurde zuerst ausgepackt, mit Preisen ausgezeichnet, in Fächer einsortiert. Von wo die Waren absortiert wurden, um sie mit Schleicherwägen, so man einen hatte, zu den Lastwägen zu bringen, die sie in verschiedenen Filialen verteilten. Der Geruch des Leders faszinierte mich ebenso wie diese modisch bunten Damentaschen. Ich hätte sie am liebsten selbst gekauft. Allerdings machten mir die Kunstoffeinkaufstaschen keine Freude. Einmal waren es 83 Kartons. Pro Karton 4 Stück. Die leeren Kartons häuften sich zu einem Riesenberg, ich schmiss vor Wut alle Taschen und Kartons herum. Straflager, dachte ich. Tatsächlich kam Weinzel, der Lagerleiter und ließ ein fürchterliches Donnerwetter über mich ergehen: "Wer soll denn das aufräumen?"
Überhaupt herrschte in dem Auslieferungslager ein militärischer Ton, was an Herrn Weinzel lag. Dieser drahtige forsch auftretende Mann um die vierzig kam mir einmal im Keller entgegen, wie ich auf dem Weg zum Essen war. Er zeigte auf eine am Boden stehende Bierflasche: "Haben sie die Flasche nicht gesehen?"

worauf ich: "Ja freilich" sagte und an unseren Grufti vom Spatenhaus dachte.

„So, jetzt sammeln sie die ganzen Flaschen, die leer sind auf", sagte er. Und ich im achten Monat schwanger, dachte, was will der Mensch von mir, und sagte klar und entschieden NEIN. Dies war die erste Arbeitsverweigerung in meinem Leben. Sie blieb es auch. Aber noch heute ist es mir wichtig, diesem arroganten Despoten etwas entgegengesetzt zu haben.

Jahre später traf ich diesen Herrn auf einer anderen Ebene wieder - aber darüber berichte ich später.

Friedl indes brachte nicht den Mut auf, mit seiner Frau reinen Tisch zu machen. Meine Reaktion war, das Kind unter meinem Herzen zu meinen Verwandten nach Nürnberg zur Adoption freizugeben. Sie hatten eine gut florierende Schreinerei, leider keinen Nachwuchs. Friedl mußte dies seiner Frau erzählt haben, denn Tage später stand sie mit ihrer aufgemotzten Schwägerin Trudi in der Schertlingstraße vor mir. Es glich schier einem Überfall. Aus ihr brodelte es raus: "Von wegen! Sie haben nicht das Recht, das Kind meines Mannes wegzugeben!" Es gehöre ihr! Trude drohte mit erhobenen Zeigefinger, um dem so ernsten Gespräch Nachdruck zu verleihen. Da war ich aber am Erdboden zerstört - verfolgte mich dieses verbitterte, wutentbrannte Weib bis ins Karstadtlager. Dabei hatte ich freiwillig, um ihr zu entkommen, diese gefängnisähnliche Situation gewählt. In der Kantine hier hatte jeder seinen Stammplatz. Die Damen waren schon jahrelang hier, und ich wußte ja nicht, wo wer saß. Ganz schlimm war es, wenn ich mich auf einen Platz setzte, den eine Kollegin schon jahrelang innehatte, da war die Sch.... am Dampfen. Grad dreieinhalb Monate war ich ja nur da, aber irgendwo mußte ich ja mein Mittagsmahl einnehmen. Platzbehaupter sind mir seitdem üble Zeitgenossen.

Am schlimmsten war es mit den Schleicherwägen, um sie wurde fast gerauft. Allmählich hatte ich es aber heraus, wie man am sichersten und am schnellsten an so ein begehrenswertes Stück kam. Früh um 7 Uhr 45, parkten die Lastwägen rückwärts an dem Rampentisch. Einmal war ein 7 Tonner gerade noch 1 ½ Meter weg, ich lief mit meinem dicken Bauch ein paar Schritte an, und sprang - dies tollkühne Unternehmen wäre ums Haar schief gegangen. Denn von hinten hörte ich die Stimme des Rampenmeisters: "San sie verrückt sie." Herr Poschinger schimpfte weiter: "Des machens fei nie wieder!" Ich sah ihn ganz verdutzt an, er sah meinem Friedl gleich. Aber ich hatte zwei aufeinander stehende Schleichwägen ergattert, und zog Richtung Aufzug zum Keller weiter. Es war schon eine leichtsinnige Aktion. Und nur um für die Firma so gut wie möglich zu arbeiten.

Heute würde ich um keinen Preis mehr das Leben meines Kindes aufs Spiel setzen.

Am 10.6.68 früh um 8 Uhr setzten die Wehen ein. Doch ich wollte unbedingt auf Friedl warten, damit er mich in die Klinik fährt. Da er noch bei seiner Frau lebte, war das nur möglich, wenn er in der Schleißheimer Straße arbeitete, denn von dort war es in die Parlerstraße nur ein Katzensprung. Einmal wenigstens sollte mich der Vater des Kindes in die Klinik zum

Entbinden bringen. Nach dem Telefonat vergingen noch viele wertvolle Minuten. Aber er kam - nach 30 Minuten waren wir zusammen in der Haasklinik. Ein langer, inniger Kuß, und Friedl entließ mich in die Hände der Hebamme und der Schwester, die mich in Empfang nahmen. Nach der üblichen Untersuchung meinte Herr Dr. Schweiger: "Des is mir zu gefährlich, da machma ein zweiten Kaiserschnitt."

Ums Haar wäre es zu spät gewesen. Das Baby hatte schon Wasser eingeatmet und wurde sofort in einem besonderen Transport ins Schwabinger Krankenhaus gefahren. Friedl besuchte mich am nächsten Tag, stolz und glücklich nahm er mich in seine starken Arme, strich mir meine verschwitzten Haare nach hinten, küßte mich so innig, ich wußte es würde alles gut werden.

Nach 13 Tagen war es so weit, daß ich meine Tochter Sylvia, den Namen bekam sie von ihrer Omi, mit Friedl in der Haasklinik abholen konnte. Im Krankenhaus brachte eine Schwester ein kleines Bündel Kind – wir beide stutzten – das war doch nicht unser Kind – sicher eine Verwechslung. Am Kopf soviel Haare bis ins Gesicht gewachsen - die kleinen Händchen zur Faust geballt, Augen wie Pellkartoffeln.

„Nein – Schwester, des is ned unser Kind."

"Ja wellet sie's nitt haaba?" fragte die Schwester in ihrer schwäbischen Mundart.

Wir werdens müssen, dachte ich. Omi hatte die Kleine schon vorher gesehen und meinte, sie sei so süß und lieb, das gibt es ja gar nicht. Also wars doch eine

Verwechslung, dachte ich. Nach weiteren 13 Tage, konnten wir Sylvia in der Klinik abholen. Es war unser Kind. Als wir zusammen in die Haustür gingen, rief Bärbel ihren Spielkameradinnen Gabi Berger und Gabi Freygang zu :"Schauts her, des hat fei mei Papa kauft!"

Was wir gekauft hatten, war ein Peggykinderwagen, den Schönsten in Weinrot. Den Stubenwagen liehen wir uns bei Bekannten aus. Bärbel hatte ja ihr schönes Kinderbett in Omis kleinem Zimmer. Traudi Baumgartner mit Gunhilde waren überraschend zu Besuch – sahen Sylvia und meinten: "Ilse ist die aber lieb, das ist ein Gottesgeschenk."

Diese Worte meiner Schulfreundin aus der Denninger Zeit klangen sehr lange in mir nach. In Wahrheit ist doch jedes Kind ein von Gott geschenktes Leben - jedoch wir Frauen ohne jegliche Unterstützung hatten in dieser Zeit weitaus größere Sorgen, daher sah auch ich damals alles anders.

Sylvia wurde evangelisch getauft. Gegenüber unseres Wohnblocks war die Versöhnungskirche. Trudi Happes und Jutta Fiering waren die Taufpatinnen, dazu hatte ich Schwester Irmgard Götz eingeladen, Friedl konnte leider nicht anwesend sein. Ich kochte zu Hause Zwiebelrostbraten mit Spätzle, machte Salat. Danach gab es Kaffee und selbstgebackenen Kuchen. Es gab viel zu erzählen. Roland Happes wußte immer ein paar Witze, die Liesl Fieringer schockierten. An diesem Tag, nach dem Kaffee erzählte mir Schwester Irma vom Löhehaus, daß die Schwestern mich damals nur versteckt hatten. Die Gestapo hatte zu der Zeit nur nichtarische Mädel abgeholt, und ich, die Jordan, hätte die Nächste sein sollen.

Lange bewegte diese Aussage mein Gemüt, mir fiel es wie Schuppen von den Augen. Diese Minderwertigkeitskomplexe hatte ich also der damaligen braunen Regierung zu verdanken. Daher die Schmach, das Niedergedrücktsein. Deswegen hatte auch der Obermeierclan ein leichtes Spiel mit mir gehabt.

Nach sechs Wochen mußte ich notgedrungen wieder arbeiten, jetzt galt es für zwei Kinder und die Geschenke für die Schwestern in Schönbrunn aufzukommen. Friedl war immer noch bei seiner Frau. Es war eine schlimme Zeit, denn als ich im Imbiss wieder angefangen hatte, war der Job am Büffet besetzt, mir blieb nur der Posten in der schmalen stickigheißen Imbissküche. Zu meinem Glück machte das Karstadthaus am Nordbad in der Schleißheimerstraße ganz neu auf. Der Kalfaktor Peter in der Lebensmittelabteilung machte mich darauf aufmerksam – so bewarb ich mich bei einem Herrn Widmann um einen Annoceusenposten. Als ich dann anfangen wollte war der Posten plötzlich besetzt und ich kam in die Kantine zur Einführung der neuen Kräfte. Später war das Küchenbuffet – Kasse – Kaffee und Getränke mein Arbeitsbereich. Ich erzählte gleich zu Anfang, daß ich so einiges mit der Frau Fuchs durchgemacht hatte, fragte, was ich tun sollte, wenn sie käme?

„Ja", meinte mein neuer Chef, „dann rufen sie mich sofort runter" Dies war für mich schon sehr beruhigend. Dort am Küchenbüffet war eine Frau Emmy

Eichstetter sowie Frau Anneliese Kofler – die zwei konnten sich vom Cafe Höflinger her.

Friedl hatte endlich das Haus in Österreich im Rohbau gekauft, seine gesamte Familie half dazu, es auszubauen, mit 220.000 DM war alles bezahlt. Sein Schwager Josef, ein tüchtiger Maurer bekam den schwarzen Mercedes vom Friedl als Lohn.

Friedls Frau bekam von Herrn Jahn noch 73.000 DM Abschreibung seinerseits ausbezahlt und zog triumphierend mit ihrem Sohn, den sie ledig hatte, in das Haus in Garsten ein. Die Innenausstattung war vom Feinsten. Ich gönnte es ihr, wenn sie nur Friedl freigeben würde, aber dies tat sie aus Haß und Rache nicht. Mit zwei Koffer zog Friedl in Olching aus der gemeinsamen Wohnung endlich aus. Die ersten Nächte schlief er im Wienerwald-Lieferwagen. Der Grund war, daß seine Frau in Begleitung seines Bruders Hans bei meiner Mutter gewesen war und ihr drohte sie wegen Kuppelei anzuzeigen. Der arme Friedl wurde am Parkplatz des Heimeranplatz von der Polizei aus dem Wagen geholt - auf der Wache konnte er jedoch alles erklären. Entsetzt und erschüttert vernahm ich diese Geschichte. Irgendetwas muß geschehen, dachte ich, aber was?

Die Kolleginnen Emmy und Anneliese, denen ich alles erzählte, wußten Abhilfe. Frau Kofler lebte von ihrem Mann Hans, einem hervorragenden Konditor beim Höflinger seit kurzem getrennt, denn sie hatte mit ihrer Tochter Gabi eine andere Wohnung bezogen.

Jetzt konnte Friedl wenigstens für kurze Zeit bei Herrn Kofler wohnen. Für diese Notlösung bin ich heute noch nach 31 Jahren dankbar.

Neben Omi wohnten Hubers, ein altes kränkelndes Ehepaar. Nachdem sie gestorben waren, bemühte ich mich um diese Sozialwohnung. Als mit drei Kindern alleinstehende Mutter sprach mir die GWG diese Behausung auch zu. Friedl und ich renovierten sie selber. Beim Karstadt kaufte ich auf Abzahlung unser Schlafzimmer – das kleine Zimmer der 39 qm großen Wohnung war für die Töchter, die Betten waren aus Omis Wohnung schnell herübergebracht. Mit der Küche mußten wir noch zwei Jahre warten, währenddessen kochte ich in Omis Küche, wo wir uns auch meistens aufhielten.

Kapitel 15

Friedl nahm mich zu seinen Eltern und Geschwistern mit, die in Steyr, Oberösterreich wohnten. Zuerst sah ich seine Mutter, eine etwas korpulente alte Dame mit kurzem Haarschnitt. Ich sage ausdrücklich Dame, denn das war und blieb sie mir gegenüber 30 Jahre lang. Sein Vater war ein typischer Österreicher. Freundlich, kurz einfach lieb. Dann waren da Luise mit Josef, Schwester und Schwager. Sie hatten vier Kinder, alle bestens erzogen. Anna, die Schwester in Dietach baute mit ihrem Mann Florian ein Haus, dort befand sich das leere Grundstück von Friedl, 1.090 qm groß, Hanglage, über das ich noch später erzähle. Die Schwiegereltern lebten mit Luise und Josef in einem der beiden selbsterbauten Häuser, die auch einen großen Nutzgarten hatten.

Sein Bruder Ernst und dessen Frau Mitzi lebten mit ihren sechs Kindern in Wien – sein jüngerer Bruder Hans wohnt mit Gattin Inge in Beuerberg. Sie hatten zwei Kinder, Michael und Christa. Und dann gab es noch die Mizi, seine Schwester, die mit Johann, einem Ungarn zwei Töchter hatte und seit langem schon in Amerika, Ohio lebte. Sie waren alle sehr fleißig, haben es jeder zu einem Haus gebracht. Sie alle hatte ich kennengelernt, auch Annas einzige Tochter Anni in Schwertberg, die mit Franz, einem Polizisten verheiratet war. Sie hatten drei Mädel und einen Jungen, die alle studierten. Diese Großfamilie haben mich und die Kinder so nett aufgenommen. Hauptsächlich mein Schwiegermütterlein, die uns mit ihrem Topfen- und Apfelstrudel verwöhnte. Von

München nach Steyr würde ich heute zu Fuß laufen, wenn ich so einen nochmals bekommen könnte. Anna versorgte uns auf unseren Wochenendbesuchen mit Gemüse und Obst aus ihrem Garten sowie Most, den Friedl zu gern trank und am Ende hieß es: „Noch a Gselchts muast mitnehmen."

Florian meckerte tagsdrauf mit seiner Frau: „Da hat sich der Waagn bogn' vor lauter Sach von uns."

Ein Vergelts Gott Anna - heut' noch - uns hats damals sehr gut getan.

In den Sommerferien durften die beiden Mädels 14 Tage bei Tante Luise bleiben, da meine Mutter jedes Jahr nach Holland reiste, um bei Hertha und Huib sich von den Strapazen zu erholen.

Zudem war Holland meiner Mutter ihr Lieblingsland. Friedl und ich waren glücklich und die beiden Mädel machten uns Freude. Nach Bärbels Einschulung in der Hugo-Wolf-Schule besuchte sie noch nebenbei den Judounterricht, da sie ein wildes Mädel und sehr robust war.

Sylvia, nun drei geworden, meldete ich beim Kinderballett Junghans in der Herzogstraße 2 an. Es war nun Omis Aufgabe geworden mit Sylvia jede Woche einmal, manchmal auch zweimal in die Ballettschule zu fahren. Man nannte sie dort auch Mummy. Diesen Kosenamen hatte sie von mir noch vor meiner Lehre bekommen, passte auch zu ihr, denn sie koste gerne. Die jungen Mütter hatten Omi sogleich in ihrem Kreis aufgenommen, gingen mit ihr Kaffee trinken, denn beim Ballett durfte niemand zusehen. Jede Woche ins Cafe zu gehen, war den wartenden Müttern zu langweilig, und es entstand die

Idee sich bei der Filmfirma Arnold und Richter um eine Komparsenrolle zu bewerben. Alles wurde notiert, um sie bei Bedarf anzurufen., was auch Wochen später prompt geschah.

Meine Mutter bekam eine kleine Komparsensache am Ostfriedhof. Früh um 5 Uhr mußte sie dort eintreffen. Da sollte sie an der Leichenhalle die Tafel der dort Beerdigten studieren. Hinter ihr würde dann der Sarg, der leer war, nur geplünderten Schmuck enthielt vorbeigetragen. Achtmal mußte die Szene wiederholt werden. Laut Drehbuch schloß sich Omi dann dem Sarg an. Da inzwischen schon Besucher am Friedhof waren, fragte eine Frau meine Mutter: „Ja was is denn des – soll der Sarg jetzt raus und nei?" Mummy antwortete ihr von oben herab: „Sind sie doch still, wir filmen hier!"

Später hatte Omi noch mit 85 Jahren in der Reihe „Die Hausmeisterin" mit Lisa Fitz und Helmut Fischer eine kleine Komparsenrolle. Sylvia kam von der Schule heim und Mummy saß weinend vorm Fernseher. Es lief die Übertragung von der Beisetzung von Grace Kelly in Monaco. Sylvia fragte: "Omi, warum weinst du denn?"

„Ach sei ruhig, es war ja schließlich ne Kollegin von mir!"

So war meine Mutter.

Friedl hatte einen neuen Job im Zigarettengroßhandel Schneider gefunden. Ab 17 Uhr hatte er Schluss, so konnte er noch nebenbei bis nachts um 12 Uhr in der Tankstelle arbeiten, sowie samstags und sonntags Nachtdienst machen. Obwohl Steffi das bezahlte Haus zuzüglich das Geld vom Jahn hatte, mußte Friedl vor der Scheidung ihr monatlich 500.- DM überweisen. Es war hart, aber wir kamen durch.

Zur Wiesnzeit arbeitete ich am Küchenbüffet beim Hühner-Murr, denn die Schwiegertochter war Barbara Lustig, Bärbels Taufpatin. Mit dabei war Rita Günzel. Wir kannten uns vom Parkcafe und sie bediente während der ganzen Wiesnzeit, während ich am Abend nach Oberpollinger bis um 11 Uhr und samstags, sonntags ganz arbeitete. Wir sparten für eine Bauernküche.

Im Sommer 1972 erreichte mich im Kardtadt ein Anruf aus Schönbrunn, Rudi sei an einer Lungenentzündung gestorben. Ich fuhr mit Sylvia gleich nach Schönbrunn – da lag er in einem viel zu kleinen, weißen Kindersarg, die Augen noch offen. Da lag mein 13-jähriger Sohn Rudolf – mir liefen unaufhaltsam die Tränen runter. Die Schwestern fragte ich: „Wieso haben sie denn die Augen nicht geschlossen?" „Ja mei", antworteten sie, „der mag net allei sei, der schaugt sie noch jemanden nach."

Oh, ich riß meine Sylvia gleich zur Seite, stellte die zweite Frage: „Ja wie haben sie denn den Jungen in diesen viel zu kleinen Sarg gebracht?"

„Ja mai, den hama de Knia abgebrochen."

Mir lief der kalte Schauer runter. War das der Grund, weshalb sie Rudi unbedingt in ihrem Anstaltsfriedhof beisetzen wollten? Nein, wenn der Bub schon kein richtiges Leben hatte, so sollte er wenigstens ein gute Grabstätte bei meinem Vater finden.

„Ich laß' den Buben überführen", sagte ich und ging mit der Schwester wegen der Papiere ins Büro – auf dem Weg dorthin fragte sie: "Haben Sie denn noch a guats Gwissn?"

Was soll diese Frage, dachte ich, mir, die ich - ihren zweiten Jungen gerade verloren hatte? Ich legte diese an ad Acta. Die Überführung kostete 475,13 DM. Im städtischen Beerdigungsinstitut hätte ich gleich DM 1.800.- bezahlen sollen, fragte, ob es möglich sei, die Rechnung später zu begleichen?

„Na des geht neet," sagte der forsche Beamte, „ja, dann gebens halt die Leiche frei, und dann kenna die andern no lerna."

Rudi irgendwo anonym beisetzen lassen, das konnte ich nicht. Ich stand da wie ein begossener Pudel und ging davon.

Beim Karstadt im Nordbad bat ich gleich Betriebsrat Herrn Strohmeier um Hilfe. Sofort wurde mir aus einem Fond für soziale Fälle 689.- DM gegeben. Geliehen, dachte ich zuerst, aber Herr Strohmeier sagte, als ob er meine Frage im Gesicht gelesen hätte: „Den Betrag brauchen sie nicht mehr zurückbezahlen."

Ihm galt stets mein großer Dank, ich vergesse es ihm nie. Hansl wußte, daß sein Sohn tot war, tat jedoch nichts dergleichen, weder er noch seine Krankenkasse, bei der Rudi noch versichert war, gaben zur Beerdigung einen Pfennig dazu. Hans und die Frau kassierten bei der AOK das Sterbegeld, ohne es mir zu geben.

Aber ich bekam von Freunden den Rest geliehen. Friedl gab auch etwas dazu, was er für selbstverständlich hielt. Wir hatten nur einen Kranz, aber Rudi war wenigstens in unserem Familiengrab.

Nach der Beisetzung fuhren wir und unsere Töchter mit dem Auto nach Steyr weiter, um meine Schwiegereltern mitzunehmen, die mit uns in die Steiermark fahren wollten.

Mein Schwiegervater war guter Dinge. Wir machten an einem Paß Mittagspause, wo er sich ein Wiener Schnitzel schmecken ließ. Am Spätnachmittag, im Auto war es warm, ja fast heiß, kamen wir in Deutschlandsberg an, kauften noch beim Metzger Koller ein gehacktes Würstl in Schweineschmalz und fuhren zum Rohrbachgraben.

Vater ließ Friedl anhalten. Wir stiegen alle aus, und er zeigte uns Friedls Geburtshaus, drüben auf der anderen Seite noch ins Sonnenlicht getaucht, umgeben von Mischwald und Wiesen, fast schon zusammengefallen.

„Schaug hie", zeigte er, "dou is da Friedl gebohrn"
Mutti sagte zu Friedl: „In de Keisch'n da."

Wir fuhren ein Stück kurvenreiche Schotterstraße durch den Wald nach oben weiter. Ein großes behäbiges Wohnhaus, umgeben mit saftig grünem, gleichgeschnittenen Rasen tat sich vor uns auf – das sei Vaters Schwester Peppis Haus, sagte Omi zu meinen Töchtern. Große Begrüßung, alle kamen aus der kleinen Haustüre heraus.

„Mama, schau ein Pferd!" rief freudig Bärbel, und Sylvia lief schon einigen kleinen Hasen nach, die den Rasen gleichmäßig abfraßen. Tante Peppi mit Luise deckten schon den Tisch – unglaublich, was es da alles gab. Von der Wurst über Schinken, Käse bis zum Most und das herrliche Schwarzbrot alles selbstgemacht, es war ein Genuß.

Nach mehreren Rundläufen ums Haus, den Hasen nach, waren beide Mädel müde und gingen gerne ins Bett. Wir erzählten noch ein wenig, Friedl und ich gingen dann schlafen. Plötzlich klopfte Oma Fuchs an unsere Türe: „Friedl komm! Mit dem Vater is was!"

Sofort war Friedl in seiner Hose, schaute nach. Opa gings schlecht, er hatte fürchterliche Bauchschmerzen. Friedl fuhr runter zu dem Doktor, der meinte: „Er wird zuviel gegessen und getrunken haben", und blieb in seinem Haus. Am nächsten Morgen kam er dann. Opa mußte sofort ins Grazer Krankenhaus, wohin ihn Friedl begleitete.

Nachmittags gingen wir auf der Koralpe spazieren.

Um 16 Uhr 15 drehte ich mich um, es war so komisch und Friedl sah mich an und sagte: "Jetzt hab' ich Vaters Stimme gehört, er sagte zu mir: Ihr geht da spazieren, und ich muß hier alleine sterben."

Dies wurde leider zur traurigen Gewißheit, sogar die Stunde und Minute stimmten mit dem Tod von Friedls Vater überein.

Heute weiß ich, obwohl andere Menschen nicht daran glauben, dass es eine höhere Macht gibt, die sich in der Gedankenübertragung eines Sterbenden äußert. Sofort reisten wir Richtung Steyr ab. Die Töchter waren zwar um ihren Ferienaufenthalt gebracht, aber sie verstanden noch zu wenig. Zwei Tage später wurde Schwiegervater überführt. Im großen Familienkreis fand die neuapostolische Verabschiedung statt.

Kapitel 16

Nach diesen Schicksalsschlägen kniete ich mich noch mehr in die Arbeit, nichts war mir zuviel. Hatte Hans, der Koch im Imbiss, Urlaub oder frei, vertrat ich ihn gerne freiwillig. Wuchtete den Krauttopf auf den Elektrokocher, hatte hundert Liter Erbseneintopf im Kipper, machte Topfenpalatschinken. Ich brotzelte alles, die Gäste waren zufrieden, unser Chef Herr Widmann ebenso. Nur meine Bandscheibe tat bei diesem Raubbau nicht mehr mit. Jedoch ich trotzte dem, ging zum Arzt, ließ mir ein paar Spritzen geben, dann konnte es weitergehen.

Unsere Spülerin Zorka, eine Jugoslawin, die einen guten Eindruck machte, stellte ich in die Küche zum Brötchenbelegen ab, dies konnte sie flink und gut. Sie blieb in der kalten Küche. Für sie wurde ein türkische Frau neu an der Spüle eingestellt. Zorka, so hieß die neue Kaltmamsel, erzählte von sich und ihren zwei Töchtern von fünf und acht Jahren, die bei ihren Eltern in Jugoslawien lebten, während ihr Mann und sie in München Geld verdienten.

„Zorka, meiner Meinung nach gehören Kinder immer zur Mutter, unbedingt. Hol Deine Kinder zu Euch", begann ich.

„Ja und wir haben ja nur ein kleines Zimmer."

„Dann schafft euch eine Wohnung an."

Immer wieder redete ich auf die beiden ein. Zorka war zu Hause in ihrer Heimat gewesen, als sie einmal krank zurückkam. Ein Spritzengeschwür, dazu Bandscheibenschmerzen. Sie kam ins Schwabinger Krankenhaus. Bei meinem ersten Besuch fand ich die Frau im zugigen Gang vor der Toilettentüre liegen – was sollte das?

Die Arme weinte fürchterlich, erzählte, die Schwestern wären so gemein zu ihr, sie sei eine Simulantin, und würfen sie grob in die Badewanne, obwohl sie Rückenschmerzen hatte. Ich rastete aus, ging zum Chefarzt Dr. Dr. Schmied und machte einen Riesenaufstand. Nur weil die Frau eine Jugoslawin sei, läge sie im Gang!

„Morgen komme ich wieder, und wenn die dann noch nicht in einem Zimmer liegt, gehe ich damit an die Öffentlichkeit!"

Auf dem Nachhauseweg nahm ich die Schmutzwäsche von Zorka mit, gab ihr noch Trost für die Nacht – morgen käme sie in ein Zimmer. Was auch prompt geschah. Dass ich soviel Erfolg haben würde, hatte ich selbst nicht geglaubt.

Friedl, mein Liebling war es, der mir mein Selbstvertrauen zurückgegeben hatte.

Unter anderem kam es auch vor, daß ich am Kuchenbüffet mit Emmy Eichstetter Torten, Schnitten und anderes Kleingebäck verkaufte. Die Geschäfte liefen besonders im Sommer schlecht. So kam es, daß Fred Bertelsmann mit der Frage vor mir stand: „Hätte gerne eine Torte, die sich lange hält, denn ich brauche diese erst später."

„Ach" sagte ich, „nehmens doch die Prinzregententorte, die liegt bei mir schon 8 Tage."

„Gut, dann packen sie mir die Ganze ein."

Emmy und ich waren froh, diesen Ladenhüter an einen Promi loszuwerden.

Später zu meinem 25. Dienstjubiläum war dieser Gag in der Laudatio eingebaut. Hiervon werde ich später erzählen.

Während der Wiesnzeit baute unser Dekoleiter Herr Michel, ein sehr sportlich, fescher Mann auf der Ausstellungsfläche aus echtem Holz eine Hütte, ließ sie grün streichen. Die Innenaustattung war wie ein Wiesnzelt gestaltet, mit Tischen und Stühlen und einer Theke zum Märzenbierausschank und einem Grill, an dem ich Haxn und Hendl drehen ließ. Ich war glücklich dort zu arbeiten. Täglich kam ich im Dirndl, Rosi, die Serviererin und ich arbeiteten um die Wette, und der Umsatz stimmte.

Anwesende Pschorrbierverleger aus Frankreich, die in unserer Hütte einen Wiesnabend hatten, wollten mich vom Platz weg mitnehmen. Herr Branzka, der Geschäftsführer winkte ab: „Nein, die Frau Obermeier geben wir nicht her."

Das gab mir Auftrieb.

Inzwischen war der Neubau vom Karstadt auf der Theresienhöhe fertiggestellt worden. Unser Chef, Herr Widmann wechselte dorthin, wo er im Basement das Restaurant mit Küchentheke und die Kantine übernahm. Seinen Nachfolger hatten wir aus seiner Subsistutszeit am Nordbad in schlechter Erinnerung, daher gingen Emmy und ich mit unserem Chef in die Theresienhöhe ins „Land des Wohnens". Von da ab war die Kantine unser neuer Arbeitsplatz. Mit noch drei weiteren Büfettdamen und einer Spülfrau bewältigten wir 600 Personen am Tag.

Es war eine Freude mit Emmy Hand in Hand zu arbeiten. Dies taten wir auch 12 Jahre lang.

Nach dem Krankenhausaufenthalt holte Zorka ihre Töchter nach Deutschland – da standen die beiden schüchtern in ihren roten Mänteln mit schwarzer Wollmütze und schwarzen Schuhen. Ich war glücklich, diese Familie zusammengeführt zu haben, denn die Töchter lernten schnell Deutsch, haben später sogar hier studiert. Zorka blieb Köchin und wechselte sogar in diesem Beruf in die Hessklinik, wo sie gut verdiente.

Wir blieben Freunde.

Mein Chef Herr Widmann hatte in München Koch gelernt, nach der Prüfung in Heidelberg gearbeitet und war danach zum Karstadt gewechselt. Dieser Mann interessierte mich. Irgend etwas hatte er. Ja, es waren seine blonden vollen Haare, die blauen Augen und die untersetzte Figur. Wieder ein Typ, bei dem du schwach werden könntest. Wir flirteten bei der täglichen Warenbestellung im Büro oder bei einer Betriebsratsitzung. Seit langem war ich mit in dem Betriebsrat gewählt worden. Dies war meine schönste Lebenszeit. Nicht mehr zu jung, erfahren und reif. Natürlich gehörte ich in derartiger Funktion auch der Gewerkschaft an, und zwar der DAG.

Wir durften auf Schulungen reisen, wenn auch nur für fünf Tage, aber es tat mir gut. Erstens konnte man sich bilden, zweitens einmal der Familie entfliehen. Friedl und die Kinder wurden von meiner Mutter gut versorgt, außerdem kochte Friedl für die Familie auch während meiner Abwesenheit. Karl Widmann und ich sahen uns auch gelegentlich bei derartigen Schulungen, aber es blieb nur beim Flirten. Wenn er mich nur anschaute, lief es mir ganz kribbelig durch meinen Körper. Ob es ihm wohl auch so erging?

Einmal, es war im Plazahotel in Hamburg nach einem ausgiebigen St. Pauli-Besuch mit sechs Kollegen, waren wir sehr spät ins Hotel zurückgekommen.

Karl und ich fuhren bis zum 27. Stock in die Disco, wir bekamen gerade noch ein Glasl, dann war Schluß.

Wir fuhren mit dem Aufzug abwärts, landeten in der leeren, sauberen, gereinigten Küche, nur die Notlampen gaben schwaches Licht. Leise schauten wir fachmännisch alles an. Hinter dem Küchenausgang befand sich vor uns eine, bis zum Erdboden mit langen weißen Tischdecken eingedeckte Doppeltafel, anscheinend das Frühstücksbüffet. Da waren plötzlich im schummrigen Licht Schritte zu hören – was sollten wir tun? Am besten ist, dachte ich, wir verstecken uns unter der Tafel. Aber wie sollten wir da wieder rauskommen? Da ging meine Phantasie mit mir durch. Ich stellte mir vor, wie ich gerne mit Karl da unten gelegen wäre, während die 1180 Kollegen gesamten Karstadtbetriebsrat oben ihren Räucheraal, Butterkäse, Lachs, Schinken, Säfte aller Art auf ihren Tellern aufhäuften. Sicherlich hätte es keiner gemerkt. Aber wir wären den Kollegen, mit denen wir das Zimmer teilten, abgegangen. Rosi Weindl raunzte, daß ich so spät in der Früh erst kam und sie davon wachgeworden sei.

Nach dem großartigsten Frühstücksbüffet, das ich je gesehen und gegessen hatte, packten wir wieder die Koffer.

Ich war froh, der Phantasie freien Lauf zu gelassen zu haben, das es aber doch zu nichts gekommen war.

Die schwere Arbeit in der Küche Nordbadkarstadt blieb nicht ohne Folgen. Ich mußte 1972 an der Bandscheibe operiert werden. Dies kam ganz plötzlich, ich konnte das Wasser nicht mehr halten, hatte Blasenlähmung, aufrecht gehen hatte ich schon lange nicht mehr gekonnt.

Herr Dr. Weidenbach und Frau Dr. Trappe fanden meinen Befund einfach herrlich, denn sie waren Chirurgen aus Leidenschaft. „Fachleut" eben. Die Operation ließ ich privat vornehmen, da ich seit langem eine zusätzliche Versicherung hatte. Die dazugehörige Röntgenaufnahme war sehr schmerzhaft. Danach wurden sofort die drei unteren Wirbel ausgeputzt. Der Herr Professor, ein gestandener Münchner machte mir klar: „Da hast an Massel gehabt- in sechs Wochen wärst im Rollstuhl – langsam gelähmt worden." Es war ein Bandscheibenvorfall, der gerissen war. Nach 14 Tagen brachte mich Friedl nach Hause. Er trug mich, in einem Stuhl sitzend, die Treppe in den ersten Stock hinauf. Nach sechs Wochen war ich wieder im Geschäft.

Im Sommer 1973 wurde es wahr, wir reisten mit Friedls Mutter zum erstenmal in die USA nach Ohio zu Mizi und Hans. Meine Mutter fuhr, wie sollte es auch anders sein, diese Zeit über nach Den Haag, wo sie von Hertha und ihrer Familie verwöhnt wurde.

Von unserer Wohnung bis zum Erie-Lake brauchten wir 24 Stunden. Hans und Mizi holten uns in Cleveland vom Flughafen ab. Nach knapp 40 min. waren wir zwischen der Großstadt und Vorstadt auf der Schnellstraße in Willowick angekommen.

Beim Austeigen aus dem Buik sah ich schon den See blinken – rechts das Haus, vor uns eine gepflegte Wiese, Weidenbäumchen und dahinter der Eriesee.

„Herrlich Friedl, bitte zwick mich, das ist doch nicht wahr, oder träume ich?" Es war wie im Film – endlich, ich, die Wasserratte konnte hier fünf Wochen verleben. Bärbel und Sylvia waren glücklich, stiegen gleich die hohe Holztreppe zwischen den Weidensträuchern zum See hinab. Wir hinterher, die Wellen waren für unsere Verhältnisse recht hoch. Sylvia fünf Jahre alt, stand am steinigen Strand, und eine Welle überrollte das kleine Mädel, warf es um – wir erschraken fürchterlich. Danach rief sie den Wellen immer zu: "Geht weg! Geht weg!"

Es war eine wunderschöne Zeit, zumal meine Schwiegermutter sich gut mit ihrer Tochter Mizi verstand. Über ihre Auswanderung in die USA war sie gar nicht begeistert gewesen – welche Mutter ist das auch schon, wenn ihre geliebte Tochter ins Ungewisse geht.

Aber nun war sie zufrieden, denn Hans sorgte für sie und die beiden Mädel. Angesteckt von so einem Leben wollten Friedl und ich uns um 8000 Dollar am Eriesee auch Grund kaufen, dies zerschlug sich aber. Nach längerem Überlegen kam er darauf zurück, dass er auf dem leeren Grund in Dietach selber ein Haus bauen wollte. Mein Friedl, was der sich in den Kopf setzte, das mußte einfach sein. Ohne ihm wäre ich nie nach Amerika gekommen. Danach war ich noch zweimal bei meinen Verwandten zu Besuch. Unvergesslich waren die herrlichen Sonnenuntergänge über dem Eriesee. Friedl und Hans fischten jeder mit zwei Angeln um die Wette, für ihn waren nur die kleinen Fischfilet interessant, den Abfall gab Mizi in die Rosen als Dünger.

Meine Schwiegermutter saß gerne am Hang, von dem sie weit auf den See hinaus schauen konnte. Ihr – als aus den Bergen Kärntens kommende Frau, fiel jede Wellenbewegung auf, die nicht jeden Tag gleich war, beobachtete die roten Kardinalvögel, das Wahrzeichen von Ohio. Sie war glücklich mit 73 Jahren zum ersten Mal in den USA fünf Wochen verweilen zu können.

Der Zufall wollte es, daß wir an dem Polterabend der Nichte dabei sein konnten. Dort im Hobbykeller saßen nur Frauen, vor allem ihre Freundinnen. Eine entfernte vorsichtig die Schleifen vom Geschenk, die bunt auf einem Pappteller geklebt wurden, denn dieses Gebilde kommt als erstes ins Schlafzimmer und soll für Kindersegen sorgen. Dann wurden die anderen Geschenke ganz langsam ausgepackt, es war wie ein Ritual. Die zukünftige Braut thronte im Sessel, während rundherum alle am Boden hockten und inzwischen den fünften elektrischen Dosenöffner aus dem Papier befreiten. Ich mußte schmunzeln, gab es die vielen Dosenöffner, weil in den USA die Damen nicht kochen können?

Bei jedem Geschenk kam ein gedehntes „Ah", „Oh", „Very nice" und dabei wurde geklatscht. Zu trinken gabs dazu Coca Cola mit einem Batzen Vanilleeis, igitt. Ich brachte das Zeug nicht hinunter, ebenso erging es meinen Mädels. Aus ihren Gesichtern entnahm ich es jedenfalls. Zu dieser Zeit waren im

Erdgeschoss die Herren bereits bei alkoholischen Getränken angelangt. Die Hochzeit selber sahen wir zwar nur in der Kirche - überall an dem Kopf der Bänke waren Blumen mit weißen Bändern angebracht. Das Brautpaar lief auf einem breiten weißen Papier, das von zwei Freunden vor dem Paar von einer großen Rolle ausgerollt worden war – alles war farblich aufeinander abgestimmt. Die Brautjungfern hatten lange, beigefarbige Kleider, dazu einen weite Hüte. Die Bräutigambegleiter trugen Zylinder. Alles war feierlich, man keinerlei Hektik zu erkennen. Nur später fuhren sie alle zum Essen, ohne daß sie mich eingeladen hatten. Ich war perplex. Andere Länder andere Sitten.

25 Jahre später schmückte ich bei Sylvias Hochzeit die Kirche genauso und lud alle ein.

Nachdem ich einige Jahre im Land des Wohnens gearbeitet hatte, gab man meinem Wunsch nach, ins Angestelltenverhältnis übernommen zu werden. Kurze Zeit später war ich Erstverkäuferin als erste Kraft im Kasino, das hieß, ich war unterschriftsberechtigt. Ich war wiederum stolz auf meinen Beruf im Betrieb ein Stück weitergekommen zu sein.

Bei Festlichkeiten wünschte ich immer mit dabei zu sein, auch bei dem großen Eröffnungsbankett. Weil ich zu spät kam, erhielt ich kein Service im Pschorrsaal, daher sollte ich die vierzig Fahrer der Direktoren im Nebenzimmer bedienen, wo ganz normal aufgedeckt war, während im Saal alles vor Girlanden, Blumen, Porzellan, Gläser mit Silberbestecken strotzte.

Da waren Gäste jeder Coleurs geladen. Persönlichkeiten der Stadt und aus der Politik, alle hielten sie gute Reden. Nur kam die Herrschaft im Saal lange nicht ans warme und kalte Büfett. Da hatte ich meine Fahrer schon alle bedient, und wir gingen zum gemütlichen Teil über.

Es wurde viel gelacht. Ich hatte am Spätabend 62.-DM Trinkgeld und einen ganzen Schinken sowie Schweizer Käse geschenkt bekommen, mußte allerdings mit der Taxi heimfahren. Das tat unserer Familie wieder mal gut.

Während der Wiesnzeit hatten wir vor dem Karstadt einen Stand, wo der Achmiller Achim, unser schwergewichtiger, aber hervorragende Koch am großen Grill Schweinsbratwürstl briet. Wir gaben Sauerkraut und Senf und Semmel drauf, eine Halbe Wiesnbier gabs extra dazu. Achim schrie immer, wenns so richtig zuging: „Heut' haun mas wieder raus, wie bei Hemmelten unterm Sofa."

Ach, was lachten wir in unserer Arbeit viel. Was ist nun in dieser Zeit bis heute geschehen? Die Mitarbeiter lachen fast überhaupt nicht mehr. Die Arbeit wird mit Widerwillen getan. Nur noch mit großem Ernst und verbissen erledigt.

Was für ein Wandel! Oder dürfen die Menschen nur noch am Stammtisch oder vorm Fernseher lachen?

Zur Wiesnzeit hatten wir vom Karstadt in der Bräurosl alle Jahre an einem Abend die Empore reserviert bekommen, dazu Gutscheine für ein halbes Hendl und zwei Maß Bier erhalten. Im Dirndl habe ich alle Jahre das große Blasorchester dirigiert und anschließend hat unser Konditor Fredl Mörtl mich auf Händen von der Bühne weg bis zur Empore getragen, alle lachten und klatschten mit.

Ein Jahr später auf der Fahrt zum Geschäft früh um 6 Uhr verunglückte dieser Mann im Alter von 32 Jahren tödlich. Zwei Kinder, eine reizende Frau hinterlassend. Als danach die Wiesn wieder war, dirigierte ich zwar, aber ich ging weinend von der Bühne, als ich am Platz oben ankam, weinten die anderen Kolleginnen auch – alle. Karl Widmann standen die Tränen im Auge, er sagte nur: "Geh' jetzt hörts aber auf!"

In der Kantine wurde das Personal immer weniger. Das Arbeitskräfteangebot war nicht sehr groß, auch Emmy arbeitete nur noch halbtags. Schließlich mußte ich zur Kur. Anschließend nahm ich den schon eingeschriebenen Urlaub. Aus diesem Grund hatte Emmy acht Wochen lang keinen einzigen freien Tag, die Arme! Aber Karstadt muß doch für einen Ersatz sorgen, nicht ich.

Ich hatte natürlich ein fürchterlich schlechtes Gewissen meiner besten Kollegin gegenüber. Ich hoffe nur, liebe Emmy, Du verzeihst mir.

Jeder wird zugeben, daß die Arbeit in der Kantine mit dem Umfeld ein harter Job ist – da bist du der Müllplatz des Betriebs. Aber dennoch tat ichs gerne. Einmal gabs Halsgratschnitzel mit Beilagen, es war zu der Zeit, als Hans-Martin Schleyer ermordet wurde. Irgendjemand besserte auf der Speisenkarte nach und schrieb „Schleyerschnitzel"

Da war was los, die Geschäftsführung ließ sämtliche Unterschriften durchforschen. Ich wusste schon, wer es gewesen war, aber verraten habe ich nie jemanden. In der Lebensmittelabteilung waren drei Lehrbuben, die hatten immer Hunger. Oft gab ich ihnen mehr Beilage, damit sie satt wurden. Sie blieben „meine Buam". Als sie heirateten, war ich zum Polterabend eingeladen. Zur Wiesnzeit samstags treffen wir uns heute immer noch im Hackerzelt, Boxe 9, der Herr Schärzer, Abteilungsleiter bei Karstadt Köln, Herr Marx, in einem Passauer Baumarkt Geschäftsführer, und Herr Mörtlbauer, der Filialführer in München. Zu meinem 60-zigsten Geburtstag waren meine drei Musketiere, so nannte ich sie, mit einem Riesengeschenk in mein Bierzelt vor dem Haus in die Parlerstraße zum Gratulieren gekommen.

Herr Josef Ofner, ein ehemaliger Kollege Friedls aus der Zeit beim Jahn – holte ihn zu sich in die Firma Limbi, einem Getränkeladen. Er versprach ihm einen guten Posten, aber es blieb nur beim Versprechen. Er hatte schon einen gewissen Herrn Müller als Filialenkontrolleur seines mittlerweile zu drei Limbiläden angewachsenen Unternehmens eingestellt. Für Friedl blieb der Posten des Springers, d.h. der Urlaubsvertretung, wodurch es zwischen den beiden oft Ärger gab. Mein Friedl war ein wahnsinnig fleißiger, gewissenhafter Mitarbeiter und auch die Kunden schätzten ihn aufgrund seiner Hilfsbereitschaft. Zudem jagte er den Umsatz der Filialen um einiges in die Höhe.
Die Arbeit in der Theresienhöhe machte mir Spaß, zumal ich schon um 17 Uhr Dienstschluß hatte, mit dem

Auto heimgekommen, gleich den Haushalt sowie Kinder versorgen konnte. Jeden zweiten Mittwoch im Monat war der DAG-Frauenstammtisch, dort lernte ich Damen vom Arbeits- und Jugendamt und von den Wohnbaugesellschaften kennen. Dies wiederum tat meinem weiteren Wirken im Betriebsrat gut. Mit diesen Beziehungen konnte ich zum Beispiel etlichen Kolleginnen zu günstigen Sozialwohnungen verhelfen. Mütter mit ledigen Kindern, die sich nie einen Urlaub leisten konnten, ermöglichte der paritätische Wohlfahrtsverein drei Wochen mit ihren Kindern für einen kleinen Aufpreis in die Ferien fahren. Es beflügelte mich geradezu, den Kolleginnen zu helfen. Nur eins muß ich noch dazusagen: Ich blieb mit meinem Gehalt auf der Strecke. Es ist vielleicht dumm von mir, aber heute denke ich, dass jeder sich ein kleines Quantum Egoismus schon noch bewahren sollte. Im gesamten Haus in der Theresienhöhe wurde die Personaldecke von Jahr zu Jahr kleiner, zwangsläufig auch in meiner Kantine. Es stellten sich mit Frau Kraus Reibereien ein, sie war einfach, vielleicht auch durch ihre Krankheit unausstehlich. Sie bekam hierfür schon Eintragungen in die Personalakte. Ich dachte, wie werde ich die Frau nur los? An einem Samstag waren Frau Kraus und Anna, die Spülerin und ich im Geschäft. Da fängt die Kollegin Kraus wieder mit mir aus heiterem Himmel Streit an – ich bin gleich zu Herrn Klessinger, unserem Personalchef - sie mußte ins Büro. Kurze Zeit darauf kam sie zurück – holte ihre Tasche und verschwand ohne ein Wort.
Anna und ich schafften es bis 13 Uhr auch alleine, dann war Feierabend. Als ich gerade abrechnete, kam

Herr Klessinger zu mir und meinte: "Na und, sie trinken ja gar nicht, jetzt hamses los?!"

Ich sagte nur: "Herr Klessinger, ich bin fertig, ich kann nicht mehr." Am nächsten Tag, sonntags, brachte mich Friedl mit meiner Mutter und den Töchtern nach einem kurzen Besuch bei Eichstetters ins Schwabinger Krankenhaus. Jeder Gullideckel, jedes Trambahngleis, das wir überquerten, ließ die tobenden Schmerzen in meinem Bauch heftiger werden. Ich schrie nur noch. Im Untersuchungszimmer durfte mich keiner anfassen, geschweige denn ausziehen. Ich hatte nur noch Schmerzen, dachte, das ist jetzt das Ende. In der Intensivstation wachte ich kurz auf, Friedl stand am Bett, sagte: "Mama das tut schon weh, du durftest schon schreien, des was du hast, war a Bauchspeichelentzündung fast in der Endphase."

30 Minuten später hätte sich der Körper total von innen vergiftet. Zudem war die Galle voller Steine, die mir nach 14 Tagen entfernt wurden, bis zum Dünndarm waren Gallensteine zu finden. Ein Wahnsinn. Aber auch Herr Dr. Dr. Schmid, Chefarzt entschuldigte sich bei mir, er hatte am Handgelenk einen breiten Verband, er konnte die Operation selbst nicht durchführen. Innerlich war ich erleichtert, denn der Doktor hätte mich als diejenige vielleicht wieder erkannt, die sich wegen Zorka damals so aufgeführt hatte. Es ging aber alles gut und ich war mit noch einer Patientin im Zimmer. Ich war sehr schwach, hatte keine Venen mehr. Ein junger Arzt meinte, der Frau müsse man was geben, zog mich mitsamt dem Bett ins Stationszimmer, oben am Brustbein setzte er die Nadel, Blut spritzte heraus, aber sonst geschah

nichts. Er zog das Bett zum Aufzug runter, O.P., Venos sectio am rechten Arm – nichts, keine Vene fand sich, also nähte man mich wieder zu. Ich sagte: "Lassns mich - mein Mann bringt mir das Adelholzer Heilwasser, da ist alles drin."
Gut drei Liter trank ich pro Tag.
Nur die Weindl Rosi kannte mich nicht mehr, so mager war ich geworden.

1978 war es dann soweit. Zwar hatten die Mädel gefragt: „Papa, wann heiratest du denn die Mama?"
Aber Friedl war noch nicht geschieden, meinte: "Ja ja, das kommt schon..." Nun war die Scheidung in Steyr vorbei, wobei – wie konnte es auch anders kommen – Friedl das Haus mit Grund an seine Frau verloren hat. Der 1200 qm große Grund in Dietach wurde allerdings ihm zugesprochen. Dafür hatte er in Zukunft an seine Geschiedene keine Unterhaltspflichten mehr zu erfüllen.
Jetzt war er frei. Wozu ich sagen muß, daß ich nie gefragt hatte, wann er sich scheiden ließe oder mich heiratete – nie. Denn ohne Trauschein war ich genauso glücklich und dies 16 Jahre lang.
Entweder wollte Friedl seiner geschiedenen Frau beweisen, daß er es wieder schafft, ein neues Haus zu bauen oder es war am Ende doch für uns, seine Familie.
Gerdi, die Nichte, wußte einen Architekten, der für 2000.- DM ein Zweispanner-Haus entwarf, der Plan war gut gelungen. Bei der Wüstenroth hatte ich auf einen Bausparvertrag 50.000.– DM angespart. Friedl wollte alles mit seinen Händen ausheben. Das ging

200

natürlich nicht, für die drei Garagen unten im Berg brauchte man schon Baumaschinen – die Firma Priewasser v. Garsten wurde hierfür beauftragt.

Mit einem Maurer baute Friedl die drei Garagen, das Dach wurde mit Bitumen isoliert, wobei ihm Sylvia half. Dabei wäre es fast zu einem Unglück gekommen, Friedl kam der große Schöpfer aus und er verbrannte sich die Beine bis zum Oberschenkel hinauf, mußte ins Krankenhaus Steyr, das Mädel hatte Glück, es passierte ihr nichts.

Am 9. Februar 1979 wurde der Bauplan mit den Nachbarn sowie der Baukomission um 14 Uhr protokolliert, alle waren einverstanden und es wurde unterschrieben. Wir fuhren - es war ein regenreicher Tag - nach München zurück.

An der Salzburger Grenze überfiel mich eine seltsame Unruhe.

„Friedl, halte einmal kurz an, ich telefoniere mit München."

„Geh, Mama", meinte er, „wir sind doch glei dahoam."

Ich aber sagte: „ Ja, dringend auf die Toilette muß ich."

Da parkte er dann links neben der leeren Telefonzelle, die ich sogleich benutzte. Meine Hände zitterten beim Wählen - am anderen Ende – Schreie – Weinen - meine Mama: „Ja was ist?" Ich hörte sie brüllen – dann kams aus ihr raus: "Hertha ist tot!"

„Waas?" Ich konnte es nicht fassen. Mit 56 Jahren – meine Schwester tot!

Friedl war geschockt. Ich konnte nicht mal weinen – hatte das Gefühl, daß hier etwas nicht stimmte, meine

Gedanken gingen nach Holland, was war da passiert –
Fragen über Fragen.

Plötzlich, ganz leise, es nahm leider keine Oberhand
in mir, dachte ich, gerade heute, wo wir diesen Hausbau beschließen – sollte dies ein schlechtes Omen
sein?

In der Parlerstraße war meine Mutter dem Nervenzusammenbruch nahe – die guten Nachbarn kümmerten
sich um unsere Mädels. Es war selbstverständlich,
daß ich mit dem Zug nach Den Haag fahren würde.
Meine Mutter war zu schwach mit ihren 79 Jahren,
wäre die Beerdigung ihrer Tochter zu sehr zu Herzen
gegangen. Tante Hilde Seeländer reiste von Helmstedt
aus an. Mein Bruder Otto kam mit seinem Schwiegersohn, ein sehr ruhiger besonnener Dachdeckermeister
mit dem Auto aus Hamburg, und dies beim größten
Schneesturm.

Huibrecht, ihr Mann und Peter, sein Sohn holten mich
vom Bahnhof ab – beide völlig verstört. Jetzt erst
bekam ich meine Vermutung bestätigt: Es war Selbst-
mord. An einem Bademantelgürtel an der Badetür-
klinke hatte sie sich erhängt. – Mein Bruder und ich
konnten diese Geschichte nicht so recht glauben.
Gottlob war Tante Hilde, unsere Dantje da, und
brachte Ruhe ins ganze Geschehen. Sie war eine
große Dame, konnte gut zuhören aber auch Ratschlä-
ge geben. Huib hatte extra für seine „Popp", so nannte
er seine Frau seit 27 Jahren, eine deutsche Kiste, so
sagen die Niederländer zum Eichensarg, gekauft. Wir
durften in den Aussegnungsraum gehen und sie noch
einmal sehen. Da lag sie wie Schneewittchen aufge-
bahrt, hinter der Glasplatte über dem Eichensarg sah

man ihre schwarzen Haare. Man hatte sie gut geschminkt. Als Kind hatte ich sie Schneewittchen genannt. Trotz allem packte mich eine ohnmächtige Wut – warum hast du unserer Mutter das angetan? Watschn hätte ich sie können. Die Nacht darauf war grausam, der Schneesturm pfiff ums Haus, die riesengroßen Fenster im 3. Stock klapperten in ihren Verankerungen.

Der Gasofen blubberte einmal laut, dann leise. Und immer sah ich Hertha vor mir.

Am folgenden Tag war um 13 Uhr die Beisetzung. Der Schneesturm nahm auch untertags kein Ende. Man konnte keine fünf Meter sehen. Vier Herren mit schwarzem Zylinder, schwarzen hochgeknöpften Cut, sowie schwarzen Hosen und weißen Gamaschen auf den schwarzen Lackschuhen; in weißen Handschuhen, fuhren sie den Leichenwagen zum offenen Grab. Dort wurde der Sarg auf zwei große Bretter gestellt und die Kränze angereiht. Es versammelten sich Freunde, Nachbarn und Verwandte, um meiner Schwester das letzte Geleit zu geben. Huib und Hertha waren aus der Kirche ausgetreten, daher gab es auch kein Gottes Wort. Am Grab Totenstille, ich weiß es heute noch nicht, wie es kam: Ich trat einen Schritt vor, am offenen Grab stehend hielt ich eine Rede wie ein Pfarrer. Die Trauergäste waren allesamt erstaunt. Erst in der Aussegnungshalle sagten alle: „Ilse, das war gut so." oder „Ilse, du bist eine starke Frau."

Zum Huib hin meinte ich: „Du kannst doch des Madel net ohne Gottes Wort in die Erde geben!"

„Ist schon gut Ilse!" antwortete er, psychisch total am Boden, mußte noch Jahre danach Valium nehmen, war auch nicht mehr fähig in seiner Firma als Personalchef zu wirken.

Am selben Tag, fünf Stunden nach der Beerdigung fuhr ich von Rotterdam mit dem Zug nach München, denn am nächsten Morgen mußte ich um 8 Uhr in der Firma sein. Nur angeblich wegen des Schneesturms fuhr kein Zug. Ich, der Sprache nicht so recht mächtig, stellte mich als einzige in der Dunkelheit auf den Bahnsteig, mit Verspätung kam der Zug in Richtung München. Ich war der einzige Fahrgast, der einstieg. In den Ecken bis oben hin zum Schnee, hoffentlich geht das gut! dachte ich mir. Unter dem gleichmäßigen rollenden Geratter der Räder sann ich so vor mich, und sah in der Dunkelheit immer wieder Herthas Gesicht im Fenster. Irgendwann mußte mich doch der Schlaf überkommen sein.

Von einer Stimme: "Die Fahrkarten bitte!" wurde ich aufgeweckt, wir waren schon in Köln.

Vom Hauptbahnhof in München rief ich Omi an, daß ich gleich zur Arbeit ginge und erst abends heimkäme.

Kapitel 17

1980 sollte das Jahr der großen Wende werden. Nach meinem Urlaub entnahm ich in der TZ Stellenangebote. Oberpollinger suchte fürs Sporthaus eine Kassenkraft. Ilse, dachte ich mir, da brauchst du dann nicht mehr in der Kantine putzen, denn ich schaffte zwar den Kolleginnen an, diese fanden aber nur Ausreden, so dass ich dann eben diese Arbeit selber machte. Dies wurde mir zu dumm, schließlich hatte ich ja etwas gelernt.

Am meisten war der Widmann erschrocken, als ich ihm meine Kündigung auf den Schreibtisch legte.

„Ja und wohin?" fragte er.

„Zum Oberpollinger an die Kasse und am 1 April fange ich dort schon an," antwortete ich. Jetzt wurde es für ihn auch eng, aber für mich gabs nur diesen Weg. Natürlich war die Arbeitszeit von 9 Uhr bis 18 Uhr 30 ungewohnt, jedoch gewöhnt man sich daran. Die Kollegen und Kolleginnen waren alle sehr nett und hilfsbereit. Von der kleinen Bereichskasse aus war es mir möglich, auch zu verkaufen. Selbstverständlich wegen der Prämien versteht sich. Ein sehr ungeduldiger Kunde mit Gattin suchte Skiunterwäsche – ich bot ihm die Seidenunterwäsche (pro Stück 5.- DM Prämie) an. Er meinte, so was könne er nicht nehmen, weil kein Einstieg da wäre, und die blaue Hose ausschließlich für Damen seien.

„Das ist nicht wahr," sagte ich, „Sie müssen nur die Hose mit den Gummi an die Knie halten, und dann ihren Männerstolz drauflegen und sausen lassen ,aber um Gottes Willen nicht auslassen, sonst hauts ihnen die Soße ins Gesicht."

Diesen Kunden hatte ich als „Kassendame" als Stammkunde gewonnen, nie mehr war er grantig oder ungeduldig. Zur Wintersaison kam er und wollte nur von mir bedient werden.

Bei den neuen Betriebsratswahlen ließ ich mich für die DAG – Liste aufstellen und wurde auch prompt gewählt. In diesem großen Haus mit seinen 15 Betriebsräten, die schon lange dieses Ehrenamt innehatten, konnte ich, neu in diesem Haus meine Ideen und Ziele kaum durchsetzen. Es war wie ein Kampf – zwei Perioden tat ich für die Kollegen und Kolleginnen doch so einiges, trotz Gegenströmungen im Betriebsrat.

Gerne erinnere ich mich an die Betriebsversammlungen im Warenlager Kirchheim, wo wir vom BR selbstverständlich nicht fehlen durften. Herr Weinzel war dort Lagerleiter geworden. In der ebenerdigen Kantine war einer meiner Kolleginnen vom Imbiss, Hilde Krinke beschäftigt. Sie war eine ausgezeichnete Büfettkraft, gab stets fürs Unternehmen ihr Bestes. Die Kantine war schön geräumig, d.h. sämtliche Lagermitarbeiter fanden bequem Platz. An der hinteren Seite rechts befand sich eine Nottür, die auf ein Rasengrundstück mit Rosengarten führte. Mir gings darum, dass diese verschlossene Tür für die Mitarbeiter während der Pausenzeiten geöffnet wurde. Herr Weinzel stellte sich dagegen.

Wie immer – wieder dieser militärische Ton wie 1968 in der Schertlinstraße. Innerhalb des Betriebsrats wurde abgestimmt und er mußte diese besagte Türe offen halten. Unter anderem wurden im Freien Tische und Stühle aufgestellt, ein Landschaftsgärtner wurde bestellt. Heute noch sitzen die Mitarbeiter im Sommer dort draußen. Dieser Erfolg war eine Genugtuung.

1980 nach einer vierwöchigen Kur in Bad Iburg rief ich Friedl an: „Du, wir können jetzt heiraten", sagte ich, „denn ich habe beim C & A in Münster mir ein Kleid gekauft."

Zweiteilig, stahlblau, mit fast pinkfarbenen Blumen, einfach hübsch.

„Jetzt komm erst einmal heim Mama", war Friedls Antwort.

Am 8.10.1980 war der Termin für unsere Hochzeit, fast hätte es nicht geklappt – dabei hatten wir schon 16 Jahre wilde Ehe hinter uns. Irmgard mit Karl Richard und ihrem Sohn Jürgen, Verwandte aus Trier waren bei Mayrhofen in Tirol auf Urlaub, und wir trafen uns bei nicht besonderer Witterung in der Nähe des Schleckeissspeichersees – frühstückten im Auto, um dann noch weiter irgendwo eine Bergtour zu unternehmen. Die Bergspitzen waren von Regenwolken umhüllt, es regnete unaufhörlich. Aufgeben wollten wir jedoch auch nicht. Spazierten mit Rucksack, Regenbekleidung und guter Laune durch einen Graben. Der Herrgott öffnete seine Schleusen, und wir hielten an einer alten Hütte, setzten uns aufs aufgeschlichtete Brennholz an der Wand, etwas geschützt vom niedrigen Dach. Friedl wollte etwas aus Rucksack etwas, obenauf lag unsere schwarze kleine Ledertasche, in der sich Ausweise und Wagenpapiere befanden. Ich legte sie, damit sie nicht nass wurde, unter ein paar Holzscheiteln.

Es wurde uns kalt – so versuchten wir eben in die geschützte Hütte zu kommen. Es klappte, denn sie war nicht versperrt. Hier mußte ein Senner wohnen, ein Bettkasten mit zerwühltem, schmutzigen Bettzeug, ein eingebauter Ziegelofen – alles rußig, schwarz und den Raum beschwängert von einem Räucherduft wie bei geräuchertem Schinken. Wir beobachteten das Wetter, wollten weiter. Da standen am Weg zehn Meter unterhalb der Hütte ein Ehepaar mit einem Kind mit Schirmen – nach einem Unterschlupf Ausschau haltend. Wir sahen uns an, ob des kleinen Einbruchs ertappt. Kurzer Hand setzte ich ein Kopftuch weit ins Gesicht ziehend auf – machte einen Buckel, schob meine künstlichen Zähne vor – kurz auf Hexenmanier, so trat ich aus der knacksenden Hüttentür. Erhob meine Reibeisenstimme zu einem „Grüß Gott", was die kleine im Regen stehende Gruppe erschrecken ließ – so gingen sie eben weiter – was ich schließlich auch erreichen wollte. Friedl und Irmgard mit Familie beobachteten durch die kleinen Fenster dies Bauernstückl, mußten so lachen. Nach dieser Eskapade verließen wir den dunklen, trocknen Raum, um durchs Tal zum Auto zu laufen. Wir waren uns einig geworden, zum See zu gehen, Friedl und Jürgen wollten von dort auf einen Berg wandern. Wir blieben mit Rucksäcken im Gasthof unterhalb zurück. Als ich zahlen wollte, bemerkte ich, daß die schwarze Tasche weg war. Friedl und Jürgen waren schon weg. Um 17 Uhr 30 wollten sie zurückkommen. Uns blieb nichts anderes über, als zu dem Tal zurückfahren, um die schwarze Tasche zu suchen. Das Wetter hatte sich etwas gebessert, zumindestens regnete es nicht mehr.

Was sollten wir tun?

In acht Tagen war unser Hochzeitstermin und wir hatten keine Ausweise. Jetzt wo wir uns endlich vorm Staat das „Ja" geben wollten. In St. Johann am See regnete es kübelweise herab. Wir parkten vor dem Rathaus, in dem sich das Fremdenverkehrsbüro befand.

Da sagte Friedl: „Ich steige aus, und schau mal, vielleicht ist die Tasche abgegeben worden", meinte, „Mama heut ist doch Sonntag und bei dem Regen!"

Meine Cousine blieb noch fünf Tage länger mit ihrer Familie am Ort, während wir noch zur Polizei mußten, damit wir über die Grenze kommen konnten. Der Grenzbeamte belächelte uns: „Aha, a in Italien ausgraubt worden?"

„Na, Tasche verloren."

Warum passierte so etwas immer mir? Der erste Weg am Montag führte zum Einwohnermeldeamt, um neue Papiere zu beantragen, unser Hochzeitstermin rückte schnell näher. Meine Cousine war allerdings inzwischen nach St. Johann zum Rathaus gefahren – tatsächlich war an der Tür des Fremdenverkehrsamts ein Zettel befestigt, auf dem stand: Kleine schwarze Ledertasche gefunden, abzuholen in der Pension Berta.

Die Bergwanderer im Regen waren nach ihrem Abstieg an der Hütte vorbeigegangen, und hatten unterm Holz unsere Tasche entdeckt.

Man soll niemals jemanden vergrämen, dachte ich mit schlechtem Gewissen und es tut mir heut noch leid. Mit den ehrlichen Findern, Stuttgartern, stehen wir heute nach 20 Jahren noch in Kontakt - sie legen auch, wenn sie dort oben an der Hütte vorbei wandern eine Gedenkminute ein.

Die Hochzeit wollten wir im engen Rahmen zu zweit feiern. Doch die dazugehörigen Zeugen, Hansl, Friedls Bruder und Rita, meine liebe Freundin erweiterten den Kreis automatisch. Inge, meine Schwägerin wollte auch dabei sein, so kamen meine Mutter, Sylvia und Bärbel auch mit zum Standesamt. Warum nur wieder die Töchter, 15 und 12 Jahre alt, die hinten saßen, so lachen mußten, fragte ich mich während der Trauung.

Friedl hatte kurze Stiefletten an, in denen sich der Hosenaufschlag verfing, dies mußte so konisch ausgesehen haben, als wir zwei vorm Standesbeamten standen, dass schließlich alle Anwesenden mitsamt meiner Mutter lachen mußten.

Anschließend gingen wir mit unseren sieben Hochzeitsgästen zu Fuß in die Leopoldstraße zum Gasthof zur Brezn wo wir Weißwurst-Frühstück einnahmen. Friedl und ich saßen mit Sicht zur getäfelten Holzwand gegenüber unseren zwei Mädels. Nach dem Essen sah ich dort hinter den Töchtern einige große Kakerlaken – Küchenschaben – und sagte zu den Kindern: „Rührt euch nicht, da hinten krabbelt etwas."

Doch die beiden, neugierig geworden, drehten sich um und schon war es aus mit der netten Hochzeitsgesellschaft. Kurzum, der Kreis wurde kleiner, denn Bärbel und Sylvia suchten das Weite, gingen Eisessen in die Stadt. Eine Kollegin mit Gatten verließen ebenfalls die Brezn.

Dazu muß ich aber sagen, dass es diese teilweise von Bäckereien eingeschleppten Küchenschaben überall

210

gibt, niemand weiß es, außer mir, darum bin ich mit dem Essen vorsichtig geworden. Kammerjägermäßig wird selbstverständlich etwas unternommen – aber wenn dieses Ungeziefer einmal auf einem Anwesen ist, kommt es immer wieder zurück.

Zurück von der Brezn zog sich Friedl kurz um, damit wir zusammen in die Boschetsriederstraße in eine Eigentumswohnung fahren konnten, die wir zwei renovierten, woran wir schön verdienten – dort fehlten noch die Steckdosen, ich kaufte sie ein, in Hochzeitskleid und Persianerjacke und Friedl montierte sie. Der neue Teppichboden lag auch schon, so weihten wir diesen gleich ein. Am Spätnachmittag fuhren wir zu Frau Stadler, einer Hauslbesitzerin in Aubing, um uns als Ehepaar zu präsentieren, worauf wir einen Umschlag mit 200.- DM von der alten Frau bekamen. Sie und ihr inzwischen verstorbener Mann wollten Friedl ihr Anwesen vererben. Friedl und ich versorgten deshalb die von Rheuma geplagte Frau, renovierten das Haus innen und aussen.

Natürlich zahlte sie zu den Materalien dazu, aber wir waren der Meinung, dass sie für die Arbeit auch nichts zu bezahlen brauchte, wenn wir das Haus mal bekämen.

Oh, welch ein Trugschluß: Friedl opferte unsere kostbare Freizeit. Sonntags brachte er ihr die von mir gekochte Diatkost, hob die Frau in die Badewanne, wusch ihr die Haare, schnitt Fingernägel und Fußnägel, tat alles für diese eigentlich fremde Frau.

Er hatte das Ehepaar beim Limby kennengelernt, wo Friedl Getränke verkaufte. Die beiden hatten ein gutes

Verhältnis, so gut, dass Friedl bei allen drei Bankkonten von Frau Stadler unterschriftsberechtigt war.

Zum Grab ihres Gatten mußte Friedl sie auch fahren, es war nicht weit, dort mußte immer eine Kerze brennen.

Josef Offner gab einige seiner Filialen auf, um das Geschäft zu verkleinern. Zuvor hatte er in Solln noch einen Bauernhof zu einem Weingeschäft mit im 1. Stock liegenden Gaststuben ausgebaut. Er spannte dazu meinen Friedl ein, den konnte man ja so schön ausnützen, ganze 600.-DM bekam er extra.

Zur Eröffnung baute ich das kalte Büffet auf.

Während Friedls dreiwöchigen Urlaub fuhr er nach Dietach um den Rohbau des Hauses anzuleiern. Er ging zu der Firma Briewasser, wovor ich ihn warnte, weil er uns mit den Garagen schon so Probleme bereitet hatte.

Friedl aber sagte: „Mama das tut er nicht mehr."

Herr Briewasser überredete Friedl, den Plan zu ändern, es gäbe mehr Wohnfläche und für die Töchter je eine abgeschlossene Wohnung und und und...

Von dieser hinterlistigen Ratte in die Enge getrieben, ließ sich Friedl zu diesem neuen Plan überreden, ohne dass er mit mir darüber gesprochen hätte. Als ich nach drei Wochen nach Steyr kam und er mit mir zu dem Neubau fuhr, sagte Friedl voller Stolz: „Ha Mama, was sagst?"

Ich konnte ihm momentan keine Antwort geben. Doch dann brach es mir gerade so raus: „Friedl! Wer soll des denn bezahlen?"

„A geh Mama", er griff wieder nach meiner Hand, tatschelte diese, meinte: "Geh, des schaffen wir doch leicht."

Ich war wieder mal entwaffnet. Für 22000.- DM, einem Kleinkredit der Dresdner Bank, kam dann der Dachstuhl drauf, somit konnte der Neubau mit 30.000.- DM Schulden im Genick überwintern. 1984 ging es mit dem Innenausbau sowie der Heizung und Elektrizität, Wasserleitungen, Boiler, Bäder, Wendeltreppe mit 14 Stufen, Fenstern und Fließenlegen weiter. Obwohl ich so stark an meinen Knien Schmerzen hatte, isolierte ich mit Wärmedämmer und schalldämmenden Platten 270 qm Fläche der Böden. Sämtliche elektrische Leitungen, mußten dabei mit dem Messer ausgefräst werden. Der schon im voraus bezahlte Estrichleger war nur einen Raum hinter mir. Bei strömenden Regen wurde dann ein Lastwagen voll Fließen geliefert, wobei alle Kartons aufweichten.

Manchmal verlor ich jegliche Kontrolle. Als ob es Absicht gewesen wäre. Anna, meine Schwägerin hatte dem Maurer und mir öfters Essen gebracht, das uns wieder Aufschwung zum Weiterarbeiten gab. Ausserdem waren Kathe und Luis bei dem Bau behilflich, freilich gegen Bezahlung. Den Hof hatte ich bis abends um 22 Uhr mit einem Maurergehilfen gepflastert.

Schließlich mußten wir den Hang mit Löffelsteinen befestigen, damit er nicht rutschte, da das Haus vier Meter unterhalb der Straße lag.

Mein Schwiegermütterlein sorgte rührend um mein leibliches Wohl. Spät wenn ich heim kam, stand eine

gute Mahlzeit auf dem Tisch – du bist heut im Himmel, aber ich danke immer noch für diese Liebe!
Mit meinen Befürchtungen gegenüber dem Baumenschen, der immer so geschickt auftrat. Ich hatte Recht behalten. Ausserdem waren wir schon zu alt für diese Aufgabe und Friedl wollte es nochmals beweisen, dass er etwas schafft. Mir, Bärbel und Sylvia wollte er zu einem Haus verhelfen. Aber es kam anders!
Ein Kesseltreiben begann, dem wir nicht mehr entrinnen konnten. Den folgenden Bericht „Die moderne Mafia" hatte ich überallhin verschickt: An den Ombudsmann der Kronenzeitung von Herrn Reinhart Hubel, an Egon Platscher, die Klemozeitung Graz, ans ORF, Argumente 1. Programm Walter Schock und an den ORF 2, Volksanwalt Herr Bock, Sonntag Abend im Fernsehen von 20 bis 21 Uhr zu sehen.
All diese Institutionen halfen nicht – die Zeit - das Leben – war gegen uns.
Heute bin ich sogar dankbar dafür, wer weiß, wie mein Leben, dort unten, weit weg von meinen Freunden verlaufen wäre.

DIE STEYRER - ST. ULRICH – GARSTENER - DIETACHER KESSELJAGD

Die moderne Mafia
1977 wollte mein Mann Friedl auf seinem Grund in Dietach bei Steyr, Oberösterreich bauen, für den er schon über 20 Jahre Grundsteuer bezahlte. Ein Architekt war gleich gefunden, der uns sodann für 2000.- DM diesen Wunsch zumindest auf dem Plan verwirklichte. Auf einem Grund, Hanglage mit 1120

214

Quadratmeter, kann man freilich ein wunderschönes Doppelhaus mit Schupfendach und drei dazugehörigen Garagen planen!

1980 fing mein Mann unterhalb des Hanges an, die drei Garagen zu bauen. Ein Sommerurlaub, ohne fremde Hilfe, mit unserem Ersparten Geld in Deutschland: 1981 wurden die Garagen fertiggestellt. Die Kosten betrugen 45.000 DM.

1982 wollte Friedl dann mit dem Hausbau beginnen. Seine Familie und ich waren gerade nicht begeistert von diesem Ansinnen.

Aber ein Verkauf des Grundstücks mit Garagen war unmöglich.

Also nahm Friedl Urlaub. Herr Briewasser, ein Bauunternehmer, der auch die Materalien zur Garage lieferte wurde mit dem Aushub und dem Rohbau beauftragt. Nach einigen Kostenvoranschlägen wurden auch alle anderen Firmen beauftragt.

Mit deren Kostenvoranschlägen gingen wir dann zur Raiffeisenbank St. Ulrich bei Steyr. Herr Briewasser erhielt von uns noch einen Restbetrag von 210.000 Schilling. Er vermittelte uns ein Gespräch mit Herrn Arbeitshuber abends um 20 Uhr. Anstandslos bewilligte er für unserem Neubau mit Garagen einen Kredit von 500.000 Schilling. Herr Briewasser bekam sofort sein Geld.

Der Rest blieb stehen. Außerdem brachten wir von München 52.000 DM aus unseren fälligen Bausparvertrag mit und dazu 25.000 DM Kleinkredit von der Dresdner Bank.

1983 wollte nun mein Mann den Rohbau ausbauen. Er holte sich wieder Kostenvoranschläge - mit diesen ging er wieder zur Raiffeisenbank. Es wurde alles besprochen. Es wurde ein Bausparvertrag eingerichtet, mit dem man uns 2.000.000 Schilling zusicherte.

Also bauten wir aus. Zuerst Friedl in seinem vierwöchigen Urlaub, danach ich in fünf Wochen Urlaub, täglich von 7 Uhr – 21 Uhr 30 waren wir nur am Arbeiten.

Nun die Streiche, die uns gespielt wurden:

Aus dem Bausparvertrag bekamen wir nur 1.200.000 Schilling. 800.000 Schilling wurden für 3 Jahre eingefroren. Herr Arbeitshuber stellte mit uns zusammen einen Antrag an das Land, um einen billigen Baukostenzuschlag zu erhalten.

Jedes Wochenende fuhren wir nach Dietach, um ja alles fertig zu stellen, zumal wir vorher mit dem dortigen BMW-Werk abgesprochen hatten, es uns auch schriftlich zugesagt war, dass sie uns Mitarbeiter als Mieter schickten.

Ein einziger kam dann und wollte fast keine Miete zahlen. Aber das nur nebenbei.

Ein wunderschönes Haus wurde es. Mit drei Wohnungen, einer mit 120 Quadratmeter, und zwei 75 Quadratmetern, mit Warmwasserheizung und Wärmepumpe. Alle Bäder und WC waren bis zur Decke gefließt. In der obersten Wohnung hatten wir an den Wochenenden überall Holzverkleidung an die Decken angebracht. Die Einliegerwohnung mit 120 Quadratmetern hatte eine herrliche Wendeltreppe mit schmiedeeisernem Geländer. Auch war das Treppenhaus von oben bis unten gefließt.

Sogar den Vorhof haben wir bepflastert, was eine wahnsinnige Arbeit war.

Zum Finanziellen ist noch zu sagen:

Die Raiffeisenkasse gab uns aus dem Bausparer nur 1200000 Schilling und dies tropfenweise. Jedesmal, wenn ein Betrag von der Hauptzentrale in Wien überwiesen war, stand am nächsten Tag Herr Briewasser schon auf dem Teppich, und verlangte Geld. Sei es für die Gipser, die nicht kamen, ohne vorher Geld zu bekommen, sei es für die Bezahlung des Betons. Oder die Firma, die den Estrich lieferte. Später entdeckte ich dann zufällig, dass sich Herr Arbeitshuber und Herr Briewasser duzten. Wir zahlten Herrn Briewasser teilweise auch in bar, da er dann keine Steuern zu zahlen brauchte.

Der Bau ging seiner Vollendung entgegen und unsere finanzielle Deckung wurde immer dünner.

Wir erbaten ein weiteres Darlehen von 500.000 Schilling.

Herr Arbeitshuber wollte mit seinem Vorstand sprechen. Wir faßten Hoffnung. Es war der letzte Sommersonntag, an dem mein Mann im Urlaub war und ich hatte meinen ersten Urlaubstag. Herr Arbeitshuber kam zu uns, belobigte den herrlichen Bau, die wunderschöne Aussicht, und und und. Dann meinte er, dass wir den Kredit von 500,000 Schilling sicherlich bekämen, nur müsste Friedl zur Sicherheit das Formular unterschreiben auf dem stünde, daß sich die Raiffeisenkasse ins Grundbuch eintragen ließe. Friedl stimmte zu, als Herr Arbeitshuber uns versicherte, dass dies hinfällig sei, wenn der Betrag nicht genehmigt würde. 14 Tage später bekamen wir ein Schriftstück vom Grundbuchamt, worin sich die Kasse mit 2/3 eintragen ließ, und eine Rechnung über 6.800 Schilling.

Das versprochene Darlehen bekamen wir nicht.

Einige Zeit später rief Herr Arbeitshuber uns in München an und erzählte, das beantragte Darlehen vom Land sei da, und wir sollten umgehend nach Steyr kommen, um die Formalitäten zu erledigen. Da wir beide berufstätig waren konnten nicht so ohne Weiteres unseren Arbeitsplatz verlassen. Also standen wir immer im Zeitdruck.

Über die Dresdner Bank hier in München versuchte ich einen Umbuchungsvertrag mit der Raiffeisenkasse zu erstellen. Das hätte bedeutet, dass die Dresdner Bank die Schuld an die Raiffeisenbank ausbezahlt hätte. Herr Arbeitshuber aber wollte dies nicht! Heute weiß ich auch warum.

Wir fuhren morgens um 5 Uhr los, da wir am selben Tag um 15 Uhr wieder an unserem Arbeitsplatz sein mußten. Friedl ging zur Bank – wurde von da aus wegen des Darlehens zum Notar geschickt, um zu unterschreiben. Was wir beide dann auch taten. Die Schreibkraft rief bei der Bank an, dass da ein Blatt fehllaufe, worauf man ihr zusicherte, es werde nachgereicht.

Acht Tage später erreichte uns ein Brief von der Raiffeisenkasse mit vielen Formularen – wir trauten unseren Augen nicht. Sie hatten uns heimtückischerweise das Pfändungsrecht unterschoben. Die Endabrechnung von Herrn Briewasser betrug 200.000 Schilling Restbetrag. Er bestand darauf– aber wir hatten momentan nichts flüssig. Also nagelte er Friedl mit einem Wechsel fest, der bis zum 15. 1. 84 eingelöst werden mußte. Uns blieb nichts, als das Haus zum Verkauf auszuschreiben.

Sogar in Holland hatten wir inseriert. Im Immobilienteil von Hannover und Braunschweig konnte man unser Haus finden – keiner wollte es. Auch in Ober- und Niederösterreich fand sich kein Käufer. Alles war gegen uns! Es blieb nur noch ein Makler, der das Haus dann verkaufen sollte!

In Steyr war gleich einer bereit, jedoch er meinte, es sei eine schlechte Zeit, um ein Haus zu verkaufen (ein Haus 16 m lang und 11,9 m breit noch dazu mit Wärmeschutzverkleidung)

Die Zeit rann dahin, wir hatten schlaflose Nächte, lagen uns nachts weinend in den Armen. Wo waren unsere Freunde und Bekannten? Niemand half uns.

Unaufhaltsam kam der Winter und das Haus mußte beheizt werden, uns fehlte jedoch das Geld für das Öl. Jetzt rief uns der Makler an – er hätte einen Käufer. Die Stadt Steyr wollte das Haus kaufen.

Dieser Makler hatte die Raiffeisenkasse aufgesucht und dort alles über unsere finanzielle Lage erfahren – also konnte er den Preis nochmals drücken! Für 350.000 DM hat man uns schließlich das Haus mit Grund abgeluxt.

Gejagt wie die Hasen, ausgenommen wie eine Weihnachtsgans mußten wir zum Verkauf ja sagen – was blieb uns übrig?

Zurückblickend sieht man alles in einem anderen Licht und wir schämen uns nicht, so dumm gewesen zu sein.

Jedoch warnen wir alle, sich auf die Ehrlichkeit der Banken verlassen. Die Banken sind die modernen Mafiosi in unserer Gesellschaft und werden auch noch von unserem Staat geduldet.
Eines ist uns trotz des hohen Schuldenbergs von 80.000 DM geblieben:
Wir, mein Mann und ich, haben uns nie gestritten.
Wir sind immer nur gut zueinander gewesen, und dies hat uns gesund gehalten und half uns, die Strapazen und Gemeinheiten zu überstehen. Denn man kann immer im Leben am Boden liegen, aber man vergisst nie aufzustehen.

Ich bekam Kniebeschwerden, Schmerzen, die nicht mehr auszuhalten waren. Der Orthopäde konnte mir auch keine Linderung bringen. Im Alleingang fuhr ich zur Uniklinik Rechts der Isar, ließ mein rechtes Knie untersuchen, die Röntgenaufnahme mit Einspritzen von Flüssigkeit und Luft ergab den Befund: Schwere Arthrose, die ohne Operation nicht mehr gelindert werden konnte. Der obere Knochen mußte durchsägt, gewendet, gleichzeitig vom Wadenbein einen Zentimeter entfernt werden. Die Schmerzen danach waren grausam. Ich lag allein in einem Zimmer, fünf Tage später war Faschingsdienstag. Früh um 7 Uhr setzte ich meine rote Perücke auf, darüber die Krone der Schönheitskönigin und hing die blauweiße Schärpe um, deckte mich im Bett bis oben hin zu. Als die Schwester Oberin mit ihrer Hilfsschwester von der Tür, langsam näherkamen, schlug ich die Bettdecke zurück mit einem lauten: „ Ahah." Beide Schwestern ließen die Tabletts mit Pillen fallen, die Hilfsschwester stürzte in den noch offenen Kleiderschrank. Dann sang ich lauthals die „Schönheitskönigin von Schneitzlreut", eine von mir immer gern gesungene Parodie, worauf die Schwestern die anderen Krankenzimmertüren öffneten, die Patienten waren begeistert. Ich hatte ihnen einen Hauch vom Faschingsdienstag ans Krankenbett gebracht. Erinnerungen wurden wieder wach an 1944, an das Lazarett in Bad Reichenhall.

Tagsdarauf wurde ich mit noch einer Patientin nach Feldafing verlegt. Wir hatten zusammen ein Zimmer mit Fernsehen, breite Fenster, Balkon, Blick zum See. Ich kam mir vor wie eine Königin. Nur Kuchen durfte ich trotz Bestellung in der Küche nicht haben, wegen der vielen Kalorien. Aber Liesl Füring brachte mir einen selbstgebackenen Käsekuchen aus München mit – den wir zwei – Anna Fricke und ich uns vorzüglich schmecken ließen. Friedl brachte einen Doppler mit, einen österreichischen Wein. So verwöhnt wurde ich schnell wieder gesund!

Ein Jahr darauf wurden die vier Zentimeter langen Schrauben bei uns beiden entfernt und wir lagen wieder zusammen im Feldafinger Krankenhaus.

Danach trennten sich Annas und meine Wege, da sie ja von Karlsruhe war. Zu Omis 90sten Geburtstag kam sie angereist, später kauften wir im Badischen Wein für unser Geschäft. Als Ortskundige nahmen wir Anna aus Karlsruhe mit nach Dettelbach.

Kapitel 18

Nach ihrem Realschulabschluß lernte Bärbel bei der Fa. Friedl in München Orthopädische Schuhmacherin. Nach 3 ½ jähriger Lehre bestand das Mädel die Prüfung. Während der Lehrzeit wohnte sie unter Omis Wohnung in der Parlerstraße, die ich ihr renovierte. Damit sie ja den Abschluß schaffte, zahlte ich während der Lehrzeit die Wohnung samt Neben- kosten. Heute würde ich dies nicht mehr finanzieren. Vielleicht war ich eben doch eine Übermutter?

Sylvia, 3 Jahre jünger – auch sie schaffte die Real- schule – wollte Schreinerin werden. Da es in Mün- chen keine Lehrstellen gab, fuhr ich mit Friedl nach Nürnberg, um dort bei Verwandten, die eine Schrei- nerwerkstatt haben, das Mädel unterzubringen.

Leider fand ich die Straße nicht, hatte die Adresse zu Hause gelassen. Kurzum, ich telefonierte mit meiner Schwägerin Lina Schünemann, aber leider war sie nicht da. Seit der Scheidung hatte ich mit ihr keinerlei Kontakt gehabt. Am Telefon war ihr Sohn Michael, der mich fragte, wer ich sei.

„Ich bin Ilse, die Abtrünnige der Familie Obermeier aus München", sagte ich. „Ah, da hab' i scho was ghört", war seine Antwort.

Ich wollte nur die Adresse von der Familie Arnold in Nürnberg. Leider konnte mir auch Michael keine Aus- kunft geben.

Tagsdarauf rief mich Lina aus Nürnberg an. Wir plau- derten eine Stunde am Telefon; nach 18 Jahren hat man sich so einiges zu erzählen. Ich hatte damals ge- dacht, wir würden uns wohl nie wieder sehen.

Heute haben wir unsere einstmals verwandtschaftliche Beziehung wieder bestärkt, besuchen uns gegenseitig und führen lange Gespräche. Man kann jemand in die Ecke stellen, aber nie wegwerfen.

Zeitgleich hatten wir in Österreich das Haus, den Grund, alles verloren. Mit den letzten paar Mark ließ ich von einem Rechtsanwalt noch Briefe an die St. Ulricher Raiffeisenbank schreiben, aber es war nur noch ein Aufbäumen vor dem großen Sturz ins Nichts. Meine Tränen versiegten. 626.000,- DM hatten wir an durch die von langer Hand geplanten Machenschaften dieser Mafiosis verloren.

Nun mußten wir alles verkaufen, unseren Wagen und Schmuck. Ich sagte zu meinem Friedl: "Wir liegen am Boden, wir stehen wieder auf, komm!"

Es ergab sich, daß Herr Ofner den Laden in der Klenzestraße 38 loshaben wollte. Josef bot Friedl, der schon 13 Jahre in der Firma war, die 50 qm mit 18.000.- DM pro Monat Umsatz an.

Er ließ ihm das bisserl Inventar an Getränken, die Kasse mußte mit 780.- DM bezahlt werden. Ich blieb weiterhin im Sporthaus Oberpollinger beschäftigt. Jeden Abend kam ich zum Friedl in den Laden, putzte, während er den PKW mit Getränken belud, um sie auszuliefern. Auf Pump kauften wir nach einem halben Jahr einen Ford Kleinbus. Die gelieferten Getränke von den Brauereien wurden am selben Tag per Bankeinzug abgebucht. Da kam Friedl wieder ins Schwimmen, worauf ich vom Karstadt 7000.- DM ohne Zinsen zu leihen nahm, was natürlich zur Tilgung in Monatsraten vom Gehalt abgezogen wurde. Mit dem Liefern nach Geschäftsabschluß nahm der

Umsatz zu. Bis um 23 Uhr lieferten wir an kleine Wirtschaften und Bars aus. Um 23 Uhr kochte ich für uns das Mittagessen. Wir steigerten den Umsatz, konnten unsere Schulden begleichen. Urlaub kannten wir freilich nicht. Aber dennoch war es schön mit meinem Friedl die Getränke auszuliefern. Neben ihm zu sitzen, wenn er meine linke Hand streichelte und tatschelte, mir gings durch und durch bis zum großen Zehen. 20 Jahre waren vergangen, und ich liebte ihn immer noch.

Inzwischen konnte Friedl den gutgehenden Laden nicht mehr alleine bewältigen. Er überredete Hansl, seinen Bruder aus Beuerberg, als Kompagnon bei ihm einzusteigen. Inzwischen belief sich der Umsatz auf 90.000.- DM. Der Laden mit seinem großen Warenangebot, vor allem auch die beim Weinbauern an der Mainschleife – im Badischen – oder an der Mosel sowie in Weißenheim in der Pfalz, selbst eingekauften deutschen Weine waren der Renner. Die Kunden hatten Vertrauen und dies war auch bei einem gutgeführten Getränkeladen ausschlaggebend. Fünf Jahre wußte jeder im Eisbachviertel, wo Getränke Fuchs war. Dies hieß, wir platzten aus allen Nähten, also mußte ein zweiter Laden angemietet werden, der sich auch ganz in der Nähe fand. 240 qm mit Keller. Ein Zehn-Jahresvertag wurde abgeschlossen und Hans stieg bei uns aus, um den neuen größeren Getränkeladen zu übernehmen. Es lief soweit ganz gut, nur Hansl kam in dieselbe Situation wie am Anfang, denn die Lieferanten buchten sofort ab. Hierbei konnte Friedl ihm unter die Arme greifen, mit Waren aller

Art die unser Neffe Michael abholte. Sie konnten in der Baaderstraße 82 sich dann auch behaupten.

Ein freundliches, liebenswürdiges Ehepaar mittleren Alters, beide sehr starke Raucher, kauften täglich ihre Getränke sowie die nötigen Nikotinstangerl. Ich hatte immer das Gefühl, hier aufpassen zu müssen, der Zigarettenschrank war ungesichert. Während einer der beiden mich ablenkte, nahm der Partner dann die Zigaretten ohne zu bezahlen. Dafür brachten sie am nächsten Tag selbstgebackene Plätzchen vom letzten Weihnachtsfest, die schon seifig schmeckten. Darauf sicherten wir mit einer Glocke das Zigarettenregal.

Im vierten Stock diesen Hauses wohnte Josef Ofners Stiefbruder mit Gattin. Die beiden waren vorher in diesem Laden angestellt gewesen. Friedl verhalf ihnen zur Wohnung im 5. Stock. Was taten die zwei? Sie boykottierten mit weiteren Mitbewohnern Friedls Getränkeladen. Sie würden weniger Miete zahlen, weil der Herr Fuchs so laut sei.

Gewiss war es viel Arbeit für Friedl und ich dachte daran, in diesem Laden auch Textilien verkaufen zu können. Der Verdruß mit den Mietern spitzte sich zu , es war kein offener, sondern verdeckter hinterhältiger Angriff. Sie machten Front gegen uns und sammelten Unterschriften. Während dies geschah, waren Friedl und ich zum erstenmal alleine 14 Tage am Neusiedler See im Urlaub. Währenddessen vertraten uns Sylvia und ihr netter Freund Otto in ihrer Urlaubszeit. Ach, haben die zwei gearbeitet, ganz brav, aber nicht ohne Bezahlung versteht sich; jeder bekam 1000.- DM.

Sylvia und Otto hatten ihre Sache aber auch so gut gemacht, daß wir den von der Paulanerbrauerei gestifteten Preis einer viertägigen Londonreise in Anspruch nehmen konnten. Es war wie eine Hochzeitsreise. Wir zwei flogen abends am Flughafen Riem ab. In London wartete eine Dame des Reisebüros Kreuzer auf uns und mit uns ankommende Reisende. Im Bus gings nach London. Im Kingstonhotel war ein Doppelzimmer für uns reserviert. Diese regnerischen, dennoch herrlichen Tage mit meinem Liebling möchte ich nie missen. Wie die Kinder sprangen wir auf die zweistöckigen Busse auf und ab. Das Wachsfigurenkabinett in der Bakerstreet, das Chinesenviertel. Friedl konnte da halbe Stunden zusehen, wie dort die Enten plattgedrückt oder geklopft wurden.
Am schönsten war das tolle Frühstück, ach, wie haben wir geschlemmt, alles wurde ausgekostet.
Zu Hause in der Klenzestraße lag inzwischen eine Kündigung von der Hausbesitzerin vor. Laut Vertrag mußten wir innerhalb von drei Monaten den Laden räumen. Dies war ein fürchterlicher Schlag. Die Mieter im Haus waren uns neidig, neidig um die Arbeit, die Friedl fast nicht mehr alleine bewältigen konnte. Zum Jahresende 1989 räumten wir den Laden. Hansl Fuchs bekam den Rest Leergut, sowie die Waren. Danach lieferte Friedl beim Hans Getränke aus. Dies ging aber nicht lange gut.
Aus einem Oberpollingerstammtisch der Kollegen im U-Geschoss heraus, wurde eine Laientheatergruppe für Münchner Mundart gegründet. Dies war das Richtige für mich, ich wollte doch immer schon auf einer Bühne stehen und spielen.

1988 wurde das Stachusbrettl mit 22 Mitgliedern gegründet. Es wurde eine tolle Truppe und das erste Stück 1989 „Oana spinnt immer" war ein Erfolg. Bei sieben Aufführungen im Augustinersaal tobte das Publikum. Inzwischen sind 12 Jahre vergangen, zwar mußten wir den Saal wechseln, aber es sind inzwischen 22 Stückl geworden, die wir dem Publikum vorführten, das immer wieder kam.

So manches Mal führte ich Regie, ansonsten war ich auf der Brettern gestanden. Es gibt nichts Schöneres als Menschen zum Lachen bringen. Mein größter Fan war Friedl. Hatte ich bei Veranstaltungen die Schönheitskönigin, Ida Schumacher oder meine Hutnummer zum Besten gegeben, Friedl saß nach den 99sten Mal noch immer begeistert klatschend zwischen den Zuschauern. Ein toller Mann! – Danke Friedl!

Sieben Jahre Kassentätigkeit im Sporthaus unter Herrn Kleffner und Herrn Leimer waren genug. Ich wollte die letzten Berufsjahre in die Modebranche hineinschnuppern. Eine Schwäche für Hüte hatte ich schon immer gehabt. So sprach ich den Abteilungsleiter Herrn Deiters an und es klappte. Anfangs waren wir drei Verkäuferinnen, nach einem Jahr war ich mit meinen Hüten allein. Daneben lag die Mantelabteilung, mit den schon zum Inventar gehörigen Kolleginnen hatte ich einen schweren Stand als Neue. Es dauerte nicht lange – dann charterte ich beim Autohaus Welz einen Bus für neun Personen, fuhr mit ihnen übers Wochende nach Niederbayern, wir hatten viel Spaß und entschieden, dass wir es wiederholen wollten. Was wir dann mit einer Wochenendreise nach Paris auch taten. Zurück zur Hutabteilung, dort hatte ich schon Stammkundinnen, nie gingen die ohne Hut aus dem Laden. Zur Kommunionszeit wollten die stolzen Eltern für die Töchter nur das Beste, das Teuerste eben. Wir waren im Lohnleistungssystem eingebunden, mir war es gerade recht.

Später zeigten die Kinder stolz ihre Kommunions-bilder her – so muß man sich seine späteren Hutkun-den ziehen. Diese Tätigkeit machte mir sehr viel Spaß, ich war glücklich. Jetzt, wo die Rente nahte, nach 46 Jahren Berufsleben, kam ich darauf, dass ich in die Modebranche hätte gehen sollen. Aber es war leider zu spät. Das Ganze blieb ein kleines Sahne-häubchen.

Am 15. 1. 1991, dem Tag meines 25-ten Jubiläums, war ich gut vorbereitet. Die Laudatio sprach ich sel-ber – hielt den Menschen im Betrieb den Spiegel vor. Ich hatte ein schwarzes Dirndl mit rotem Seidentuch und Schürze angezogen, darüber mich mit einer Stoff-schärpe geschmückt, auf der mein erster Lohnstreifen und alle Anstecker, die wir im Laufe der Zeit an der Brust tragen mußten, zu sehen war, darunter einer, auf dem zu sehen war, das ich als Mutter von zwei Kindern 223.71 DM Auszahlung bekam.

Zur Feier durfte ich 10 Kolleginnen einladen. Alles was Rang und Namen hatte war anwesend: Herr Schlonsack 1. Geschäftsführer, ich gab ihm den Spitz-namen „Großer Grauer", der ihm bis zu seiner Pen-sionierung zehn Jahre nach mir blieb. Herr Kles-singer, der klügste und beste Personalchef, dem ich je begegnet bin. Viermal habe ich die Karstadtfilialen gewechselt, er kam immer hinter mir nach. Zuletzt im

Sporthaus meinte ich zu ihm: „Jetzt bleib ich da, höchstens, ich geh in Rente und hör auf."

Darauf meinte er: „Dann geh ich auch." Das tat er auch nach 30 Jahren Karstadt. Er machte sich als Betriebsberater selbstständig.

Noch zwei Geschäftsführer waren ebenso von der Partie. Herr Schlonsack hielt die Rede – und da wars wieder auf dem Teller, die Sache mit Herrn Bertelsmann und der Prinzregententorte, und noch einige Stories mehr aus meiner Arbeitszeit. Zum Schluß erwähnte er, daß ich nun meinem Mann, der ja nicht im Osten alleine sein könne, folgen werde und somit im folgenden Jahr in die Frührente ginge! Beim kalten Büfett und Getränken nach Belieben feierten wir bis in die Nacht. Sylvia holte mich mit meinen Blumen und reichen Geschenken vom Oberpollinger ab. Mit einer großen Träne verließ ich meine geliebte Firma Karstadt.

Um mit 59 Jahren mit meinem Friedl ein neues Leben zu beginnen. Friedl konnte mich mit seiner Wolke immer begeistern, kurz – er verstand es, daß ich mich mit ihm auf diese Wolke setzte.

Leider wurde das Gebilde dünner und ließ uns aus, der Patscher auf die Erde war fürchterlich, tat auch weh!

Kapitel 19

Nachdem die Berliner Mauer gefallen war, besuchten 1990 Oma, Friedl und ich unsere ehemalige Heimat im Grenzgebiet Weferlingen. Mit uns reiste Tante Hilda, die wir von Helmstedt aus mitnahmen. Nach 50 Jahren zeigte sich uns die Heimat, genauso wie wir sie verlassen hatten.

Wie ausgestorben lagen die gepflasterten, holprigen, schmalen Straßen vor uns. Nur der Friedhof, auf dem meine Großeltern, Großtanten und Onkel ihre letzte Ruhe fanden, war gepflegt. Kein Gasthof hatte auf – wir besuchten noch Herthas Freundin, Elfriede Weber, die seit 40 Jahren gelähmt im Bett liegt und fuhren in Richtung Dähre weiter.

Dort war man ganz erstaunt über unser Kommen. Leider konnten wir von unterwegs nicht telefonieren. Wir hatten ja kein Ostgeld, um den Münzapparat zu benutzen. Dennoch waren Oskar Arens und Frau freundlich, seine Mutter, Tante Lieschen war meine Patentante. Er war Lehrer und sie Kindergärtnerin, ihre zwei Töchter studierten. Es gab viel zu erzählen, und die Nacht wurde kurz. Friedl und Oskar hatten sich zusammen einen Plan ausgedacht. Man sollte als Westler hier Fuß fassen, sagten sie, wer zu spät kommt, den straft das Leben. Der Grundgedanke war nicht so übel, aber was konnte man tun? Wieder hatte ich ein mulmiges Gefühl. Kurz um, Friedl gab Oskar den Auftrag in der Zeitung eine Anzeige aufzugeben, über ein größeres Objekt im Umkreis von Magdeburg mit 80 qm. Überraschenderweise klappte es. An einem Wochenende fuhren wir mit dem Auto über

Hannover, Braunschweig in Richtung Berlin, links nach Stendal, dort sollte Möringen sein. Neun Kilometer weiter ging es durch eine flache Landschaft mit großen unheimlichen weiten Sonnenblumenfeldern am Straßensaum, der rote Klatschmohn blühte, vermischt mit dem Blau der Kornblumen. Allerdings waren die Straßen in einem fürchterlichen Zustand.

Beide waren wir gerührt von der unverfälschten Landschaft. Ein roter Milan zog vor uns seine Bahn – sogar junge Füchse liefen unbekümmert am Straßenrand entlang. Spätnachmittags trafen wir an der Samengärtnerei ein. Vorne am Weganfang stand links das behäbige Blockhaus des Herrn Dr. Gottwald. Freundlich, doch mit großer Zurückhaltung wurden wir begrüßt, wir saßen im typischen Ost-Wohnzimmer, wie bei uns 1952 waren die Möbel fein säuberlich an der Wand entlanggereiht. Die Hausfrau, hochgewachsen und mager, ehemalige Ostschönheit servierte ganz langsam und gemächlich Wassergläser mit Apfelsaft und Wasser. Wir sprachen über die große Öffnung – etwas Politik – und unser Vorhaben, was wohl das Wichtigste war. Einen Getränkedienstgroßhandel würden wir hier eröffnen wollen. Herr Dr. Gottwald war skeptisch und der Meinung, man müsse zuerst mit dem einzigen Wirtssohn reden, einem müden, dicken, nichtssagenden vierzigjährigen Mann, der in den einzigen Gasthof zu uns an den Tisch kam. Die Unterhaltung war sehr trocken. Er meinte, dies ginge hier überhaupt nicht. Da kannte er aber meinen Friedl nicht, denn wenn ihm jemand etwas entgegensetzte, machte er es erst recht. So war es auch diesmal. Ich dachte, oh Gott, hoffentlich geht dieses Mal alles gut.

Wir fuhren am gleichen Tag zurück nach München, Friedl tätschelte im Auto wieder meine linke Hand und meinte: „Mama, da gehen wir her, werst sehen, was du für eine große Geschäftsfrau wirst."

Ich vertraute ihm und schlief während der Fahrt durch die Nacht auf der Autobahn bis München ein. Gleich kurbelte Friedl die gängigsten Brauereien an. Vom Rossbacher in Frankfurt bestellte er Wasser und Limonaden, denn diese Firma war bereit, uns auf Abzahlungsbasis einen gebrauchten Lindegabelstapler um 26000.- DM zu verkaufen. In der primitiven Halle, 28 Meter lang, 19 Meter breit, groß genug, um vier Paletten zu stapeln, mußten aus Versicherungsgründen die oberen Fenster mit Eisenstangen versehen, der hintere Eingang mit einer Eisentüre und einem Sicherheitsschloß erneuert werden.

An der Vorderfront befand sich das große verschiebbare Tor, welches ebenso gesichert werden mußte. Endlich war alles fertig. Nun konnten die Getränke geliefert werden. Zweihundert Meter weiter befand sich das einstmalige alte Herrenhaus mit seinen hohen Räumen. Links und rechts verlief in diesem Portal je eine Treppe zu den oberen Räumen, wo Schmids wohnten, der Bürgermeister von Möringen mit seiner jungen Familie, zwei Töchtern und einem Sohn. An der Wand stand ein wuchtiger, alter geschnitzter Schrank. Links davon war die Eingangstüre zu unseren „Räumen" – ohne Dusche, ohne Küche – ein Tisch mit vier Stühlen, sowie zwei nach Formaldehyd stinkende Ostkleiderschränke.

Ich dachte, diesen Geruch kennst du doch. Tante Lieschen und Onkel Oskar, wie sie bei uns in München zu

Besuch waren, hatten auch so gerochen. Damals war ich fest der Meinung, dass man sie auf der Grenze mit Desinfektionsmitteln besprüht hatte, hatte aber nie danach gefragt.

Der eine Raum war 3,50 m hoch und 26 qm groß, dort verlief am Boden eine breite Straße, große rote Ameisen – im anliegenden Raum 16 qm mit vier Fenster, flogen die Fledermäuse raus und rein und große schwarze Käfer hockten am Boden; daneben lag der Waschraum mit acht Waschbecken (es war ein Lehrlingsheim) ohne Dusche, Toiletten gabs zwei aber sie hatten keine Türen. Wir richteten uns mit unserem Schlafzimmer von München sowie Waschmaschine, Kühlschrank, Warmwasserboiler und Dusche ein. Da waren die Menschen vom Ort hilfsbereit.

„So etwas kannst du nirgends finden", meinte Friedl. Mit einem Oktoberfest nach Münchner Art eröffneten wir den Getränkegroßhandel Friedl Fuchs. Hierzu brachte ich Schweinswürstl, Leberkäs und Weißwürste mit.

Emmy und Hermann Eichstetter mit ihrem Schwager Otto kamen zum Helfen. Huib und Adri waren aus Holland angereist, um ebenfalls mitzuwirken. Cousin Herrmann Seeländer kam aus Braunschweig. So sahen die Möringer, dass wir zwei nicht alleine auf der Welt waren. Als Gäste kamen der Landrat und Bürgermeister aus Stendal und viele Ortsansässige. Freilich vor allem weil's Bier umsonst gab. Das Essen war nicht gratis. Wenn die Altmärker feiern, dann tüchtig, sie wollten tags darauf gleich weiter machen. Wir sagten nein, das ginge zu weit. Aus Wut haben dann ein paar Hitzköpfe unsere leeren 50 Liter Alufässer übern

Maschenzaun in die gläsernen Gewächshäuser von Dr. Gottwald geschmissen.

Die Fässer hatten allerdings nicht darunter gelitten. Das Geschäft lief gut an, bis Magdeburg - 60 km weit – lieferten wir drei Paletten bayerisches Bier. Die Bauern räumten ihren Schweinstall aus, weißelten und verkauften unsere Getränke. Wir machten 130.000.- DM Umsatz, wir waren stolz. Frau Schmid machte unsere Buchführung und die Firma Gröpper verkaufte in ihren Gefriergutläden unser Bier. Nur mit der Bestellung in München klappte es nie richtig, zumal wir alles per Telegramm aufgeben mußten. Ein Geschäft ohne Telefon – Herr Gröpper hatte später ein Handy, mußte jedoch weit aufs Feld fahren, um Empfang zu haben. Es war einfach vorsintflutlich, dachte ich. Das Wasser in der Wohnung war rostig, wie Kaffee lief es aus dem Wasserhahn. Wir hatten kein weißes Kleidungstück im Schrank.

Die Gasthöfe waren entweder geschlossen, schmutzig oder stinkig. Man empfahl uns das Bahnhofs-restaurant im gleichnamigen Hotel. Der Ober war arrogant und patzig. Mein Schwager Huib aus Holland, Friedel und ich steuerten im Lokal einen Dreiertisch an, der weiß eingedeckt war, nur für Hotelgäste reserviert, hieß es. Also nahmen wir einen Sechsertisch, vorne neben dem Stammtisch ein. Es kamen noch drei weitere Gäste, die der Ober an unseren Tisch platzierte. Sie rauchten, schmatzten mit dem Kaugummi im Mund, jedoch wir durften uns nicht an einen der leeren Tische setzen. Das bestellte Rumpsteak war zu klein, der Salat wie aus dem

Schweinetrog gezogen. Als der Ober abservierte, sagte ich: „Da müsst ihr aber noch viel lernen", worauf er meinte: „Ja das hören wir jeden Tag." Übrigens, an die weiß eingedeckten Tische kam während unserer Anwesenheit kein Gast.

Unserem Getränkegroßhandelsgeschäft ging es in dieser Zeit sehr schlecht. Die Leute am Ort schnitten uns teilweise, denn der paritätische Wirt hetzte die Einwohner gegen uns auf. Alles Stasileute – chaotische Zustände – sollten wir abwarten? Aber konnte man das, wenn man unter menschenunwürdigen Verhältnissen wohnte? Ohne Bad und Kochgelegenheit, in einem stinkendem Haus – dabei konnte ich es nicht einmal herausschreien – es hätte mich niemand gehört.

Sie hatten keine Ohren – keine Nasen – und auch keine Augen, denn sie waren verstümmelt worden von dem Regime, wer war denn nur der wahre Schuldige für dieses Dilemma? Und über uns der Himmel!

Die Leute waren beschäftigt und taten doch nichts. Männer liefen von früh bis spät mit dreckigen Arbeitsanzügen durch die Kleinstadt, trugen sie sogar abends in der Wirtschaft. Früh um sieben Uhr ging die Arbeitszeit an. Sie harkten – pflückten Tomaten – jäteten Unkraut. Zwölf Personen pro Tag, sieben bis sechszehn Uhr - zwölf Personen inklusive fünfundvierzig Minuten Mittagspause. Endprodukt pro Tag 155 Kilo Tomaten, pro Kilo der Verkaufspreis 1,50 D-Mark.

Ich fuhr mit dem Bus dreißig Kilometer in die „Russensiedlung", um dort bis zu den Waden im Dreck stehend die Tomaten zu verkaufen. Damals waren die hygienischen Bedingungen in den Läden so unmöglich, dass mir beim Anblick der Lebensmittel, vor allem beim Fleisch, der Appetit verging. Tageszeitungen erschienen nur an bestimmten Stunden. Eine Annonce von uns erschien nicht zu den gewünschtem Termin. 401,80 DM hatten wir vorab für diesen „Service" bezahlt. Das Telefon funktionierte damals fast nie. Falsche Verbindungen, ständiges Belegtzeichen – oder die Störungsstelle meldete sich. Unsere Getränkebestellungen gaben wir per Telegramm auf. Die Straßen waren in sehr schlechtem Zustand, die Städte waren vollkommen heruntergekommen. Das Finanzamt zum Lachen: Die dort sitzenden Damen führten nur Privatgespräche – Kaffeetassen, Obst, Plätzchen und Deckchen auf den Schreibtischen. Keine wusste Bescheid, es dauerte eine volle Stunde, bis ich einen leeren Antrag erhielt.
Beim Gewerbeamt ging alles reibungsloser. Eine junge hübsche schwarzhaarige Frau war mir sehr behilflich.
Des öfteren passierte es mir während des Duschens, daß das Wasser plötzlich weg war und ich dann eingeseift dastand. Zum Glück hatten wir eine Kasten Mineralwasser in der Wohnung stehen. So schüttete ich das kostbare Nass über meinen Körper, auch kein schlechtes Gefühl, jedoch zu teuer.

Einer unserer Großkunden ließ uns mit der Bezahlung der Rechnungen warten. Es vergingen Wochen, dann telefonierte ich – sie versicherten mir, es sei bereits überwiesen. Wo waren die vierzigtausend DM, wo waren die fünfunddreißigtausend DM? Nachfrage bei der Dresdner Bank in Stendahl – dort zog man nur die Schultern hoch – die Zahlungen gingen alle über die Zentrale in Berlin – sechs Wochen? Aha, das ist wohl die Drehscheibe und von uns verlangten sie für die Kontoüberziehung siebzehn Prozent Zinsen. Dies war ein schlechter Anfang, trotz guter Aufträge. Es waren die Banken, die alles blockierten. Wer oder was war dahinter? Die Finger schrieb ich mir wund, wie z. B. an den Vorstand dieser Bank in Frankfurt, außerdem an die Regierung z. B. Herrn Graf Lambsdorf. Auch an das Kartellamt in Berlin gingen meine Schreiben. Die Antwort erhielt ich, aber nichts Positives – sicher lachten sie uns aus – vorgeführt wurden wir. Diese Verzögerungen haben schließlich vielen die Existenz vernichtet, vor allem beim Mittelstand. Unser Steuerberater in München, den Umsatz sehend, meinte, es ginge doch gut an. Aber die Umstände? Der Faden ging nicht durchs Nadelöhr.

Als Geschäftsfrau wurde ich Mitglied im Sportclub. Dienstags trainierten wir. Anschließend gingen wir Frauen nur für fünfundvierzig Minuten auf ein Bier zum einzigen Wirt am Ort, der uns um zehn Uhr rausschmiss. Er machte pünktlich um zehn Uhr seinen Gasthof zu. Die sogen. „Roten Socken", teilweise ehemalige hohe Offiziere, welche wohl die nie gefundenen Millionen DM besaßen, machten uns schwer zu schaffen, denn in einer verfallenen Halle, der Boden verdreckt, Löcher, wo der Kies rauskam. Dort verkauften sie Getränke, unterboten uns mit ihren Billigstpreisen. Zum Beispiel bei Coca - Cola kostete der Träger im Einkauf 16,39 DM. Diese „roten Socken" verscherbelten den Kasten um 16,29 DM. So machten sie das auch mit den anderen Getränken, die wir in unserem Geschäft auch führten. Jedoch das von mir angeschriebene Kartellamt in Berlin, antwortete, dies sei alles in Ordnung. Daraufhin beschloss Friedel, eigene Getränkeläden mit Lebensmitteln einzurichten. Er wollte das langsam sinkende Schiff noch umsteuern.

Mit Herrn Schmid, dem Bürgermeister von Möringen, der mittlerweile seinen langen schwarzen Bart geschnitten hatte, fuhr Friedrich durch die Gegend und hielt nach Läden Ausschau. In Mieste war der erste gefunden. Sehr gute Lage, gleich drei Strassen liefen dort zusammen. Aber - ... diese alte Rumpelkammer musste erst entsorgt, komplett umgebaut, dass heißt eine neue Decke eingezogen, sowie neue Fliesen und eine Holzverkleidung verlegt werden.

Neun Männer, die Friedrich schon für sich gewinnen konnte, fuhren mit ihm am Wochenende nach Mieste, um den Laden umzubauen. Hinter diesem Laden befand sich das Haus des Enkels des Besitzers. Dort konnten wir zunächst Wasser und Strom für den Umbau zapfen. Dem Besitzer machten wir aber deutlich klar, dass er eine Wasserleitung zu legen hatte. Strom erhielten wir gleich, mit dem Wasser ließ er sich Zeit. Inzwischen wurde der mit neunundzwanzigtausend DM ausgebaute Laden, mit seinen neuen Schaufenstern und neuem Windfangeingang, eröffnet.

Tiefkühlkost hatten wir zur Erweiterung des Warenangebots aufgenommen. Nur hatten wir keine Toilette, es war kein Wasseranschluss dafür vorhanden. Worauf der Besitzer – 86 Jahre alt – meinte: „Meine Verkäufer sind alle da hinten auf die Trockentoilette gegangen."
„Aber meine nicht", entgegnete ich ihm.
Diesen Getränkeladen musste ich selbst führen und ich behalf mir mit einer Campingtoilette. Ich musste täglich 47 Kilometer von Möringen nach Mieste fahren und von 8 Uhr bis 18 Uhr 30 dort arbeiten. Vor dem Geschäft war ein Fahnenmast. Am Morgen zog ich die Paulanerfahne hoch. Auf große schwarze Tafeln schrieb ich die täglichen Angebote. Auf einem Tapeziertisch vor dem Laden wollte ich hundert Jeans verkaufen. Nichts ging! Ein junger Mann wollte auch Getränke verkaufen und von mir die Ware beziehen. Zwei Kilometer von Mieste entfernt war ein Jugendheim. Der kleine Ort hatte fünfzig Leute. Gut, ich machte den „Deal."
Obwohl bei diesem Mann die Hühner auf dem Küchentisch herumliefen, alles verdreckt war, fuhren die Leute an unserem Geschäft vorbei und kauften dort ein. Sein Geschäft lief so gut, dass er wöchentlich circa tausendsechshundert DM bei mir Ware einkaufte. Ich bekam allmählich das Gefühl: „Aha, bei den Westlern kauft man nicht ein."

Mieste lag von der damaligen Grenze nur 16 Kilometer entfernt und war ein Ort nur für sogen. Linientreue der ehemaligen DDR.

Ich war verzweifelt. Ich suchte im Laden eine Stelle, um einen Nagel dort einzuschlagen, damit ich mich daran aufhängen konnte. Jetzt mussten wir den Laden aufgeben, aber unser Geld für den Umbau war verloren – der Besitzer zahlte nichts. Jetzt galt es jemanden zu finden. Am Ort war ein Metzger. Er löste uns aus der Pacht, wobei er viel Gezeter mit dem alten Mann, dem sturen Besitzer hatte. Zwischen den beiden waren offensichtlich alte Rechnungen aus der Stasizeit noch offen. Der Metzger zahlte uns schließlich sechsundzwanzigtausend DM aus. Es hat lange gedauert bis wir dies dringend benötigte Geld in den Händen hatten.

Dieser Reinfall konnte Friedel nicht davon abhalten, noch weitere fünf Getränkeläden mit Lebensmitteln kostspielig umzubauen. Anschließend wurden sie mit großem „Klamau" sowie Presse eröffnet.

Leider stellte sich jedoch heraus, dass in allen Filialen das Verkaufspersonal zum Teil nicht ehrlich war. Zum Beispiel in einem Ort an der Elbe hatten wir eine Verkäuferin eingestellt, die vorher in einer Scheunendurchfahrt Lebensmittel verkaufte. Dies wurde ihr aber vom Gewerbeamt Stendahl verboten. So lag es nahe, dass sie in unserem renovierten ehemaligen Coop-Laden (850.- DM Miete) angestellt wurde.

Bei meinem Kontrollgang durch dieses Geschäft war ich überrascht, als ein Bierfahrer der Magdeburger Brauerei mich fragte, wohin er das Bier stellen sollte.

Ich hatte jedoch keines bestellt. Ohne unser Wissen hatte diese Verkäuferin die Bierbestellung auf unseren Namen gemacht. Diese sollte eigentlich in ihr Haus geliefert werden. Während einer Mittagspause beobachtete ich dann zufällig, wie sie aus unserem Laden Waren in ihren Keller selbst dorthin fuhr. Am Tag darauf stellte ich abends fest, dass unsere Mitarbeiterin nach Feierabend an die Dorfbewohner unsere Ware von ihrem Keller aus verkaufte. Clevere Frau, aber zu unserem Nachteil. Daraufhin gaben wir gezwungenermaßen dieses Geschäft auf.

Ich hatte auch noch Begegnungen besonderer Art. Als ich täglich 48 km in unseren Schwissauer Laden fuhr, um dort eine 14-tägige Urlaubsvertretung zu machen, durchfuhr ich eine herrliche voll blühende Kirschbaumallee. Früher konnten sich die Leute vom Ort einen Kirschbaum für sich nehmen und ernten. Eines Tages fuhr ich wieder diese Strecke, die dunkelroten Kirschen lachten von den Bäumen. Da überkam es mich, kurz den Wagen anzuhalten, um mir ein paar Kirschen zu pflücken: Oh weh, ich war zu klein, trotz des öfteren Hüpfens war es mir nicht gegönnt eine Frucht zu ernten.

Plötzlich hielt vor mir ein VW-Bus von der Straßenmeisterei. Der Fahrer stieg aus. Wir wünschten uns beide einen guten Morgen. Dann meinte er: „Hier, wenn man Kirschen pflücken will, sollte man schon eine Leiter nehmen!"

„Ach entkam es mir, ich wollte ja nur zwei davon."

Er meinte: „Sie haben hier den Ast abgebrochen und ich zeige Sie wegen Baumfrevel an."

„Was ich?"

Darauf er: „Ich habe sie von hinten beobachtet, sie sind öfters gehüpft."

„Nein, ich konnte den Ast ja gar nicht erreichen."

„Na ja, deshalb", meinte er mit einem Seitenblick auf meine Münchner Autonummer und mit erhobener Stimme kam's aus ihm heraus: „Hier, übrigens jetzt seid Ihr dran – wir haben vierzig Jahre für Euch geschuftet für nichts und Ihr sollt alle verrecken."

Vor Wut platzte mir der Kragen. Ich packte diesen Herrn oben bei seiner Latzhose, lauthals kam's aus mir heraus: „Du bist ja a Stasi! Schau, dass Du weiter kommst, sonst vergess` ich, dass ich eine Dame bin."

Worauf er sagte: „Hier, das haben jetzt meine Kollegen mitgehört, denn mein Funk ist eingeschaltet."

„Schau bloß, dass die verrollst", war meine mutige Antwort. Jeder stieg mit hochrotem Kopf in sein Auto und fuhr weg.

Durch Zufall fand ich heraus, dass meine Kusine Edith nur fünf Kilometer von Möhringen entfernt lebte. Dies hatte ich 55 Jahre nicht gewußt. Sie und ihre große Familie vermittelten mir ein anderes Bild. Als wir uns wieder trafen, hatten wir uns sehr viel zu erzählen. Sie war von ihrer schweren Zuckerkrankheit sehr mitgenommen. Da sitzt man dann zusammen, jeder gezeichnet vom Leben, erzählt sich was, geht auseinander, dabei gäb´ s noch so viel zu plaudern, aber man muss Adieu sagen! Eines Tages ist es zu spät, dann kann man sich nichts mehr sagen.

Was ich aber doch sagen muss, was ich beobachtet habe, was ich persönlich erlebt habe: Wir kleinen Leute aus dem Westen versuchten im Osten Geschäfte aufzubauen, rechneten aber nicht mit dem Widerstand eines zwar aufgehobenen, aber noch immer in den Köpfen existierenden Systems, das diesen Aufbau verhinderte. Wir hatten alles auf eine Karte gesetzt nach dem Motto: „Wer zu spät kommt, den bestraft das Leben", und es angepackt.

Hatten wir zu früh gehandelt? Ständig wurden uns Prügel in den Weg gelegt, womit wir nicht gerechnet hatten. Acht Einbrüche gab es in unsere Geschäfte, die uns mit vielen anderen Unannehmlichkeiten schließlich ruinierten..

Andererseits konnten sich die Menschen da drüben aber auch nicht genügend gegen das westliche Denken wehren und wurden davon zu schnell überrollt, auch teilweise übervorteilt.

Ich weiß, dass die Liebe zwischen Friedel und mir uns geholfen hat, in einem Alter, in dem andere in den Ruhestand gehen, nochmals in München in unserer noch bestehenden kleinen Wohnung, ein neues Leben anzufangen.

Friedel war endlich wieder bei mir in München! Eine schlimme Zeit hatte er hinter sich. Die vielen Geschäftsauflösungen! Ich empfing ihn mit einem neu eingerichteten Schlafzimmer in weiß, mit französischem Bett und vier Meter langem Schrank. Mein Schatz fand es toll und wir genossen es auch, wie sich dies für Eheleute gehörte, die sich seit achtundzwanzig Jahren liebten. Leider hatten wir wieder alles verloren, sogar Friedels private Altersversorgung, die die Dresdner Bank als Sicherheit für unseren Kredit eingezogen hatte. Nichts blieb uns außer Schulden.

Diesmal traf es uns besonders schwer, da wir uns nichts mehr erarbeiten konnten.

Friedel half bei seinem Bruder im Getränkeladen, fuhr sogar noch die Bierkästen aus, schleppte sie oft bis in den fünften Stock. Er war jedoch für diese schwere Arbeit nicht mehr jung genug. Mit diesem sauer verdientem Geld und meiner kleinen Rente kauften wir bei „Hin- und Mit" eine günstige Fertigküche. Friedel und unser Nachbar Mirko bauten sie ein. Wunderbar sah sie aus. Ich sagte: „Friedel, du bist ein toller Mann, ich möchte Dich auf ein Postamentel stellen, um Dich anzubeten."

Kapitel 20

Zu unser aller Freude, denn der ganzen Familie gefiel sie, war unsere Bauernstubenküche fertig. Echtes Lärchenholz, die Anrichte in U-Form. Friedl ließ seiner Fantasie freien Lauf. Hinter der Sitzecke brachte er eine Holzwand an, die er bis über den Eingang des kleinen Zimmers auslaufen ließ. Es sah so gut aus, richtig gemütlich. Nun war unsere Puppenstube ringsherum renoviert, und wir konnten so dem wohlverdienten Ruhestand entgegensehen. Hansl brauchte Friedl immer noch im Geschäft, denn auf meinen Friedl war eben Verlaß.

Meine Mama fing plötzlich an alt zu werden und dies mit 97 Jahren. Ach, wie war doch diesmal die Sylvesterfeier und ihr Geburtstag schön. Herrmann aus Braunschweig, er hatte uns für Stendal 10.000.- DM geliehen, war mit seiner neuen Freundin Edna gekommen, eine sehr nette Persönlichkeit. Ich habe sie sofort in mein Herz geschlossen. Und ihr meine gesammelten Hüte, 36 Stück vorgeführt, ihr gleich einen dunkelbraunen mit weitem Rand geschenkt, gerade der Richtige für eine Wirschaftslehrerin. Na, sie paßte zu ihm, dem Mathematik- und Deutschlehrer. Ich hatte eine Gulaschsuppe gekocht, die sehr gut ankam. Bärbel war mit Julia auch anwesend, nur Barbara wollte bei ihrer Freundin Dagi Sylvester feiern. Zu Weihnachten schenkten Friedl und ich uns eine Filmkamera. Zum Glück kannte Herrmann sich mit so einem Apparat aus, so filmte er Friedl und mich beim Tanzen.

Wir tanzten wie Jungverliebte, er hielt meine Hand ganz fest und als die Melodie zu Ende war, tatschelte er wieder meine Hand und sagte: "Schatzilein."
Mir gings durch und durch.

Das blieb von den anderen Anwesenden wie Ingrid und Margarete Berger, die lieben Nachbarinnen, sowie Brigittchen, meiner Freundin, nicht unbeobachtet. Mit Sekt und vielen Bussis begrüßten wir das neue Jahr. Was würde es wohl bringen?

Wie immer wurde nun Blei gegossen. Zu gerne übernahm ich das Orakeln. Oma schüttete das heiße Blei ins kalte Wasser, es zersprang in lauter kleine Teile. Ich dachte, Mama, du hast den Löffel nicht richtig gehalten. Friedl, mein Liebling, war der Nächste. Bei ihm geschah, genau wie bei meiner Mutter, dasselbe: Lauter kleine Teilchen, keine Figur entstand, nichts. Ich goss ein Segelschiff.

Später kam Bärbel von ihrer Sylvesterfeier, es hatte ihr nicht so behagt und sie gratulierte allen. Gegen halb drei löste sich die muntere Gesellschaft auf.

Als wir morgens aufstanden, hatte Mama schon alle Gläser gewaschen, toll, das tat sie alle Neujahrsmorgen. Denn schon um 11 Uhr kam der erste Gratulant vom Kirchenrat. Friedl machte sich an diesem Neujahrstag gleich in der Küche zu schaffen, um seinen beliebten Apfel- und Topfenstrudel zu backen. Denn nachmittags erwarteten wir Mamas Geburtstagsgäste, über zwanzig Personen. In den zwei nebeneinander liegenden Wohnungen funktionierte dies schon. In drei Räumen deckte ich den Kaffeetisch. Sylvia brachte noch zur Abrundung eine selbstgebackene

Torte mit. Meine Mutter stand wieder im Mittelpunkt, und das tat ihr gut.

Selbstverständlich durften all die lieben Freunde nicht fehlen, wie Emmy und Herrmann. Ihr tat Friedl extra viel von seinem Strudel auf den Teller mit der Bemerkung: „Kriagts koan mehr. Iß nur" Rosi und Walter, ebenso vom Strudel verwöhnt, bestellten anläßlich des ehemaligen Treffens der Kollegen vom Oberpollinger am 11.1. beim Friedl eine ganze Reine voller Strudel. Was er auch mit Liebe backte. Liesl Fiering mit ihrer Schwester Lucia ließen sich den Tee und Kaffee sowie den Strudl gut schmecken. Gustl und Bibi Kreuzpaintner, alte Freunde von 1947 waren ebenso zum Kaffee da. Schön, wenn man Freunde hat. Friedl hatte wieder seine Freunde, mit denen er schon seit Jahren in seiner Vorstellung nach Neuseeland auswandern wollte, eine Blockhütte hatten sie schon vor Jahren gebaut, nun kamen die Schafe, die sie dann selber scheren wollten, dann Schlachten und das Fleisch verkaufen. Es war eine Hetz' und eine Gaudi, jeder brachte andere brauchbare Argumente - nur uns Frauen wollte keiner dabei haben - wieso denn nur? War das nur Männersache?

Mein zukünftiger Schwiegersohn Alex hatte Auto-lackiererei gelernt, übernahm eine Werkstatt in der Fasanerie, die er vollkommen renovierte, Nun lag es an ihm, den Meisterbrief zu machen. Er tat sich sehr viel Streß auf - der eigene Betrieb und fast täglich mußte er noch nach Regensburg fahren. Am 18. Januar war es soweit, er bestand die Prüfung, die Fa-milie war erleichtert. Schließlich war es ja nicht einfach. Es gab in der Werkstatt an der Trollblumenstraße eine tolle Feier, zu der ich einen riesengroßen Topf Gulaschsuppe und ein halbes Spanferkel mit Beilagen spendierte. Ich war einfach stolz auf diesen tüchtigen Mann.

Am Tisch gegenüber saß Herr Maier von der Allianz. Friedl nahm meine Hand, tatschelte sie und sagte: "Mama, ich bin ja so froh, daß er es geschafft hat. Dieser Alex weiß, was er will und wirst sehen, demnächst heiratet unsere Sylvia."

Wie alle Mütter dachte ich, hoffentlich hast du recht.

Maxl, unser zweijähriger Enkel war der große Liebling des Abends, unter den Gästen von verschiedenen Autofirmen, Kunden wie Freunden und Verwandten, war dies sein erster Auftritt. Ingrid Baasner, und noch zwei weitere Freundinnen von Sylvia halfen tüchtig mit, die Theke und das Servieren klappten einmalig.

Am Tag darauf, Sonntag früh holten wir das Leergut die Biertischgarnituren, Gläser, Tassen und Töpfe in der noch geschmückten Werkstatt ab. Ich staunte über meinen Friedl, wie er das noch volle 30 Literfaß in den Bus wuchtete. Bärbel indes wohnte inzwischen bei ihrem Freund Jürgen in Hetzlinshofen, wo sie mit Julia glücklich war. Sie kam nur noch selten nach München, höchstens zu besonderen Anlässen.

Beim Stachusbrettl probten wir im Löwenbräukeller für ein neues Stückl, in dem ich wieder einer meiner Lieblingsrollen spielen konnte.

Mir fiel auf, dass Friedl so ruhig war. Seit dem letzten Besuch am 11.1. bei Rosa. Auf meine Frage, was denn sei, sagte er: „Mamaaa, geh nichts."

Er schwitzte nachts fürchterlich, patschnaß war sein Schlafanzug, mit Schweiß getränkt. Aber Friedl blieb

ruhig - so ruhig hatte ich Friedl in den 32 Jahren noch
nie erlebt. Nach den Theaterproben saßen die Schauspieler gewöhnlich noch auf ein Bier zusammen, mich
aber zog es heim. Friedl fragte dann immer: "Mama
bist scho wieder dahoam?"
„Ja, ich will bei dir sein!" antwortete ich.
Es war Faschingssamstag, da war im Löwenbräu ein
Ball. Wir saßen vorm Fernsehen, es war 21 Uhr, ich
sagte: "So jetzt geh ich auf diesen Ball." Es war nur
ein Scherz. Friedl aber fragte: "Schaugst du dir danach um an Andern?"
„Geh Liebling, ich hab ja nur dich", sagte ich und
nahm ihn dabei in den Arm.
Friedl schaute zur Seite und sagte: "Ja mei."
Um 12 Uhr 30 ging ich zu Bett, war müde. Friedl
bleib noch wach, hatte sich noch ein Glaserl Rotwein
eingeschenkt. Um 2 Uhr 10 kam er ebenfalls nach.
In der Nacht schmiegte ich mich noch an ihn, meine
Füße zwischen seinen Knien, dann rutschte ich mit
einem Gute-Nacht-Kuß in mein Bett zurück. Um 6
Uhr 20 wurde ich wach, ging ins Bad, sah, daß Friedl
ohne seinem obligatorischen Mützli lag, setzte sie ihm
wieder auf, wobei er immer wieder im Schlaf seinen
Kopf hob. Ich mußte schmunzeln, er drehte sich dabei
um, ich deckte seinen Rücken noch besser zu, denn es
war kalt.
„So, jetzt schlaf ma no a bisserl", waren meine letzten
Worte. Um 10 Uhr am Sonntag wachte ich, Sonnenlicht durchbrach die altrosa Vorhänge, Friedl schlief,
ich ging leise raus, setzte Wasser für Tee auf, begann,
den Frühstückstisch zu decken. Danach ging ich ins
Schlafzimmer, riß die Vorhänge auf mit den Worten:

"Friedl, willst heut gar ned aufstehn? Der Frühstückstisch ist fertig."

Ich schau aufs Bett. Mein Friedl - ganz blau im Gesicht - ich gleich über ihm - er gab keine Antwort, ich schrie: „Friedl Fuchs!" machte Mund zu Mund, aber er hatte seine Zähne zusammengebissen - massierte sein Herz - lief zur Omi – schrie: „Friedl, Friedl!" rief den Notdienst an, dann Sylvia – „Papa ist ganz blau." Als das Mädel die Treppe raufkam, sagte ich: "Es ist zu spät. Dein Papa ist tot."

Tot, mein geliebter Friedl hatte sich aus unserem Lotterbett geschlichen, mein Schatz, ich war wie gelähmt, als Hans und Inge kamen - die Nachbarn - alle konnten es nicht fassen.

Wieder dieser Mühlenstein. Oh Gott, warum?

Meine Mutter sprach nie mehr ein Wort über Friedl nach seinem Tod. Ich bekam Beruhigungsspritzen.

Zur Beisetzung kamen alle Geschwister Friedls und seine Nichten und Neffen. An mir ging diese Erdbestattung meiner großen Liebe vorbei wie ein Film. Es tat sich ein großes schwarzes Loch auf.

Obwohl Friedl katholisch war, sprach am Grab der Pfarrer von unserer evang. Kirche die Grabrede. Die Menschen waren alle ergriffen.

Liebesbrief an einen toten, einst geliebten Mann, April 1997

Mein lieber Friedl,
seit du dich am 2.2.97 zwischen 6 Uhr 10 und 10 Uhr ganz still und klamm heimlich aus unserem gemeinsamen Bett geschlichen hattest, bin ich sehr, sehr traurig – dass du vor mir gegangen bist, das geht doch nicht. Was hast du dir dabei gedacht? Ist das Liebe?
Ja, ja ich weiß, der liebe Gott hat dich zu sich gerufen oder war es irgend eine andere höhere Gewalt? Wir wissen es nicht.
Das eine weiß ich - du hattest mich geliebt, um meiner selber Willen, so wie ich dich auch liebte und noch liebe. Kein Tag vergeht, ohne daß ich deinen Namen nenne, dich rufe, Friedl, Friedl!
Warum nur hatte man uns nach 32 Jahren getrennt, die so schön waren? Was steckt hinter allem?
Nie, daß wir uns stritten, nie ein böses Wort, nie kam eins aus deinem Munde, nur Güte brachtest du mir entgegen. Und das durfte ich haben 32 Jahre lang!
Ach, wie hatten wir doch gekämpft um alles, um jeden Pfennig, und doch hatten wir alles verloren, nur unsere Liebe nicht.
Die Töchter gingen aus dem Haus, wir konnten nichts mehr für sie tun, denn sie gingen ihre eigenen Wege und das ist gut so, denn so soll es auch sein. Ein jeder muß seinen eigenen Weg suchen und finden - wir mußten es auch. Ja freilich, ich saß wie eine Glucke auf meinen Mädels, aber so ists eben. Die Mutter!
Leicht werden sie zu Übermüttern und da sind wir beim Thema, sind Väter keine Überväter? Du hattest

ja auch alles, aber auch alles für deine Mädels getan, nichts war dir zu viel. Die Bürde, die dir aufgetan wurde, war sie zuviel?

Du wolltest das Haus, hattest es gut gemeint, deine große Kraft eingesetzt, und ich stand auch zu dir, machte alles mit, was auch kam. Nächte lagen wir wach und engumschlungen weinten wir beide uns doch in den wohligen Schlaf. Am Morgen wachten wir mit denselben Sorgen und Nöten auf, und keiner, aber auch keiner half uns. Im Gegenteil, dir kündigte man den Laden – gut, sagtest du damals, und dachtest nicht daran, daß ich ab 92 in die Rente komme und dir dann geholfen hätte - ja hätte - hätte - vorbei - AUS. Oh, es gäbe soviel zu sagen, aber du hörst es nicht mehr, darum bringe ich meine Gedanken, das was ich dir noch sagen wollte, zu Papier. Oh Friedl, Friedl, ich liebe dich - kommen wir wieder zusammen? Gibt es das? Enttäusche mich bitte nicht. Oder bin ich egoistisch, wenn ich sage, ich will mit dir auf ewig zusammen sein.

Letzte Nacht hatte ich so schlecht geträumt, ich hatte für dich ein Grab angeschaut und abgemessen, damit du - ich meine dein Körper, Platz hat – komisch war das.

Dabei stehe ich doch fast jeden Tag an deinem Grab. Oh Friedl, ich bin sehr, sehr traurig. Omi macht mir auch jeden Tag zu schaffen. Na, du kennst die Sache ja, und weißt wovon ich spreche. Heute wollte sie sogar den ganzen Tag über liegenbleiben, aber um 14 Uhr war dann doch Schluß damit und sie ist doch aufgestanden, hat sich gewaschen und angezogen. Ingrid war heute mit Kathi auch beim Essen bei mir,

Schweinsbraten mit Knödl und amerikanischen Salat und Pudding als Nachspeise gab es. Kaffee und Eierlikörkuchen, fein hat es geschmeckt, sagten alle, und ich freute mich umso mehr.

Später sagte man mir, daß über 100 Leute bei der Beerdigung waren. Friedl war ein großartiger Mann. Auf seinem Grabstein ließ ich schreiben: Vom ersten Kuß bis zum Grab nur Liebes sagen! Er liegt in der ersten Reihe, denn im Leben lief er stets in der dritten Reihe aus Bescheidenheit. Jeder soll wissen, daß hier ein großartiger Mann seine letzte Ruhestätte gefunden hat. Und die Liebe währet ewiglich.

Meine Töchter nahmen sich rührend meiner an. Sylvia, Alex und Kinder nahmen mich zu Pfingsten mit nach Italien an den Gardasee, wo wir in Limoni vor Jahren mit Familie Fiering und den Kinder 13 Tage Urlaub in einem herrlichen Haus hoch oben auf Riva schauend eine schöne Zeit verbrachten. Da saß ich am Ufer des Gardasees, schaute zu den Bergen, und meine Tränen wollten kein Ende nehmen.

Ich stürzte mich in die Arbeit, jeden Ausschank von Brauereien nahm ich an, wollte Menschen um mich haben. Dieses Mal allerdings spielte ich nicht am Theater, ich konnte einfach nicht. Jedoch der Stachusbrettl-Verein war ein Netz, dass mich ein wenig auffing. Es waren Leute, die Friedl alle kannten, und dies tat gut.

Ausserdem hatte ich mein Großmutterpflichten zu erfüllen, mußte auf Julia aufpassen, wenn sie bei mir in München sein durfte, oder auf Maxl sehen, wenn seine Eltern ein paar Tage verreisten. Ach, und wie schön wir dann immer spielen oder auf der Holztreppe vom 1.Stock runterrutschten, herrlich. Maxl ist, so meine ich, musikalisch, und dies sollte gefördert werden, so bekam er zum Geburtstag seine erste Gitarre überreicht vom Clown Charly Rivel, in den ich geschlüpft war.

Meine Mama wollte, obwohl sie gerne im Sommer drunten im Garten saß, gar nicht mehr hinausgehen, aber ich sagte: „Mama, die Luft tut dir doch gutkomm." Ich hakte sie unter und dann gings in den für sie hergerichteten bequemen Liegestuhl – da fand sie es auch wieder schön - die Nachbarn kamen zu ihr, sprachen ein wenig mit ihr. Nur hören, das konnte sie nicht mehr gut, so fuhr uns mein Nachbar Herr Schumacher zur Ohrenärztin, denn Mamm saß schon im Rollstuhl, der war so schwer zu Schieben, so half dieser junge Lehrer, der außerdem auch froh war, daß Omi ein Hörgerät bekam, da sie ihren Fernseher immer zu laut aufgedreht hatte. Mit diesem Gerät hatte Oma nun auch ihre Freude. Das sollte Friedl wissen, immer war es ihm ein Dorn im Auge, wenn sie den Fernseher zu laut aufdrehte. Eines Tages kam ich in ihre Wohnung, sie saß am Bettrand und flehte: "Mama, hole mich doch bitte Mama".

Sie tat mir so leid - ich tat doch alles für meine liebe Mama.

Dr. Timmerer, mein Arzt kam alle 14 Tage von der Dachauerstraße zu Omi, um sie zu untersuchen und Tabletten zu verschreiben. Plötzlich hatte sie morgens ihren Tee nicht getrunken, sie brachte nichts mehr runter. Ich hatte Angst, sie würde austrocknen, rief den Arzt an, der sofort sagte, daß Mami ins Krankenhaus soll.

Ich rief meine Cousine in Trier an, die sogleich mit Karl Richard ihrem Mann kam und Ottchen meinem Bruder in Hamburg, denn ich hatte kein gutes Gefühl. Fünf Tage Krankenhaus und der diensthabende Arzt wollte meine Mutter rausschmeißen, weil sie nichts mehr aß und trank. Die Flaschen hatte man ihr weggenommen. Ich sorgte sofort für ein Krankenbett und Versorgung für zu Hause. Dann rief ich im Krankenhaus an, daß sie nun meine Mutter mit dem Krankenwagen schicken könnten. Dies war morgens 11 Uhr. Ich reklamierte nach Stunden, wo meine Mutter bliebe.

„Ja, jetzt steht momentan kein Wagen zur Verfügung."

Um 20 Uhr kam ein junger Mann vom Roten Kreuz, fragte: "Sind sie die Tochter von Frau Jordan?" Ich sagte:"Ja, tun sies mir rauf, es ist schon alles gerichtet"

Er schaute mich ganz erstaunt an. Ich fragte: "Oder ist euch im Auto mit ihr was passiert?" Sie hatte einen Herzstillstand.

Meine Mutter, mit der ich 65 Jahre meines Lebens verbrachte, ist ohne mich in so einem Krankenwagen gestorben?!

Meine arme Mama!

Nun wußte ich, warum die beiden beim Bleigießen nichts hatten, alles war zersprengt, wie ihre Herzen zersprangen. Oder wars nur reiner Zufall?

Bei meinem letzten Besuch in Den Haag, anläßlich Huibs Beerdigung nahm ich vom Strand in Scheveningen, ihrem Lieblingplatz einen mit Sand gefüllten Sack mit nach München und streute den Sand auf ihr Grab. Und ich weiß, daß ihr das recht ist.

Nur mit Otto, ihren heißgeliebten Sohn hatte ich eine große Auseinandersetzung.

Er zahlte für seinen Kranz nichts, weder für die Bestattung, den Leichentrunk, noch für die Wohnungsauflösung. Dieser aufgeblasene Angeber und Schmarotzer. So enttäuscht hat mich noch nie jemand. Meine Töchter mochten ihren Onkel nie. Kinder sagen die Wahrheit.

Und wo ich auch hinsehe, wenn die Eltern tot sind, streiten sich ihre Kinder, es ist schon seltsam.

Nun habe ich beide, die ich so liebte, verloren, und ich mußte den Weg weitergehen und zwar ganz allein.

Wenn ich von meinen Kindern gerufen werden bin ich für sie da.

Aber ansonsten werde ich mir mein Leben so gestalten, daß ich das tue, was ich gerne mache. Mich gesund halten, etwas Sport treiben, Bergwandern, Schwimmen und Radlfahren.

Manchesmal aber auch stehen bleiben und kurz verweilen. Sich mal fallen lassen und als Christin daran denken, daß es immer noch einen Herrgott gibt, der dich nie verläßt.

Friedls Berghex Hilde Krinke aus Erding, mit der er die großen Bergtouren unternahm, lud mich öfters zum Bergwandern ein. Wir sind zu viert oder fünft, und das ist ein schöne Abwechslung. Nur mein rechtes Knie machte nicht mehr mit. Genauso mußte ich wegen dieser schweren Arthrose das Radlfahren aufgeben.

Nun bin ich froh, wenigstens ein Auto zu besitzen, um beweglich zu sein.

Bärbel bekam am 9.März 1998 einen Sohn, den sie normal im Memminger Krankenhaus entbunden hatte – ich war am nächsten Tag gleich bei ihr. Oh, was für ein lieber Junge war das, und er hatte diese schönen blauen Augen. Bärbel und Jürgen waren glücklich, einen Sohn zu haben. Julia freute sich über ihren kleinen Bruder. Ebenso erfreut über den familiären Nachwuchs war Jürgens achtzigjährige Tante, die Hausbesitzerin, wo die jungen Leute das 1. Stockwerk bewohnten.

Nun war mein drittes Enkerl geboren und ich lehnte mich beruhigt in den Großmutterstuhl zurück.

Halt, da war doch noch etwas!? War dies alles? Man hat gesagt, ich sei ein Vollblutweib und diejenigen haben Recht mit ihrer Behauptung. So rief ich eines Tages Fritz in Kitzbühl an, den ich von den Gemischtsaunagängen kannte, die Friedl und ich besuchten. Fritz war ein netter, zehn Jahre jüngerer Mann, 1,80 Meter groß, mit vollem dunklem Haar und einer warmherzigen Stimme - ob wir uns mal treffen können, fragte er am Telefon. Ich sagte gleich zu: Und ein paar Tage später saß ich im Zug Richtung Kitzbühl. Wir gingen zusammen spazieren, er zeigte mir einige Sehenswürdigkeiten, danach gingen wir zu ihm in die Wohnung. Es war ein herrlicher Abend, denn er hatte alles gut vorbereitet, kalte gemischte Wurst und Schinkenplatte, mit allem was dazugehört. Wir tranken Wein und erzählten viel.

Am Morgen das Frühstück hatte er toll für uns zurecht gemacht, daß mir fast die Tränen kamen.

Denn so verwöhnt worden, war ich schon lange nicht mehr. So sieben mal im Jahr frühstücke ich in Kitzbühl, mehr Brösel fallen nicht ab von dem gemeinsamen ehelichen Tisch. Dies reicht mir auch - wir mögen uns - und das tut gut.

Am 12. Juni 1998 heirateten Alex und Sylvia. Diese Hochzeit sollte die Schönste sein. Meine Sylvia und ich suchten das Brautkleid aus. Sie war bescheiden wie ihr Papa, wollte nichts Aufgemotztes, schlicht, aber schön sollte es sein, cremefarbig, nur die Ärmel und vorne oben auf dem Stoff drapiert Spitze ohne Schleier, Schuhe, Handschuhe, Strümpfe, alles cremefarbig. Dazu kam er in blauem Anzug, sehr modern gearbeitet. Die Innenausstattung der Kirche gestalteten Rita Peltner und ich. An den Seiten der Bänke standen cremefarbige Rosen, auf dem Altar genauso, das Taufbecken, die Kanzel, alles war mit diesen cremefarbigen Rosen mit Schleifen versehen.

Übrigens waren bei der standesamtlichen Trauung tags zuvor alle Familienmitglieder, wie auch das Brautpaar, Maxl und seine Schwester Stefanie im Trachtenlook gekommen. In einer Wirtschaft am Englischen Garten waren wir zum Essen, und es fing fürchterlich zu regnen an. Julia und Maxl hatten wie immer, wenn die beiden zusammenkamen, ihre Gaudi. So gegen 18 Uhr verließen Julia und ich die Gaststätte zu Fuß in Richtung Münchner Freiheit, wo wir dann triefend naß in die U-Bahn stiegen.

Am nächsten Tag kam Sylvia mit ihrer Freundin früh zu mir in die Wohnung, um frisiert zu werden und das hübsche Kleid anzuziehen. Oh, wenn dies Friedl sehen könnte, dachte ich. Sie besah sich kritisch im großen Schlafzimmerspiegel. Gerade war die Braut fertig, da läutete es an der Tür, herein kam Maxl in der Hand den Brautstrauß haltend, hinter ihm Alex, mein Schwiegersohn.

Immer wieder läutete es. Die Neffen und Nichten aus Österreich mit ihren Kindern waren angekommen. Inzwischen hatten Ingrid und Margarete das Treppenhaus sowie die Haustüre mit bunten Luftballons, Luftschlangen und Girlanden geschmückt. Da war das Brautpaar überrascht. Dies ging in der Kirche gleich weiter. Frau Mayer, unsere Pfarrerin hielt den Trauungsgottesdienst. Nach ihrer Eingangsrede sang, plötzlich und unerwartet, eine Kollegin vom Karstadt wunderschöne Gospels, eine von mir dazu organisierte Organistin begleitete. Ein Ohrenschmaus. Frau Pfarrer sprach sehr bewegte, innige Worte für das Brautpaar. Es waren ungefähr achtzig Menschen gekommen. Und die Sängerin sang noch zweimal. Meine Kinder waren so überrascht.

Bärbel und Julia saßen neben mir in der Bank – während Jürgen mit Tannis im Wagen im offenen Nebenraum Platz genommen hatte.

Hansl Fuchs war an Stelle ihres Vaters als Brautführer gebeten worden. Alles hatte seinen feierlichen schönen Rahmen.

Zum Einzug bat ich die Organistin das Zwischenstück vom Notre Dame zu spielen, was sie auch beim Auszug des Brautpaares an der Orgel spielte. Draußen war inzwischen eine zwei Meter hohe und vier Meter lange Folie in Weiß, darauf ein großes rotes Herz, gespannt worden. Dies mußte das Brautpaar mit der Schere ausschneiden, danach sollten sie durch die herzförmige Öffnung durchgehen. Ein Gag von mir und die Deko vom Oberpollinger hatte es schön gearbeitet. Vielen Dank, Herr Keller und auch Herr Margetzi!

Gleich dahinter stand der hellblaue Käfer, den sich Alex extra zur Hochzeit hergerichtet hatte, schön geschmückt mit einer Riesenschleife hinten. Emmy schenkte gleich Piccolosekt ein, und so fuhren wir dann im Konvoi, 18 Fahrzeuge mit cremefarbigen Bändern in Richtung Karlsfeld.

Im Seehaus am Karlsfelder See wartete man schon mit Sekt und Orangensaft und Kanapées auf die Hochzeitsgäste. Es ist ein gediegenes gut geführtes Restaurant und jedem zu empfehlen. Wir brachten unseren selbstgebackenen Kuchen mit - war doch auch klar, wo wir eine der besten Süßspeisenspezialistinnen Österreichs in der Verwandtschaft haben - Sylvias Lieblingscousine Gerdi. Allmählich stellte die Fünf-Mann-Kapelle aus dem Augsburger Raum ihre Verstärker und Musikinstrumente auf. Nach dem Kaffee wurde die Braut, wie es so üblich ist, verzogen. Der Wirt sagte, daß sollte im selben Haus geschehen, also einen Stock höher. Geschäft is Geschäft, das kannte ich schon, auch ein Theaterstückl von uns. Mit einer Maske versehen, grauem Kittel und einem Holzscheit wurde der Bräutigam zu seiner Braut geführt, mußte auf dem Holzscheit kniend seine Angebetete um einen Kuß bitten, ach was wurde da gelacht und getrunken, zu guter letzt waren alle Gäste oben. Die Musiker gaben ihr Bestes.

Nur meine Bärbel mit ihrem Jungen blieb dem ganzen Toben fern, weils so rauchig war. Ich suchte sie und fand sie draußen. Es war schon frisch geworden, Julia und Tannis lagen im Kinderwagen.

Sie wollte heimfahren, hatte jedoch noch nichts gegessen. Da sie kein Fleisch essen, bestellte ich drei fleischlose Gerichte und blieb bei ihnen unten alleine sitzen.

Von oben drang das Lachen, die Gaudi der Musiker an unser Ohr.

Anschließend fuhren Bärbel und ihre Familie Richtung Hetzlinshofen ab.

Inzwischen wurde das Abendmenü serviert, es war besonders fein auf Tellern garniert. Danach ging man zum gemütlichen Teil über. Wir tanzten alle ausgelassen, sogar die Kinder in ihrem Nebenzimmer. Die Gesellschaft war bunt gemischt und so kam auch Stimmung auf, was mit einer Bauchtänzerin gekrönt wurde. Ich hatte als Brautmutter nichts getrunken, weil ich erstens mit dem eigenen Auto da war, und mich zweitens kenne, wie ich dann lustig werde, und das wollte ich den beiden Lieben nicht antun. So bezahlte ich als Hochzeitsgeschenk DM 2000.- für die Kapelle und fuhr alleine mit meinem Friedl im Auto sprechend nach Hause. Ich glaube, er war zufrieden, daß Sylvia nun Frau Raschke hieß.

Nun wollten die zwei auch ihr eigenes Haus und suchten nach einer geeigneten Immobilie um München, was gar nicht so einfach war. Da sie kritisch genug sind und wissen was sie wollen, brauchte ich mich als Mutter nicht einzumischen.

Sie fanden schließlich ein freistehendes Haus in Friedensried, Richtung Augsburg, 35 km von seiner Werkstatt entfernt.

Momentan war es allerdings noch nicht bezugsfähig, aber alles kam zurecht. Sie richteten ihr Domizil ein, wie sie es sich wünschten. Ich finde, es ist wunderschön geworden, vor allem der offene Kamin, der amerikanische Kühlschrank und die zusätzliche Dusche mit WC im Keller. Ich bin mit ihnen glücklich, kann mich an ihrem Glück erfreuen.

Sylvester 98/99 verbrachte ich in Budapest. Es war himmlisch schön, einmal selber zu sitzen und sich bedienen zu lassen. Zudem verliebte ich mich in diese Stadt.

Sie ist voller Kultur, hat eine reiche Geschichte, an den Menschen fiel mir besonders ihre Bescheidenheit auf.

In der Nacht zum 1. März wurde ich vom Klingeln des Telefons geweckt. Am anderen Ende hörte ich eine Stimme im weinenden, fast schreienden Ton: "Mama, der Tannis ist tot."

„Waaas?" durchfuhr es mich, „ich komme sofort zu dir." Bärbel aber sagte: „Nein, Mama, der Jürgen kommt gleich wieder vom Krankenhaus zurück." So wie es Tag war, fuhren Sylvia und ich nach Hetzlinshofen, um Bärbel zur Seite zu stehen.

Die Arme - es war furchtbar . Sie hatte den Jungen um 17 Uhr 30 zu Bett gelegt, und als sie zur Arbeit ging, schlief er. Jürgen hatte den Babyfunk im 2. Stock, da die Kinder mit Bärbel im 1.Stock schlafen. Als Bärbel um 10 Uhr 30 heimkam, lag der zweijährige Bub aus

Augen und Nase blutend im Bett. Sofort hatte sie den Notdienst angerufen da hieß es, Jürgen soll ins Memminger Krankenhaus mit dem Kind kommen, so mußte der Vater mit seinem toten Sohn nachts fünfzehn Kilometer bis Memmingen fahren. Furchtbar – schrecklich, mein kleiner süßer Enkel - tot. Einen Tag vor seinem Geburtstag wurde Tannis beerdigt, wozu Emmy und Rita mich begleiteten. Sylvia war mit Ingrid Baasner und Kathi in ihrem Wagen gekommen. Es war gut so. In einem Dorf wie Hetzlinshofen wurde auch getratscht, im Kindergarten sprachen die Fräuleins sogar Julia dumm an. Dies konnte Bärbel nicht mehr ertragen und sie zog mit Julia und Jürgen nach Apfeldorf, wo sie eine herrliche Wohnung fanden. Arbeit haben sie gottlob auch gefunden und meine kleine Julia kommt heuer zur Schule.

Ach, da sehe ich wieder den Mühlenstein. Aber mag das Tief auch noch so groß sein - du mußt aufstehen und weitergehen.

In diesem Jahr wollte ich mir dann auch noch einen langgehegten Wunsch erfüllen.

Am Oktoberfest in der Fischervroni zu arbeiten, so wie die Großmutter vom Karl Rettermeier, den ich als Prüferin im Bundesbahnhotel zu prüfen hatte. Seine Mutter kannte mich auch und so war es für mich leicht, einen Posten zu bekommen, der zufällig frei wurde, denn man muß wissen, daß jedes Jahr dieselbe Mannschaft zusammenarbeitet. Dies erleichtert die Arbeit sehr, jeder ist eingearbeitet und man kennt sich. Nach der üblichen Untersuchung am Gesundheitsamt schickte ich den Arbeitsvertrag mit Gesundheitszeugnis ab. Und einen Tag vor Wiesnbeginn fing

ich am Kuchenbüffet die Arbeit an. Ich sagte: "Sagst Nessy zu mir, des ist einfacher als der lange Namen."
Zuerst schauten alle ein wenig komisch drein: „de will - da ja - de is ja scho so alt" hörte ich hinter mir sagen. Schnell änderten sie aber ihre Meinung, von wegen, ich zu alt. Ich zeigte ihnen, daß ich arbeiten und noch was leisten kann; plötzlich war ich eine von ihnen. Von Anfang bis Schluß, täglich 12 Stunden und meine Knie taten mir weh - ich humpelte abends mit Tränen in den Augen zur U-Bahn – einen Platz bekam ich immer, aber gerade, daß ich noch heimhumpeln konnte. Eine Stunde brauchte ich zu meiner Pflege mit Baden, Einbalsamieren, die Kissen unter die Knie richten und schnell schlafen, denn um 7 Uhr klingelte der Wecker.

Auf allen Vieren krabbelte ich zur Toilette: Oh mei, da kann i heit gar ned arbeiten - nein du mußt – stritt ich mit mir. Aber nur keine Schwächen zeigen. In die Badewanne, warme und kalte Dusche, alles mit Franzbranntwein einreiben. Dann anziehen und wieder drei Paar andere Schuhe einpacken und los gings zur Fischervroni, wo ich dann mit den anderen von der Küche erst mal frühstückte.

Es war eine schöne Zusammenarbeit, die ich mir mit 67 Jahren noch gönnen wollte

Acht Tage später denke ich, ich seh nicht recht – als ich den Mann erkenne - von hinten sogar. Ich lief ihm nach – tatsächlich, er war es. Ich fragte: "Sind sie Herr Felder?"

"Ja, wer san denn sie?"

„Ja, kennens mich nicht mehr, ich bin die Ilse Jordan vom Spatenhaus". „Ach was."

Er war ganz erstaunt, als er mich so vor sich sah. Ich war hingegen enttäuscht. Was war aus meinem blonden Schwarm geworden, für den ich nachts vom Waldfriedhof bis Daglfing zu Fuß gegangen war. Ein dicker alter Mann mit Warzen im Gesicht, sein freches Lächeln fehlte ihm auch, und mit dem Krückstock mußte er sich stützen. Am Anfang meiner Lehre hatte ich ihn zum ersten Mal gesehen und sah ihn nun zum letzten Mal bei meiner letzten beruflichen Tätigkeit, ist das nicht seltsam?

Hermann Seeländer feierte seinen 60. Geburtstag in Braunschweig, zu der er mich eingeladen hatte. Die zwei Übernachtungen im Hotel zahlte er, ich fand das so nett.

Es war auch ein wunderschön, nur Verwandte waren gekommen.

Edna, seine Frau meinte am nächsten Tag: „Ilse, du bist so eine tolle Frau - schau dir doch nochmal nach einem Mann um."

"Nein", sagte ich, „zu mir kommt keiner ins Bett, ich möchte nur eine echte lockere Bekanntschaft - so einen wie Friedl bekomme ich nie mehr."

Aber ich ließ mich überzeugen und gab eine Anzeige auf: ‚Vollblutweib sucht ebensolchen Kerl mit Herz und Verstand.' 20 Briefe flatterten mir ins Haus, die ich alle ausmusterte bis auf einen. Der schrieb so nett, ich rief bei ihm an, die Stimme war sympathisch. Am 18.2. trafen wir uns in einem Lokal - ich spürte hinter mir jemanden stehen, schaute mich um: Ein großer dunkelblonder, gut aussehender Mann mit blauen Augen stand hinter mir. Er war es, Volker Wünsche, zehn Jahre jünger als ich. Wir tranken etwas, er bezahlte und fuhr mich heim. Eine Woche später trafen wir uns wieder und er erzählte, was für einen Beruf er ausübte, und daß er sich in Ungarn ein Haus gekauft hatte, dieses aber erst selbst umbaute

Da klingelte es bei mir: Da könntest du eigentlich dein Buch in Ruhe schreiben, so sechs bis sieben Wochen müßten reichen. Ich lud Volker zum Essen ein und wir plauderten. Sonntags, am 1. April kam er mit einem Blumenstrauß. Ich freute mich, er blieb etwas länger - aber küssen tut er mich nie - auch meinen Namen, den ich so gerne höre, sprach er nie aus. Ich fragte mich, warum er ein Vollblutweib suchte und mich dann nicht anrührte?

Ich erzählte meiner Freundin Luise von der Sache und sie meinte: „Du Ilse, da stimmt was nicht."

Daß irgendwas nicht in Ordnung war, hatte ich selber geahnt, nun fand ich mich bestätigt.

Er bekam von mir Omis Gefrierschrank für sein Haus, zudem Biertischmöbel und so einiges mehr. Geschirr, Besteck, Kastl, Stühle. Am 28.7. fuhren wir zusammen, er mit seinem VW-Bus, ich mit meinem Ford Escort in Richtung Ungarn.

Endlich, nach 9 Stunden waren wir am Balaton, vor mir zeigte sich ein wunderschönes Anwesen, ein nettes Haus sowie ein kleines Häuschen mit Holzveranda und Holztreppe. Nett, dachte ich, in diesem Hütterl werde ich also mein Buch schreiben. Im Garten Eden, umgeben mit Äpfeln-, Birnen-, Zwetschgen- und Pfirsichbäumen.

Nach längerem Putzen gingen wir dann im strömenden Regen zum Essen. Volker immer zwei Schritte vor mir, ich wie eine Türkin hinter ihm. Da er meine

Maut in Österreich bezahlt hatte, beglich ich die Rechnung im Lokal. Übrigens, der Fisch schmeckte ausgezeichnet. Da meine Dusche noch nicht recht in Ordnung war, stellte er mein Bett im großen Haus auf, wo auch er schlief, nicht im selben Zimmer wohlgemerkt. Ich duschte und ging schlafen.

Morgens um 6 Uhr fror es mich – ich wickelte die Zudecke um mich und ging zu ihm ins Bett: „Volker mich frierts."

„Frierts dich echt?" sagte er.

"Ja," sagte ich und schmeichelte mich an ihm - nichts, er schlief weiter, aber dann packte ich ihn, und er mußte einfach, er konnte nicht anders. Ich hatte mich in ihn verliebt - er ist Krebs wie Friedl, ein Idealbild, dem ich das ganze Leben nachgelaufen bin.

Nun hatte ich ihn. Wir telefonierten öfter, ich von meinem Handy aus, was teuer war. 14 Tage später kam er wieder zu seinem Haus, denn seine Kinder aus Dresden waren mit ihrem Baby gekommen, wurden im großen Haus untergebracht. Ich dachte nur, wo er bloß bleibt? Er tauchte nicht auf.

Plötzlich stand er mittags, ich hatte Wäsche gewaschen, hinter mir, sagte:"Tust Wäsche waschen, grüß dich!"

Ich zog ihn in meine Hütte hinten hin, packte ihn und sagte: "Geh drück mich doch mal." Er drückte nur leidlich und flüchtete aus der Hütte. Am nächsten Tag waren wir bei meiner Theaterkollegin eingeladen, die in ihrem eigenen Haus hinter Marcelie wohnte. Mit zwei Mercedes fuhren wir, die zwei Familien mit Baby, Volker und ich hinauf - leider war niemand zu Hause. Wahrscheinlich hatte sie es verschwitzt. Mir blieb nichts anderes über, als durch den Laubwald mit seinen abfallenden Hügeln und der weiten Sicht bis zum Balaton wieder zurück zu fahren. Im Auto zog man mich ganz schön auf, von wegen der Grillabend war schön.

Von Hannelore war ich zunächst enttäuscht, ich hatte mich so blamiert. Mir bleibt nichts anderes über, als die ganzen Leute zum Trunk einzuladen. Wir fuhren zum Jägerwirt, um Abend zu essen. Nur Volker meinte, er wolle noch Freunde treffen.
Warum auch nicht. Am nächsten Tag zeigte Volker einem Herren, mit dem er in der Pension um die Ecke wohnte, die Hütte. Ich fragte blauäugig: "Ach sie sind bestimmt ein Kollege vom Volker." Er aber meinte: "Nein, mei Frau und sei Frau sind dicke Freundinnen."
Da fiel es mir wie Schuppen von den Augen. Er war mit einer Frau da? Bestimmt wußten es die Leute von Volker auch. Man hatte mich vorgeführt wie einen Clown. Am selben Abend kam Hannelore mit ihrer Tochter und Familie zu mir, wir saßen draußen vor der Hütte am Biertisch mit Wein aus dem Kaffeehaferl. Da kam Volker mit ihr - er war ganz gelöst und sie grüßte, tat zugehörig zu ihm.
So ein Miststück, dachte ich, und fand es ihr gegenüber auch nicht richtig, was er getan hatte. Oh Ilse, dachte ich dann, jetzt bist du schon so alt, du kannst dich nicht mit einem jungen Mann beschmücken. Sei nicht so eitel und bleib auf dem Teppich. Du hast 32 Jahre einen guten lieben Mann gehabt. Das ist unwiederbringlich. Höre auf, ihn in anderen Männern zu su-

chen. Das geht nicht, denn jeder ist sein eigenes
Individuum.
Ausserdem hast du kein Recht auf so einen Mann.
Trotz verletztem Ehrgefühl und verletztem Stolz,
weiß ich, dass ich diese Situation gebraucht habe, um
endlich loszulassen.
Der Jugend Drang, die Leidenschaft
das körperliche Sehnen
die Lust und die Leidenschaft
kein Ende scheint zu nehmen
doch fliehn die Jahre, heischt die Zeit
sich von dem Eros trennen
bewußt wird die Vergänglichkeit
Man muß loslassen können!

Epilog

Trotz einer tiefen Thrombose am rechten Oberschenkel fuhr ich mit dem Auto nach Donauwörth.

Was war geschehen?

Hans Obermeier war nach eineinhalb Jahren des Leidens an Lungenkrebs verstorben. Der Trauergottesdienst in der Stadtpfarrkirche war um 10 Uhr angesetzt. Lina, Hansls Schwester aus Nürnberg war mit Sohn und Tochter gekommen. Obwohl die beiden seit 26 Jahren keinen Kontakt mehr hatten. Zu gerne hätte ich die beiden Geschwister noch einmal zusammen gebracht.

In der Kirche blieben wir weit hinten sitzen – so auch in der Aussegnungshalle am Friedhof.

Erst als am Grab Stille einkehrte und alle Trauergäste gegangen waren, stand ich allein am offenem Grab.

Sprach mit meinem ersten Mann noch einmal.

Oh Hansl, was ist aus uns geworden?

Dein Vater brachte uns auseinander, du mußtest deine jetzige Frau ehelichen, damit Geld ins Haus kam, eine Zeitungsanzeige im Hotel- und Gastronomenblatt brachte deinen Vater auf die fixe Idee.

„Du laßt di von dera in München scheida, de kimmt sowieso nitta zurück!"

Er erpreßte dich sogar, wenn nicht, dann wollte er alles der Kirche vermachen. Ich blieb in München, wo du mich auch besuchtest, Bärbel sehen wolltest. Du erzähltest, daß du dich laut Vater von mir scheiden lassen solltest und meintest: „Ja wer scheidet denn uns?"

Am 14. April 1970 wurden wir in Augsburg geschieden.

November 2000 warst du im Großhadener Klinikum, du bekamst Bestrahlungen - ich mußte dich einfach besuchen. Zwei Stunden hielt ich deine Hände – wir umarmten und küßten uns, weinten wie Kinder.

Beide hatten wir den inneren Frieden gefunden.

Oh Gott, nimm ihn bei dir auf.

Ich gab der Rose einen Kuß, um sie auf den Sarg zu werfen.

Die alten Donauwörther, die mich noch kannten, gafften respektvoll.

War es das schwarze Dirndl mit dazupassendem Hut oder die Erinnerung: Schließlich waren wir zwei große Gastronomen, die die damalige Donauwörther Gesellschaft zusammenbrachten – wer bei Obermeiers aus- und einging, war wer! So sagte mans mir, als ich gerade aufrecht ging, nur nicht mit dem kranken Fuß humpeln, keine Schwäche zeigen.

Trotz allem war es mir nicht gegönnt zu ernten, was ich damals gesät habe.

Lightning Source UK Ltd.
Milton Keynes UK
UKHW02f1943190918
329187UK00015B/996/P